十三經漢魏古注叢書

毛詩箋

〔西漢〕毛　亨　傳
〔東漢〕鄭玄　箋
　　　　陳才　整理

下冊

商務印書館
The Commercial Press

商务印书馆（上海）有限公司 出品
The Commercial Press (Shanghai) Co.Ltd

毛詩卷第十一

毛詩卷第十一

鴻鴈之什詁訓傳第十八

毛詩小雅　　　　　鄭氏箋

鴻鴈

《鴻鴈》，美宣王也。萬民離散，不安其居，而能勞來還定安集之，至于矜寡，無不得其所焉。[一]

[一] 宣王承厲王衰亂之敝而起，興復先王之道，以安集衆民爲始也。《書》曰："天將有立父母，民之有政有居。"宣王之爲是務。

鴻鴈于飛，肅肅其羽。[一]之子于征，劬勞于野。[二]爰及矜人，哀此鰥寡。[三]

[一] 興也。大曰鴻，小曰鴈。肅肅，羽聲也。
《箋》云：鴻鴈知辟陰陽寒暑。興者，喻民知去無道，就有道。
[二] 之子，侯伯卿士也。劬勞，病苦也。
《箋》云：侯伯卿士，謂諸侯之伯與天子卿士也。是時，民既離散，邦國有壞滅者，侯伯久不述職，王使廢於存省諸侯，於是始復之，故美焉。

[三] 矜，憐也。老無妻曰鰥，偏喪曰寡。

《箋》云：爰，曰也。王之意，不徒使此爲諸侯之事[一]，與安集萬民而已。王曰：當及此可憐之人，謂貧窮者，欲令賙餼之；鰥寡，則哀之；其孤獨者，收斂之，使有所依附。

鴻鴈于飛，集于中澤。[一]之子于垣，百堵皆作。[二]雖則劬勞，其究安宅。[三]

[一] 中澤，澤中也。

《箋》云：鴻鴈之性，安居澤中，今飛又集于澤中，猶民去其居而離散，今見還定安集。

[二] 一丈爲板，五板爲堵。

《箋》云：侯伯卿士又於壞滅之國，徵民起屋舍，築牆壁。百堵同時而起[二]，言趨事也。《春秋傳》曰："五板爲堵，五堵爲雉。"雉長三丈，則板六尺。

[三] 究，窮也。

《箋》云：此勸萬民之辭。女今雖病勞，終有安居。

鴻鴈于飛，哀鳴嗷嗷。[一]維此哲人，謂我劬勞。[二]維彼愚人，謂我宣驕。[三]

[一] 未得所安集，則嗷嗷然。

《箋》云：此之子所未至者。

────────

〔一〕 不徒使此爲諸侯之事　"侯"，底本誤作"依"，據諸本改。
〔二〕 百堵同時而起　"堵"，底本誤作"諸"，據諸本改。

［二］《箋》云：此哲人，謂知王之意及之子之事者。我，之子自我也。

［三］宣，示也。

《箋》云：謂我役作衆民爲驕奢。

《鴻鴈》三章，章六句。

庭　燎

《庭燎》，美宣王也。因以箴之。[一]

> [一] 諸侯將朝，宣王以夜未央之時，問夜早晚。美者，美其能自勤以政事。因以箴者，王有雞人之官，凡國事爲期，則告之以時。王不正其官，而問夜早晚。

夜如何其？[一]夜未央，庭燎之光。君子至止，鸞聲將將。[二]

> [一]《箋》云：此宣王以諸侯將朝，夜起曰："夜如何其？"問早晚之辭。
>
> [二] 央，旦也。庭燎，大燭也。君子，謂諸侯也。將將，鸞鑣聲也。
>
> 《箋》云：夜未央，猶言夜未渠央也。而於庭設大燭，使諸侯早來朝，聞鸞聲將將然。

夜如何其？夜未艾，庭燎晣晣。君子至止，鸞聲噦噦。[一]

> [一] 艾，久也。晣晣，明也。噦噦，徐行有節也。
>
> 《箋》云：艾末曰艾。以言夜先雞鳴時。

夜如何其？夜鄉晨，庭燎有煇。君子至止，言觀其旂。[一]

［一］煇，光也〔一〕。

《箋》云：晨，明也。上二章聞鸞聲爾。今夜鄉明，我見其旂，是朝之時也。朝礼，別色始入。

《庭燎》三章，章五句。

―――――――――
〔一〕 光也 "光"，底本誤作"元"，據諸本改。

沔　水

《沔水》，規宣王也。[一]

[一] 規者，正圓之器也。規主仁恩也，以恩親正君曰規。《春秋傳》曰："近臣盡規。"

沔彼流水，朝宗于海。[一]鴥彼飛隼，載飛載止。[二]嗟我兄弟，邦人諸友。莫肯念亂，誰無父母？[三]

[一] 興也。沔，水流滿也。水猶有所朝宗。
《箋》云：興者，水流而入海，小就大也。喻諸侯朝天子，亦猶是也。諸侯春見天子曰朝，夏見曰宗。
[二]《箋》云：載之言則也。言隼欲飛則飛，欲止則止。喻諸侯之自驕恣，欲朝不朝，自由無所在心也。
[三] 邦人諸友，謂諸侯也。兄弟，同姓臣也。京師者，諸侯之父母也。
《箋》云：我，我王也。莫，無也。我同姓、異姓之諸侯，女自恣聽不朝，无肯念此於礼法爲亂者，女誰无父母乎？言皆生於父母也。臣之道，資於事父以事君。

沔彼流水，其流湯湯。[一]鴥彼飛隼，載飛載揚。[二]念彼不蹟，載起載行。心之憂矣，不可弭忘。[三]

[一] 言放縱无所入也。

《箋》云：湯湯，波流盛貌。喻諸侯奢僭，既不朝天子，復不事侯伯。

［二］言无所定止也。

《箋》云：則飛則揚，喻諸侯出兵，妄相侵伐。

［三］不蹟，不循道也。弔，止也。

《箋》云：彼，彼諸侯也〔一〕。諸侯不循法度，妄興師出兵，我念之，憂不能忘也。

鴥彼飛隼，率彼中陵。［一］民之訛言，寧莫之懲。［二］我友敬矣，讒言其興。［三］

［一］《箋》云：率，循也。隼之性，待鳥雀而食。飛循陵阜者，是其常也。喻諸侯之守職、順法度者，亦是其常也。

［二］懲，止也。

《箋》云：訛，偽也。言時不令小人，好詐偽爲交易之言，使見怨咎，安然无禁止。

［三］疾王不能察讒也。

《箋》云：我，我天子也。友，謂諸侯也。言諸侯有敬其職、順法度者，讒人猶興其言以毀惡之，王与侯伯不當察之？

《沔水》三章，二章章八句，一章六句。

─────────

〔一〕彼諸侯也　"彼"，底本誤奪，據諸本補。

鶴鳴

《鶴鳴》，誨宣王也。[一]

[一] 誨，教也。教宣王求賢人之未仕者。

鶴鳴于九皋，聲聞于野。[一] 魚潛在淵，或在于渚。[二] 樂彼之園，爰有樹檀，其下維蘀。[三] 它山之石，可以爲錯。[四]

[一] 興也。皋，澤也。言身隱而名著也。
《箋》云：皋，澤中水溢出所爲坎。自外數至九，喻深遠也。鶴在中鳴焉，而野聞其鳴聲。興者，喻賢者雖隱居，人咸知之。
[二] 良魚在淵，小魚在渚。
《箋》云：此言魚之性，寒則逃於淵，溫則見於渚。喻賢者世亂則隱，治平則出，在時君也。
[三] 何樂於彼園之觀乎？蘀，落也。尚其樹檀而下其蘀〔一〕。
《箋》云：之，往。爰，曰也。言所以之彼園而觀者，人曰有樹檀，檀下有蘀。此猶朝廷之尚賢者而下小人，是以往也。
[四] 錯，石也，可以琢玉。舉賢用滯，則可以治國。
《箋》云：它山，喻異國。

鶴鳴于九皋，聲聞于天。[一] 魚在于渚，或潛在淵。[二] 樂彼之園，爰有樹檀，其下維穀。[三] 它山之石，可以攻玉。[四]

〔一〕 尚其樹檀而下其蘀 "而"，底本誤作"不"，據諸本改。

[一]《箋》云：天，高遠也。

[二]《箋》云：時寒，則魚去渚，逃於淵。

[三]榖，惡木也。

[四]攻，錯也。

《鶴鳴》二章，章九句。

祈　父

《祈父》，刺宣王也。[一]

[一] 刺其用祈父不得其人也。官非其人，則職廢。祈父之職，掌六軍之事，有九伐之法。祈、圻、畿同。

祈父，[一]予王之爪牙。胡轉予于恤，靡所止居？[二]

[一] 祈父，司馬也，職掌封圻之兵甲[一]。
《箋》云：此司馬也，時人以其職號之，故曰祈父。《書》曰"若疇圻父"，謂司馬。司馬掌祿士，故司士屬焉。又有司右，主勇力之士。
[二] 恤，憂也。宣王之末，司馬職廢，羌戎爲敗。
《箋》云：予，我。轉，移也。此勇力之士責司馬之辭也。我乃王之爪牙，爪牙之士當爲王閑守之衞，女何移我於憂，使我无所止居乎？謂見使從軍，与羌戎戰於千畝而敗之時也。六軍之士出自六鄉，法不取於王之爪牙之士。

祈父，予王之爪士。[一]胡轉予于恤，靡所厎止？[二]

[一] 士，事也。
[二] 厎，至也。

〔一〕職掌封圻之兵甲　"圻"，底本誤作"祈"，據諸本改。下鄭《箋》"若疇圻父"同。

祈父，亶不聰。[一]胡轉予于恤，有母之尸饔？[二]

[一] 亶，誠也。

[二] 尸，陳也。熟食曰饔。

《箋》云：己從軍〔一〕，而母爲父陳饌飲食之具，自傷不得供養也。

《祈父》三章，章四句。

―――――――

〔一〕 己從軍　"己"，底本誤作"尸"，據諸本改。

白　駒

《白駒》，大夫刺宣王也。[一]

[一] 刺其不能留賢也。

皎皎白駒，食我場苗。縶之維之，以永今朝。[一]所謂伊人，於焉逍遙？[二]

> [一] 宣王之末，不能用賢，賢者有乘白駒而去者。縶，絆。維，繫也。
> 《箋》云：永，久也。願此去者，乘其白駒而來，使食我場中之苗，我則絆之繫之，以久今朝。愛之，欲留之。
> [二]《箋》云：伊，當作"繄"；繄，猶是也。所謂是乘白駒而去之賢人，今於何遊息乎？思之甚也。

皎皎白駒，食我場藿。縶之維之，以永今夕。[一]所謂伊人，於焉嘉客？

> [一] 藿，猶苗也。夕，猶朝也。

皎皎白駒，賁然來思。[一]爾公爾侯，逸豫無期。[二]慎爾優遊，勉爾遁思。[三]

> [一] 賁，飾也。

《箋》云：願其來而得見之。《易》卦曰："山下有火，賁。"賁，黃白色也。

［二］爾公爾侯邪，何爲逸樂无期以反也？

［三］慎，誠也。

《箋》云：誠女優遊^{〔一〕}，使待時也。勉女遁思，度已終不得見。自訣之辭。

皎皎白駒，在彼空谷。^{［一］}生芻一束，其人如玉。^{［二］}毋金玉爾音，而有遐心。^{［三］}

［一］空，大也。

［二］《箋》云：此戒之也。女行所舍，主人之餼雖薄，要就賢人，其德如玉然。

［三］《箋》云：毋愛女聲音，而有遠我之心。以恩責之也。

《白駒》四章，章六句。

〔一〕誠女優遊　"誠"，底本誤作"成"，據諸本改。

黄　鳥

《黄鳥》，刺宣王也。[一]

[一] 刺其以陰礼教親而不至，聯兄弟之不固。

黄鳥黄鳥，無集于榖，無啄我粟。[一]此邦之人，不我肯榖。[二]言旋言歸，復我邦族。[三]

[一] 興也。黄鳥，宜集木啄粟者〔一〕。喻天下室家，不以其道而相去，是失其性。
[二] 榖，善也。
《箋》云：不肯以善道与我。
[三] 宣王之末，天下室家離散，妃匹相去，有不以礼者。
《箋》云：言，我。復，反也。

黄鳥黄鳥，無集于桑，無啄我粱。此邦之人，不可與明。[一]言旋言歸，復我諸兄。[二]

[一] 不可与明夫婦之道。
《箋》云：明，當爲"盟"；盟，信也。
[二] 婦人有歸宗之義。
《箋》云：宗，謂宗子也。

〔一〕 宜集木啄粟者　"木"，底本誤作"榖"，據諸本改。

黃鳥黃鳥，無集于栩，無啄我黍。此邦之人，不可與處。[一]言旋言歸，復我諸父。[二]

　[一]處，居也。
　[二]諸父，猶諸兄也。

《黃鳥》三章，章七句。

我行其野

《我行其野》，刺宣王也。[一]

  [一] 刺其不正嫁取之數，而有荒政，多淫昏之俗。

我行其野，蔽芾其樗。昏姻之故，言就爾居。[一]爾不我畜，復我邦家。[二]

  [一] 樗，惡木也。
  《箋》云：樗之蔽芾始生，謂仲春之時，嫁取之月。婦之父、壻之父相謂昏姻。言，我也。我乃以此二父之命故，我就女居。我豈其无礼來乎？責之也。
  [二] 畜，養也。
  《箋》云：宣王之末，男女失道，以求外昏，棄其舊姻而相怨。

我行其野，言采其蓫。昏姻之故，言就爾宿。[一]爾不我畜，言歸斯復[一]。[二]

  [一] 蓫，惡菜也。
  《箋》云：蓫，牛蘈也，亦仲春時生，可采也。
  [二] 復，反也。

〔一〕言歸斯復 "斯"，底本誤作"思"，據諸本改。

我行其野，言采其葍。不思舊姻，求爾新特。[一]成不以富，亦祇以異[一]。[二]

[一] 葍，惡菜也。新特，外昏也。

《箋》云：葍，富也，亦仲春時生，可采也。壻之父曰姻。我采葍之時，以礼來嫁女。女不思女老父之命而棄我，而求女新外昏特來之女[二]。責之也，不以礼嫁，必无肯媵之。

[二] 祇，適也。

《箋》云：女不以礼爲室家，成事不足以得富也。女亦適以此自異於人道。言可惡也。

《我行其野》三章，章六句。

―――――――――
〔一〕亦祇以異　"祇"，底本作"祇"，諸本均作"祇"，據阮元《校勘記》改。下毛《傳》"祇"同。
〔二〕而求女新外昏特來之女　"特"，底本誤作"時"，據諸本改。

斯　干

《斯干》，宣王考室也。[一]

[一] 考，成也。德行國富，人民殷衆而皆佼好，骨肉和親，宣王於是築宮廟群寢〔一〕。既成而釁之，歌《斯干》之詩以落之，此之謂成室。宗廟成，則又祭祀先祖。

秩秩斯干，幽幽南山。[一]如竹苞矣，如松茂矣。[二]兄及弟矣，式相好矣，無相猶矣。[三]

[一] 興也。秩秩，流行也。干，澗也。幽幽，深遠也。
《箋》云：興者，喻宣王之德如澗水之源，秩秩流出，無極已也。國以饒富，民取足焉，如於深山。

[二] 苞，本也。
《箋》云：言時民殷衆，如竹之本生矣。其佼好，又如松柏之暢茂矣。

[三] 猶，道也。
《箋》云：猶，當作"瘉"；瘉，病也。言時人骨肉用是相愛好，无相詬病也。

似續妣祖。[一]築室百堵，西南其戶。[二]爰居爰處，爰笑爰語。[三]

〔一〕宣王於是築宮廟群寢　"宮"，底本誤作"官"，據諸本改。

414

［一］似，嗣也。

《箋》云：似，讀爲"巳午"之"巳"〔一〕。巳續妣祖者，謂巳成其宮廟也。妣，先妣姜嫄也。祖，先祖也。

［二］西鄉戶、南鄉戶也。

《箋》云：此"築室"者，謂築燕寢也。百堵，百堵一時起也。天子之寢，有左右房。"西其戶"者，異於一房者之室戶也。又云"南其戶"者，宗廟及路寢，制如明堂，每室四戶，是室一南戶爾。

［三］《箋》云：爰，於也。於是居，於是處，於是笑，於是語。言諸寢之中，皆可安樂。

約之閣閣，椓之橐橐。［一］風雨攸除，鳥鼠攸去，君子攸芋。［二］

［一］約，束也。閣閣，猶歷歷〔二〕。橐橐，用力也。

《箋》云：約，謂縮板也。椓，謂搯土也。

［二］芋，大也。

《箋》云：芋，當作"幠"；幠，覆也。寢廟既成，其牆屋弘殺，則風雨之所除也；其堅致，則鳥鼠之所去也；其堂室相稱，則君子之所覆蓋。

如跂斯翼。［一］如矢斯棘。如鳥斯革。［二］如翬斯飛。君子攸躋。［三］

〔一〕讀爲巳午之巳　"爲"，底本誤作"作"，諸本作"如"，據阮元《校勘記》改。

〔二〕猶歷歷　"歷歷"下，五山同本、足利本、相臺本、殿本、阮刻本有"也"字。

［一］如人之跂竦翼爾。

［二］棘，稜廉也。革，翼也。

《箋》云：棘，戟也。如人挾弓矢戟其肘。如鳥夏暑希革張其翼時。

［三］躋，升也。

《箋》云：伊、洛而南，素質、五色皆備成章曰翬。此章四"如"者，皆謂廉隅之正、形貌之顯也。翬者，鳥之奇異者也，故以成之焉。此章主於宗廟，君子所升祭祀之時。

殖殖其庭，有覺其楹。［一］噲噲其正，噦噦其冥。［二］君子攸寧。［三］

［一］殖殖，言平正也。有覺，言高大也。

《箋》云：覺，直也。

［二］正，長也。冥，幼也。

《箋》云：噲噲，猶快快也。正，晝也。噦噦，猶煟煟也。冥，夜也。言居之晝日則快快然，夜則煟煟然，皆寬明之貌。

［三］《箋》云：此章主於寢［一］。君子所安，燕息之時。

下莞上簟，乃安斯寢。［一］乃寢乃興，乃占我夢。［二］吉夢維何？維熊維羆，維虺維蛇。［三］

［一］《箋》云：莞，小蒲之席也。竹葦曰簟。寢既成，乃鋪席，与群臣安燕爲歡以落之。

〔一〕 此章主於寢 "主"，底本誤作"王"，據諸本改。

〔二〕言善之應人也。

《箋》云：興，夙興也。有善夢，則占之。

〔三〕《箋》云：熊、羆之獸，虺、蛇之蟲，此四者，夢之吉祥也。

大人占之：維熊維羆，男子之祥；維虺維蛇，女子之祥。〔一〕

〔一〕《箋》云：大人占之，謂以聖人占夢之法占之也。熊、羆在山，陽之祥也，故爲生男；虺、蛇穴處，陰之祥也，故爲生女也〔一〕。

乃生男子，載寢之牀，載衣之裳，載弄之璋。〔一〕其泣喤喤，朱芾斯皇，室家君王。〔二〕

〔一〕半珪曰璋。裳，下之飾也。璋，臣之職也。

《箋》云：男子生而臥於牀，尊之也。裳，晝日衣也。衣以裳者，明當主於外事也。玩以璋者，欲其比德焉。正以璋者，明成之有漸。

〔二〕《箋》云：皇，猶煌煌也。芾者，天子純朱，諸侯黃朱。室家，一家之内。宣王所生之子，或且爲諸侯〔二〕，或且爲天子〔三〕，皆將佩朱芾煌煌然。

乃生女子，載寢之地，載衣之裼，載弄之瓦。〔一〕無非無儀，

〔一〕 故爲生女也 "也"，五山本同，足利本、相臺本、殿本、阮刻本無。

〔二〕 或且爲諸侯 "諸侯"，底本誤作"天子"，據諸本改。

〔三〕 或且爲天子 "天子"，底本誤作"諸侯"，據諸本改。

唯酒食是議，無父母詒罹。[二]

[一] 裼，褓也。瓦，紡塼也。
《箋》云：臥於地，卑之也。褓，夜衣也。明當主於內事。紡塼，習其所有事也。
[二] 婦人質，无威儀也。罹，憂也。
《箋》云：儀，善也。婦人无所專於家事。有非，非婦人也；有善，亦非婦人也。婦人之事，惟議酒食尔，無遺父母之憂。

《斯干》九章，四章章七句，五章章五句。

無　　羊

《無羊》，宣王考牧也。[一]

[一] 厲王之時，牧人之職廢，宣王始興而復之。至此而成，謂復先王牛羊之數。

誰謂爾無羊？三百維群。誰謂爾無牛？九十其犉。[一]爾羊來思，其角濈濈。[二]爾牛來思，其耳濕濕。[三]

[一] 黃牛黑脣曰犉。

《箋》云：爾，女也，女宣王也。宣王復古之牧法，汲汲於其數，故歌此詩以解之也。誰謂女无羊？今乃三百頭爲一群。誰謂女无牛[一]？今乃犉者九十頭。言其多矣，足如古也。

[二] 聚其角而息濈濈然。

《箋》云：言此者，美畜産得其所[二]。

[三] 呞而動其耳濕濕然。

或降于阿，或飲于池，或寢或訛。[一]爾牧來思，何蓑何笠，或負其餱。[二]三十維物，爾牲則具。[三]

[一] 訛，動也。

〔一〕誰謂女无牛　"女"，底本誤作"尔"，據諸本改。
〔二〕美畜産得其所　"美"，底本誤作"羊"，據諸本改。

419

《箋》云：言此者，美其無所驚畏也。

［二］何，揭也。蓑，所以備雨。笠，所以御暑。

《箋》云：言此者，美牧人寒暑飲食有備。

［三］異毛色者三十也。

《箋》云：牛羊之色異者三十，則女之祭祀，索則有之。

爾牧來思，以薪以蒸，以雌以雄。［一］爾羊來思，矜矜兢兢，不騫不崩。［二］麾之以肱，畢來既升。［三］

［一］《箋》云：此言牧人有餘力〔一〕，則取薪蒸，搏禽獸，以來歸也。麄曰薪，細曰蒸。

［二］矜矜兢兢，以言堅彊也〔二〕。騫，虧也。崩，群疾也。

［三］肱，臂也。升，升入牢也。

《箋》云：此言擾馴從人意也。

牧人乃夢：眾維魚矣，旐維旟矣。［一］大人占之：眾維魚矣，實維豐年；［二］旐維旟矣，室家溱溱。［三］

［一］《箋》云：牧人乃夢見人眾相与捕魚，又夢見旐與旟。占夢之官得而獻之于<u>宣王</u>，將以占國事也。

［二］陰陽和則魚眾多矣。

《箋》云：魚者，庶人之所以養也〔三〕。今人眾相与捕魚〔四〕，則是歲

〔一〕 此言牧人有餘力 "牧"，底本誤作 "收"，據諸本改。
〔二〕 以言堅彊也 "以"，底本誤奪，五山本同，據<u>足利本</u>、<u>相臺本</u>、<u>殿本</u>、<u>阮刻本</u>改。
〔三〕 庶人之所以養也 "庶"，底本誤作 "眾"，據諸本改。
〔四〕 今人眾相与捕魚 "人"，底本誤作 "之"，據諸本改。

熟相供養之祥也〔一〕。《易·中孚》卦曰："豚魚，吉。"
〔三〕溱溱，衆也。旂、旟，所以聚衆也〔二〕。
《箋》云：溱溱，子孫衆多也。

《無羊》四章，章八句。

《鴻鴈之什》十篇，三十二章，二百三十三句。

〔一〕 則是歲熟相供養之祥也 "熟"，底本誤作"孰"，據諸本改。
〔二〕 所以聚衆也 "也"，底本誤作"云"，據諸本改。

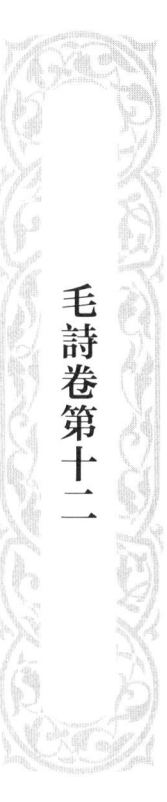
毛詩卷第十二

毛詩卷第十二

節南山之什詁訓傳第十九

毛詩小雅　　　　鄭氏箋

節南山

《節南山》，家父刺幽王也。[一]

[一]家父，字，周大夫也。

節彼南山，維石巖巖。[一]赫赫師尹，民具爾瞻。憂心如惔，不敢戲談。[二]國既卒斬，何用不監？[三]

[一]興也。節，高峻皃。巖巖，積石皃。
《箋》云：興者，喻三公之位，人所尊嚴。
[二]赫赫，顯盛貌。師，大師，周之三公也。尹，尹氏，爲大師。具，俱。瞻，視。惔，燔也。
《箋》云：此言尹氏，女居三公之位，天下之民俱視女之所爲，皆憂心如火灼爛之矣，又畏女之威，不敢相戲而言語。疾其貪暴，脅下以刑辟也。
[三]卒，盡。斬，斷。監，視也。
《箋》云：天下之諸侯日相侵伐，其國已盡絕滅，女何用爲職不

監察之?

節彼南山，有實其猗。^[一]赫赫師尹，不平謂何？^[二]天方薦瘥，喪亂弘多。^[三]民言無嘉，憯莫懲嗟。^[四]

[一] 實，滿。猗，長也。

《箋》云：猗，倚也。言南山既能高峻，又以草木平滿其旁倚之畎谷，使之齊均也。

[二]《箋》云：責三公之不均平，不如山之爲也。謂何，猶云何也。

[三] 薦，重。瘥，病。弘，大也。

《箋》云：天氣方今又重以疫病，長幼相亂，而死喪甚大多也。

[四] 憯，曾也。

《箋》云：懲，止也。天下之民皆以災害相弔唁，無一嘉慶之言，曾無以恩德止之者。嗟乎，奈何！

尹氏大師，維周之氐。秉國之均，四方是維，天子是毗，俾民不迷。^[一]不弔昊天，不宜空我師。^[二]

[一] 氐，本。均，平。毗，厚也。

《箋》云：氐，當作"桎鎋"之"桎"。毗，輔也。言尹氏作大師之官，爲周之桎鎋，持國政之平，維制四方，上輔天子，下教化天下，使民无迷惑之憂。言任至重。

[二] 弔，至。空，窮也。

《箋》云：至，猶善也。不善乎昊天，愬之也。不宜使此人居尊官，困窮我之衆民也。

弗躬弗親，庶民弗信。弗問弗仕，勿罔君子。^[一]式夷式已，無小人殆。^[二]瑣瑣姻亞，則無膴仕。^[三]

[一] 庶民之言不可信，勿罔上而行也。

《箋》云：仕，察也。勿，當作"末"。此言王之政不躬而親之，則恩澤不信於衆民矣；不問而察之，則下民末罔其上矣。

[二] 式，用。夷，平也。用平則已，無以小人之言，至於危殆也。

《箋》云：殆，近也。爲政當用平正之人，用能紀理其事者，無小人近。

[三] 瑣瑣，小皃。兩壻相謂曰亞。膴，厚也。

《箋》云：壻之父曰姻。瑣瑣昏姻妻黨之小人，無厚任用之，置之大位，重其祿也。

昊天不傭，降此鞠訩。昊天不惠，降此大戾。^[一]君子如届，俾民心闋。君子如夷，惡怒是違。^[二]

[一] 傭，均。鞠，盈。訩，訟也。

《箋》云：盈，猶多也。戾，乖也。昊天乎，師氏爲政不均，乃下此多訟之俗，又爲不和順之行，乃下此乖爭之化。疾時民傚爲之，愬之於天。

[二] 届，極。闋，息。夷，易。違，去也。

《箋》云：届，至也。君子，斥在位者〔一〕。如行至誠之道，則民鞠訩之心息；如行平易之政，則民乖爭之情去。言民之失由於

〔一〕 斥在位者 "斥"，底本誤作"斤"，據諸本改。

上,可反復也。

不弔昊天,亂靡有定。式月斯生,俾民不寧。憂心如酲,誰秉國成?〔一〕不自爲政,卒勞百姓。〔二〕

[一]病酒曰酲。成,平也。

《箋》云:弔,至也。至,猶善也。定,止。式,用也。不善乎昊天,天下之亂,無肯止之者。用月此生,言月月益甚也,使民不得安。我今憂之,如病酒之酲矣。觀此君臣,誰能持國之平乎?言無有也。

[二]《箋》云:卒,終也。昊天不自出政教,則終窮苦百姓。欲使昊天出圖、書,有所授命,民乃得安。

駕彼四牡,四牡項領。〔一〕我瞻四方,蹙蹙靡所騁。〔二〕

[一]項,大也。

《箋》云:四牡者,人君所乘駕。今但養大其領,不肯爲用,喻大臣自恣,王不能使〔一〕。

[二]騁,極也。

《箋》云:蹙蹙,縮小之皃。我視四方土地〔二〕,日見侵削於夷狄,蹙蹙然雖欲馳騁,無所之也。

方茂爾惡,相爾矛矣。〔一〕既夷既懌,如相醻矣。〔二〕

〔一〕 王不能使 "使"下,諸本有"也"字。
〔二〕 我視四方土地 "地",底本誤作"也",據諸本改。

［一］茂，勉也。

《箋》云：相，視也。方爭訟自勉於惡之時，則視女矛矣。言欲戰鬥，相殺傷也。

［二］懌，服也。

《箋》云：夷，說也。言大臣之乖爭，本無大讎，其已相和順而悅懌，則如賓主飲酒相醻酢也。

昊天不平，我王不寧。不懲其心，覆怨其正。［一］

［一］正，長也。

《箋》云：昊天乎，師尹爲政不平，使我王不得安寧。女不懲止女之邪心，而反怨憎其正也。

家父作誦，以究王訩。［一］式訛爾心，以畜萬邦。［二］

［一］家父，大夫也。

《箋》云：究，窮也。大夫家父作此詩，而爲王誦之，以窮極王之政，所以致多訟之本意。

［二］《箋》云：訛，化。畜，養也。

《節南山》十章，六章章八句，四章章四句。

正　月

《正月》，大夫刺幽王也。

正月繁霜，我心憂傷。[一] 民之訛言，亦孔之將。[二] 念我獨兮，憂心京京。哀我小心，癙憂以痒。[三]

[一] 正月，夏之四月。繁，多也。

《箋》云：夏之四月，建巳之月。純陽用事而霜多，急恆寒若之異，傷害萬物，故心爲之憂傷。

[二] 將，大也。

《箋》云：訛，僞也。人以僞言相陷入〔一〕，使王行酷暴之刑，致此災異，故言亦甚大也。

[三] 京京，憂不去也。癙、痒，皆病也。

《箋》云："念我獨兮"者，言我獨憂此政也。

父母生我，胡俾我瘉？不自我先，不自我後？[一] 好言自口，莠言自口。[二] 憂心愈愈，是以有侮。[三]

[一] 父母，謂文、武也。我，我天下。瘉，病也。

《箋》云：自，從也。天使父母生我，何故不長遂我，而使我遭此暴虐之政而病？此何不出我之前，居我之後？窮苦之情，苟欲免身。

〔一〕 人以僞言相陷入 "僞"，底本誤作 "爲"，據諸本改。

[二]莠，醜也。

《箋》云：自，從也。此疾訛言之人，善言從女口出，惡言亦從女口出。女口一爾，善也、惡也，同出其中，謂其可賤。

[三]愈愈，憂懼也。

《箋》云：我心憂政如是，是与訛言者殊塗，故用是見侵侮也。

憂心惸惸，念我無祿。[一]民之無辜，并其臣僕。[二]哀我人斯，于何從祿？[三]瞻烏爰止，于誰之屋？[四]

[一]惸惸，憂意也。

《箋》云：无祿者，言不得天祿，自傷值今生也。

[二]古者，有罪不入於刑，則役之圜土，以爲臣僕。

《箋》云：辜，罪也。人之尊卑有十等，僕第九，臺第十。言王既刑殺無罪，并及其家之賤者，不止於所罪而已。《書》曰："越茲麗刑〔一〕，并制。"

[三]《箋》云：斯，此。于，於也。哀乎今我民人見遇如此，當於何從得天祿，免於是難？

[四]富人之屋，烏所集也。

《箋》云：視烏集於富人之屋，以言今民亦當求明君而歸之。

瞻彼中林，侯薪侯蒸。[一]民今方殆，視天夢夢。[二]既克有定，靡人弗勝。[三]有皇上帝，伊誰云憎？[四]

[一]中林，林中也。薪、蒸，言似而非。

〔一〕越茲麗刑　"刑"，底本誤作"行"，據諸本改。

《箋》云：侯，維也。林中大木之處，而維有薪、蒸尔，喻朝廷宜有賢者，而但聚小人也〔一〕。

[二] 王者爲亂夢夢然。

《箋》云：方，且也。民今且危亡，視王者所爲，反夢夢然而亂，無統理安人之意。

[三] 勝，乘也。

《箋》云：王既能有所定，尚復事之小者爾，無人而不勝。言凡人所定，皆勝王也。

[四] 皇，君也。

《箋》云：伊，讀當爲"繄"；繄，猶是也。有君上帝者，以情告天也。使王暴虐如是，是憎惡誰乎？欲天指害其所憎而已。

謂山蓋卑，爲岡爲陵。[一]民之訛言，寧莫之懲。[二]召彼故老，訊之占夢。[三]具曰予聖，誰知烏之雌雄？[四]

[一] 在位非君子，乃小人也。

《箋》云：此喻爲君子、賢者之道〔二〕，人尚謂之卑，況爲凡庸小人之行。

[二]《箋》云：小人在位，曾无欲止衆民之爲僞言相陷害也。

[三] 故老，元老。訊，問也。

《箋》云：君臣在朝，侮慢元老，召之不問政事，但問占夢。不尚道德，而信徵祥之甚。

[四] 君臣俱自謂聖也。

〔一〕 而但聚小人也　"也"，五山本同，足利本、相臺本、殿本、阮刻本無。
〔二〕 此喻爲君子賢者之道　"之"，底本誤奪，據諸本補。

《箋》云：時君臣賢愚適同，如烏雌雄相似，誰能別異之乎？

謂天蓋高，不敢不局。謂地蓋厚，不敢不蹐。維號斯言，有倫有脊。[一] 哀今之人，胡爲虺蜴？[二]

[一] 局，曲也。蹐，累足也。倫，道。脊，理也。

《箋》云：局蹐者，天高而有雷霆，地厚而有陷淪也。此民疾苦王政，上下皆可畏怖之言也。維民号呼而發此言，皆有道理，所以至然者，非徒苟妄爲誣辭。

[二] 蜴，螈也。

《箋》云：虺、蜴之性，見人則走。哀哉今之人，何爲如是？傷時政也。

瞻彼阪田，有菀其特。[一] 天之扤我，如不我克。[二] 彼求我則，如不我得。[三] 執我仇仇，亦不我力。[四]

[一] 言朝廷曾无桀臣。

《箋》云：阪田，崎嶇墝埆之處。而有菀然茂特之苗，喻賢者在閒辟隱居之時。

[二] 扤[一]，動也。

《箋》云：我，我特苗也。天以風雨動摇我，如將不勝我。謂其迅疾也。

[三]《箋》云：彼，彼王也。王之始徵求我，如恐不得我。言其礼命之繁多。

〔一〕扤 "扤"，底本誤作"抗"，據諸本改。

[四]仇仇，猶謷謷也。

《箋》云：王既得我，執留我，其礼待我謷謷然，亦不問我在位之功力。言其有貪賢之名，無用賢之實。

心之憂矣，如或結之。今茲之正，胡然厲矣。^[一]燎之方揚，寧或滅之？^[二]赫赫宗周，褒姒威之。^[三]

[一]厲，惡也。

《箋》云：茲，此。正，長也。心憂如有結之者，憂今此之君臣，何一然爲惡如是。

[二]滅之以水也。

《箋》云：火田爲燎。燎之方盛之時，炎熾燻怒，寧有能滅息之者？言无有也。以无有喻有之者爲甚也。

[三]宗周，鎬京也。褒，國也。姒，姓也。威，滅也。有褒國之女，幽王惑焉，而以爲后。詩人知其必滅周也。

終其永懷，又窘陰雨。^[一]其車既載，乃棄爾輔。^[二]載輸爾載，將伯助予。^[三]

[一]窘，困也。

《箋》云：窘，仍也。終王之所行，其長可憂傷矣，又將仍憂於陰雨。陰雨，喻君有泥陷之難。

[二]大車重載，又棄其輔。

《箋》云：以車之載物，喻王之任國事也。棄輔，喻遠賢也。

[三]將，請。伯，長也。

《箋》云：輸，墮也。棄女車輔，則墮女之載，乃請長者見助，以

節南山之什詁訓傳第十九　正月

言國危而求賢者，已晚矣。

無棄爾輔，員于爾輻。[一]屢顧爾僕，不輸爾載。[二]終踰絕險，曾是不意。[三]

[一]員，益也。
[二]《箋》云：屢，數也。僕，將車者也。顧，猶視也，念也。
[三]《箋》云：女不棄車之輔，數顧女僕，終用是踰度陷絕之險，女曾不以是爲意乎？以商事喻治國[一]。

魚在于沼，亦匪克樂。潛雖伏矣，亦孔之炤。[一]憂心慘慘，念國之爲虐。[二]

[一]沼，池也[二]。
《箋》云：池，魚之所樂而非能樂。其潛伏於淵，又不足以逃，甚炤炤易見。以喻時賢者在朝廷，道不行，无所樂，退而窮處，又無所止也[三]。
[二]慘慘，猶戚戚也。

彼有旨酒，又有嘉殽。[一]洽比其鄰，昏姻孔云。[二]念我獨兮，憂心慇慇。[三]

─────────

〔一〕以商事喻治國　"國"下，諸本有"也"字。
〔二〕池也　"池"，底本誤作"地"，據諸本改。
〔三〕又無所止也　"止"，底本誤作"於"，五山本誤作"苊"，據足利本、相臺本、殿本、阮刻本改。

435

［一］言礼物備也。

《箋》云：彼，彼尹氏大師也。

［二］洽，合。鄰，近。云〔一〕，旋也。是言王者不能親親以及遠。

《箋》云：云，猶友也〔二〕。言尹氏富〔三〕，獨与兄弟相親友，爲朋黨也〔四〕。

［三］慇慇然，痛也。

《箋》云：此賢者孤特自傷也。

佌佌彼有屋，蔌蔌方有穀。［一］民今之無禄，天夭是椓。［二］哿矣富人，哀此惸獨。［三］

［一］佌佌，小也。蔌蔌，陋也。

《箋》云：穀，禄也。此言小人富，而寠陋將貴也。

［二］君夭之，在位椓之。

《箋》云：民於今而無禄者〔五〕，天以薦瘥夭殺之，是王者之政，又復椓破之。言遇害甚也。

［三］哿，可。獨，單也。

《箋》云：此言王政如是，富人已可，惸獨將困也。

《正月》十三章，八章章八句，五章章六句。

〔一〕云 "云"，底本誤作"也"，五山本誤作"員"，據足利本、相臺本、殿本、阮刻本改。
〔二〕猶友也 "友"，底本誤作"及"，據諸本改。
〔三〕言尹氏富 "氏"，底本誤作"我"，據諸本改。
〔四〕爲朋黨也 "朋"，底本誤作"明"，據諸本改。
〔五〕民於今而無禄者 "無"下，底本有"天"字，五山本同，據足利本、相臺本、殿本、阮刻本删。

十月之交

《十月之交》,大夫刺幽王也。[一]

> [一] 當爲刺厲王。作《詁訓傳》時,移其篇第,因改之耳。《節》刺師尹不平,亂靡有定;此篇譏皇父擅恣,日月告凶;《正月》惡褒姒滅周;此篇疾"豔妻煽方處"[一]。又幽王時,司徒乃鄭桓公友,非此篇之所云番也,是以知然。

十月之交,朔月辛卯。日有食之,亦孔之醜。[一]彼月而微,此日而微。[二]今此下民,亦孔之哀。[三]

> [一] 之交,日月之交會。醜,惡也。
> 《箋》云:周之十月,夏之八月也。八月朔日,日月交會而日食,陰侵陽、臣侵君之象。日辰之義,日爲君,辰爲臣。辛,金也。卯,木也。又以卯侵辛,故甚惡也[二]。
> [二] 月,臣道。日,君道。
> 《箋》云:微,謂不明也。彼月則有微,今此日反微,非其常,爲異尤大也。
> [三] 《箋》云:君臣失道,災害將起,故下民亦甚可哀。

日月告凶,不用其行。四國無政,不用其良。[一]彼月而食,

[一] 此篇疾豔妻煽方處 "煽",底本誤作"肩",五山本奪,據足利本、相臺本、殿本、阮刻本改。"處",底本誤作"熾",五山本同,據足利本、相臺本、殿本、阮刻本改。
[二] 故甚惡也 "故",底本誤奪,據諸本補。

則維其常。此日而食,于何不臧?[二]

[一]《箋》云:告凶,告天下以凶亡之徵也。行,道度也。不用之者,謂相干犯也。四方之國無政治者,由天子不用善人也。

[二]《箋》云:臧,善也。

爗爗震電,不寧不令。[一]百川沸騰,山冢崒崩。[二]高岸爲谷,深谷爲陵。[三]哀今之人,胡憯莫懲?[四]

[一]爗爗,震電貌。震,雷也。

《箋》云:雷電過常,天下不安、政教不善之徵。

[二]沸,出。騰,乘也。山頂曰冢。

《箋》云:崒者,崔嵬。百川沸出相乘陵者〔一〕,由貴小人也。山頂崔嵬者崩,君道壞也。

[三]言易位也。

《箋》云:易位者,君子居下、小人處上之謂也。

[四]《箋》云:憯,曾。懲,止也。變異如此,禍亂方至,哀哉今在位之人,何曾無以道德止之?

皇父卿士,番維司徒,家伯維宰,仲允膳夫,棸子內史,蹶維趣馬,楀維師氏,豔妻煽方處。[一]

[一]豔妻,褒姒。美色曰豔。煽,熾也。

〔一〕 百川沸出相乘陵者 "沸",底本誤作"弗",據諸本改。

《箋》云：皇父、家伯、仲允，皆字。番、聚、蹶、楀[一]，皆氏。屬王淫於色，七子皆用后嬖寵方熾之時，並處位。言妻黨盛，女謁行之甚也。敵夫曰妻。司徒之職，掌天下土地之圖、人民之數[二]；冢宰，掌建邦之六典：皆卿也。膳夫，上士也，掌王之飲食膳羞；內史，中大夫也，掌爵祿廢置、殺生予奪之法；趣馬，中士也，掌王馬之政；師氏，亦中大夫也，掌司朝得失之事。六人之中，雖官有尊卑，權寵相連[三]，朋黨於朝，是以疾焉。皇父則爲之端首，兼擅羣職，故但目以卿士云。

抑此皇父，豈曰不時？胡爲我作，不即我謀？徹我牆屋，田卒汙萊。[一]曰予不戕，禮則然矣。[二]

[一] 時，是也。下則汙，高則萊。

《箋》云：抑之言噫。噫是皇父，疾而呼之。女豈曰我所爲不是乎？言其不自知惡也。女何爲役作我，不先就與我謀，使我得遷徙[四]，乃反徹毀我牆屋，令我不得趣農，田卒爲汙萊乎？此皇父所築邑人之怨辭。

[二]《箋》云：戕，殘也。言皇父既不自知不是，反云我不殘敗女田業。礼：下供上役，其道當然。言文過也。

皇父孔聖，作都于向。擇三有事，亶侯多藏。[一]不憖遺一

〔一〕番聚蹶楀 "蹶"，底本誤作"概"，據諸本改。
〔二〕掌天下土地之圖人民之數 "土"，底本誤作"士"，據諸本改。
〔三〕權寵相連 "寵"，底本誤作"龍"，據諸本改。
〔四〕使我得遷徙 "徙"，底本誤作"徒"，據諸本改。

老，俾守我王。^[二]擇有車馬，以居徂向。^[三]

[一] 皇父甚自謂聖。向，邑也。擇三有事，有司國之三卿〔一〕，信維貪淫多藏之人也。

《箋》云：專權足己，自比聖人，作都，立三卿，皆取聚斂之臣。言不知厭也。礼：畿內諸侯二卿。

[二]《箋》云：憖者，心不欲自强之辭也。言盡將舊在位之人，與之皆去，無留衛王。

[三]《箋》云：又擇民之富有車馬者，以往居于向也。

黽勉從事，不敢告勞。^[一]無罪無辜，讒口囂囂。^[二]下民之孽，匪降自天。噂沓背憎，職競由人。^[三]

[一]《箋》云：詩人賢者，見時如是，自勉以從王事。雖勞，不敢自謂勞，畏刑罰也。

[二]《箋》云：囂囂，衆多貌。時人非有辜罪，其被讒口見枉譖囂囂然。

[三] 噂，猶噂噂。沓，猶沓沓。職，主也。

《箋》云：孽，妖孽，謂相爲災害也。下民有此，言非從天隋也〔二〕。噂噂沓沓，相對談語，背則相憎〔三〕，逐爲此者，主由人也〔四〕。

〔一〕有司國之三卿　"司"，底本誤作"同"，據諸本改。
〔二〕言非從天隋也　"天"，底本誤作"夫"，據諸本改。
〔三〕背則相憎　"憎"，底本誤作"增"，據諸本改。
〔四〕主由人也　"主"，底本誤作"王"，據諸本改。

悠悠我里，亦孔之痗。^[一]四方有羨，我獨居憂。^[二]民莫不逸，我獨不敢休。^[三]天命不徹，我不敢傚我友自逸。^[四]

[一] 悠悠，憂也。里，病也。痗，病也。

《箋》云：里，居也〔一〕。悠悠乎，我居今之世，亦甚困病。

[二] 羨，餘也。

《箋》云：四方之人盡有饒餘〔二〕，我獨居此而憂。

[三]《箋》云：逸，逸豫也。

[四] 徹，道也。親屬之臣，心不能已。

《箋》云：不道者，言王不循天之政教。

《十月之交》八章，章八句。

〔一〕 居也 "居"，底本誤作"車"，據諸本改。
〔二〕 四方之人盡有饒餘 "饒"，底本誤奪，據諸本補。

雨 無 正

《雨無正》，大夫刺幽王也。雨自上下者也。衆多如雨，而非所以爲政也。[一]

[一] 亦當爲刺厲王。王之所下教令甚多，而無正也。

浩浩昊天，不駿其德。降喪饑饉，斬伐四國。[一] 旻天疾威，弗慮弗圖。[二] 舍彼有罪，既伏其辜。若此無罪，淪胥以鋪。[三]

[一] 駿，長也。穀不熟曰饑，蔬不熟曰饉。
《箋》云：此言王不能繼長昊天之德，至使昊天下此死喪饑饉之災，而天下諸侯於是更相侵伐。

[二] 《箋》云：慮、圖，皆謀也。王既不駿昊天之德，今旻天又疾其政，以刑罰威恐天下，而不慮不圖。

[三] 舍，除。淪，率也。
《箋》云：胥，相。鋪，徧也。言王使此無罪者，見牽率相引，而徧得罪也。

周宗既滅，靡所止戾。[一] 正大夫離居，莫知我勩。[二] 三事大夫，莫肯夙夜。邦君諸侯，莫肯朝夕。[三] 庶曰式臧，覆出爲惡。[四]

[一] 戾，定也。
《箋》云：周宗，鎬京也。是時諸侯不朝王，民不堪命，王流于

喬，无所安定也。

［二］勩，勞也。

《箋》云：正，長也。長官之大夫，於王流于喬而皆散處，无復知我民之見罷勞也。

［三］《箋》云：王流在外，三公及諸侯隨王而行者，皆无君臣之礼，不肯晨夜朝莫省王也。

［四］覆，反也。

《箋》云：人見王之失所，庶幾其自改悔，而用善人，反出教令，復爲惡也。

如何昊天，辟言不信。如彼行邁，則靡所臻。[一] 凡百君子，各敬爾身。胡不相畏？不畏于天。[二]

［一］辟，法也。

《箋》云：如何乎昊天，痛而愬之也。爲陳法度之言，不信之也。我之言不見信，如行而無所至也。

［二］《箋》云：凡百君子，謂衆在位者。各敬慎女之身，正君臣之礼，何爲上下不相畏乎？上下不相畏，是不畏于天〔一〕。

戎成不退，飢成不遂。曾我暬御，憯憯日瘁〔二〕。[一] 凡百君子，莫肯用訊。聽言則答，譖言則退。[二]

［一］戎，兵。遂，安也。暬御，侍御也。瘁，病也。

〔一〕 是不畏于天　“天”下，底本誤衍“者也”二字，據諸本删。

〔二〕 憯憯日瘁　“憯憯”，底本誤作“慘慘”，據諸本改。

《箋》云：兵成而不退，謂王見流于甿，無御止之者。飢成而不安，謂王在甿，乏於飲食之蓄，无輸粟歸饒者。此二者，曾但侍御左右小臣憯憯憂之，大臣無念之者。

[二] 以言進退人也。

《箋》云：訊，告也。衆在位者，無肯用此相告語者。言不憂王之事也。荅，猶距也。有可聽用之言，則共以辭距而違之；有譖毀之言，則共爲排退之。群臣並爲不忠，惡直醜正。

哀哉不能言，匪舌是出，維躬是瘁。[一] 哿矣能言，巧言如流，俾躬處休。[二]

[一] 哀賢人不得言，不得出是舌也。
《箋》云：瘁，病也。不能言，言之拙也。言非可出於舌，其身旋見困病。
[二] 哿，可也。可矣世所謂能言也，巧言從俗，如水轉流。
《箋》云：巧，猶善也。謂以事類風切剴微之言，如水之流，忽然而過，故不悖逆，使身居安休休然。亂世之言，順說爲上也。

維曰于仕，孔棘且殆。云不可使[一]，得罪于天子。亦云可使，怨及朋友。[一]

[一] 于，往也。
《箋》云：棘，急也。不可使者，不正不從也。可使者，雖不正，

〔一〕云不可使 "云"，底本誤奪，據諸本補。

從也。居今衰亂之世，云往仕乎，甚急迮且危。急迮且危，以此二者也。

謂爾遷于王都，曰予未有室家。[一]鼠思泣血，無言不疾。[二]昔爾出居，誰從作爾室[一]？[三]

[一] 賢者不肯遷于王都也。

《箋》云：王流于彘，正大夫離居，同姓之臣從王，思其友而呼之，謂曰：女今可遷居王都，謂彘也。其友辭之云：我未有室家於王都可居也。

[二] 無聲曰泣血。無所言，而不見疾也。

《箋》云：鼠，憂也。既辭之以無室家，爲其意恨，又患不能距止之，故云：我憂思泣血，欲遷王都見女，今我無一言而不道疾者，言己方困於病，故未能也。

[三] 遭亂世，義不得去，思其友而不肯反者也。

《箋》云：往始離居之時，誰隨爲女作室？女猶自作之爾，今反以無室家距我。恨之辭。

《雨無正》七章，二章章十句，二章章八句，三章章六句。

〔一〕 誰從作爾室 "作"，底本誤奪，據諸本補。

小　旻

《小旻》，大夫刺幽王也。[一]

> [一] 所刺列於《十月之交》《雨無正》爲小，故曰《小旻》。亦當爲刺厲王。

旻天疾威，敷于下土。[一] 謀猶回遹，何日斯沮？[二] 謀臧不從，不臧覆用。我視謀猶，亦孔之邛。[三]

> [一] 敷，布也。
>
> 《箋》云：旻天之德，疾王者以刑罰威恐萬民，其政教乃布於下土。言天下徧知。
>
> [二] 回，邪。遹，辟。沮，壞也。
>
> 《箋》云：猶，道。沮，止也。今王謀爲政之道回辟，不循旻天之德已甚矣。心猶不悛，何日此惡將止？
>
> [三] 邛，病也。
>
> 《箋》云：臧，善也。謀之善者不從，其不善者反用之。我視王謀爲政之道，亦甚病天下。

潝潝訿訿，亦孔之哀。[一] 謀之其臧，則具是違。謀之不臧，則具是依。我視謀猶，伊于胡厎？[二]

> [一] 潝潝然患其上，訿訿然思不稱乎上。
>
> 《箋》云：臣不事君，亂之階也，甚可哀也。

〔二〕《箋》云：于，往。厎，至也。謀之善者，俱背違之；其不
　　善者，依就之。我視今君臣之謀道，往行之將何所至乎？言
　　必至於亂。

我龜既厭，不我告猶。〔一〕謀夫孔多，是用不集。〔二〕發言
盈庭，誰敢執其咎？〔三〕如匪行邁謀，是用不得于道。〔四〕

〔一〕猶，道也。
《箋》云：猶，圖也。卜筮數而瀆龜，龜靈厭之，不復告其所圖之
　　吉凶。言雖得兆，占繇不中。
〔二〕集，就也。
《箋》云：謀事者衆，而非賢者，是非相奪，莫適可從，故所爲
　　不成。
〔三〕謀人之國，國危則死之，古之道也。
《箋》云：謀事者衆，讻讻滿庭，而無敢決當是非。事若不成，誰
　　云己當其咎責者？言小人爭知而讓過。
〔四〕《箋》云：匪，非也。君臣之謀事如此，與不行而坐圖遠近，
　　是於道路無進於跬步，何以異乎？

哀哉爲猶，匪先民是程，匪大猶是經。維邇言是聽，維邇
言是爭。〔一〕如彼築室于道謀，是用不潰于成。〔二〕

〔一〕古曰在昔，昔曰先民〔一〕。程，法。經，常。猶，道。邇，近
　　也。爭爲近言。

────────
〔一〕 昔曰先民　"昔"，底本誤奪，據諸本補。

447

《箋》云：哀哉今之君臣，謀事不用古人之法，不循大道之常，而徒聽順近言之同者，爭近言之異者。言見動輒則泥陷，不至於遠也。

[二] 潰，遂也。

《箋》云：如當路築室，得人而与之謀所爲，路人之意不同，故不得遂成也。

國雖靡止，或聖或否。民雖靡膴，或哲或謀，或肅或艾。[一] 如彼泉流，無淪胥以敗。[二]

[一] 靡止，言小也。人有通聖者，有不能者，亦有明哲者，有聰謀者。艾，治也。有恭肅者，有治理者。

《箋》云：靡，無。止，礼。膴，法也。言天下諸侯今雖无礼，其心性猶有通聖者，有賢者。民雖无法，其心性猶有知者，有謀者，有肅者，有艾者。王何不擇焉，置之於位，而任之爲治乎？《書》曰："睿作聖，明作哲，聰作謀，恭作肅，從作乂。"詩人之意，欲王敬用五事，以明天道，故云然。

[二]《箋》云：淪，率也。王之爲政，當如源泉之流行則清，无相牽率爲惡，以自濁敗。

不敢暴虎，不敢馮河。人知其一，莫知其他。[一] 戰戰兢兢，[二] 如臨深淵，[三] 如履薄冰。[四]

[一] 馮，陵也。徒涉曰馮河。徒搏曰暴虎。一，非也。他，不敬小人之危殆也。

《箋》云：人皆知暴虎、馮河，立至之害，而無知當畏慎小人，能危亡也。

[二]戰戰,恐也。兢兢,戒也。

[三]恐墜也。

[四]恐陷也。

《小旻》六章,三章章八句,三章章七句。

小　宛

《小宛》，大夫刺幽王也。[一]

[一] 亦當爲刺厲王。

宛彼鳴鳩，翰飛戾天。[一] 我心憂傷，念昔先人。[二] 明發不寐，有懷二人。[三]

[一] 興也。宛，小貌。鳴鳩，鶻鵰。翰，高。戾，至也。行小人之道[一]，責高明之功，終不可得。
[二] 先人，文、武也。
[三] 明發，發夕至明。

人之齊聖，飲酒溫克。[一] 彼昏不知，壹醉日富。[二] 各敬爾儀，天命不又。[三]

[一] 齊，正。克，勝也。
《箋》云：中正通知之人，飲酒雖醉，猶能溫藉自持以勝。
[二] 醉日而富矣。
《箋》云：童昏无知之人，飲酒一醉，自謂日益富。夸淫自恣，以財驕人。
[三] 又，復也。

〔一〕 行小人之道　"之"，底本誤奪，五山本、相臺本同，據足利本、殿本、阮刻本補。

《箋》云：今女君臣各敬慎威儀，天命所去〔一〕，不復來也。

中原有菽，庶民采之。[一]螟蛉有子，蜾蠃負之。[二]教誨爾子，式穀似之〔二〕。[三]

［一］中原，原中也。菽，藿也。力采者則得之。

《箋》云：藿生原中，非有主也。以喻王位无常家也，勤於德者則得之。

［二］螟蛉，桑蟲也。蜾蠃，蒲盧也。負，持也。

《箋》云：蒲盧取桑蟲之子，負持而去，煦嫗養之，以成其子。喻有萬民，不能治，則能治者將得之。

［三］《箋》云：式，用。穀，善也。今有教誨女之萬民，用善道者，亦似蒲盧。言將得而子也。

題彼脊令，載飛載鳴。[一]我日斯邁，而月斯征。[二]夙興夜寐，無忝爾所生。[三]

［一］題，視也。脊令不能自舍，君子有取節尔。

《箋》云：題之爲言視睇也。載之言則也。則飛則鳴，翼也、口也，不有止息。

［二］《箋》云：我，我王也。邁、征，皆行也。王日此行〔三〕，謂日視朝也。而月此行，謂月視朔也。先王制此礼，使君与群臣

〔一〕 天命所去　"天"，底本誤作"大"，據諸本改。
〔二〕 式穀似之　"穀"，底本誤作"穀"，足利本、五山本同，據相臺本、殿本、阮刻本改。後凡"穀"誤作"穀"者逕改。
〔三〕 王日此行　"日"，底本誤作"目"，據諸本改。

議政事，日有所決，月有所行，亦無時止息。

〔三〕忝，辱也。

交交桑扈，率場啄粟。^[一]哀我填寡，宜岸宜獄。握粟出卜，自何能穀？^[二]

[一] 交交，小貌。桑扈，竊脂也〔一〕。言上爲亂政〔二〕，而求下之治，終不可得也。

《箋》云：竊脂肉食，今無肉而循場啄粟，失其天性，不能以自活。

[二] 填，盡。岸，訟也。

《箋》云：仍得曰宜。自，從。穀，生也。可哀哉，我窮盡寡財之人，仍有獄訟之事，無可以自救，但持粟行卜，求其勝負，從何能得生？

溫溫恭人，^[一]如集于木。^[二]惴惴小心，如臨于谷。^[三]戰戰兢兢，如履薄冰。^[四]

[一] 溫溫，和柔貌。

[二] 恐隊也。

[三] 恐隕也。

[四]《箋》云：衰亂之世，賢人君子雖無罪，猶恐懼。

《小宛》六章，章六句。

〔一〕 竊脂也　"竊"，底本誤作"切"，據諸本改。下鄭《箋》"竊脂"同。

〔二〕 言上爲亂政　"上"，底本誤作"土"，據諸本改。

小 弁

《小弁》，刺幽王也。大子之傅作焉。

弁彼鸒斯，歸飛提提。^[一]民莫不穀，我獨于罹。^[二]何辜于天，我罪伊何？^[三]心之憂矣，云如之何？

[一] 興也。弁，樂也。鸒，卑居；卑居，雅烏也。提提，群貌。

《箋》云：樂乎彼雅烏，出食在野，甚飽^{〔一〕}，群飛而歸提提然。興者，喻凡人之父子兄弟^{〔二〕}，出入宮庭，相与飲食，亦提提然樂。傷今大子獨不。

[二] 幽王取申女，生大子宜咎。又說襃姒，生子伯服，立以爲后，而放宜咎^{〔三〕}，將殺之。

《箋》云：穀，養。于，曰。罹，憂也。天下之人，無不父子相養者，我大子獨不然，曰以憂也。

[三] 舜之怨慕，日號泣于旻天、于父母。

踧踧周道，鞫爲茂草。^[一]我心憂傷，惄焉如擣。假寐永歎，維憂用老。心之憂矣，疢如疾首。^[二]

[一] 踧踧，平易也。周道，周室之通道。鞫，窮也。

《箋》云：此喻幽王信襃姒之讒，亂其德政，使不通於四方。

〔一〕 甚飽 "甚"，底本誤作"其"，據諸本改。
〔二〕 喻凡人之父子兄弟 "凡"，底本誤作"几"，據諸本改。
〔三〕 而放宜咎 "咎"，底本誤作"各"，據諸本改。

[二] 慇，思也。搯，心疾也。

《箋》云：不脱冠衣而寐曰假寐。瘽，猶病也〔一〕。

維桑與梓，必恭敬止。[一] 靡瞻匪父，靡依匪母。不屬于毛，不離于裏。[二] 天之生我，我辰安在？[三]

[一] 父之所樹，己尚不敢不恭敬。
[二] 毛在外，陽，以言父；裏在内，陰，以言母。
《箋》云：此言人无不瞻仰其父取法則者，无不依恃其母以長大者。今我獨不得父皮膚之氣乎？獨不處母之胞胎乎？何曾無恩於我？
[三] 辰，時也。
《箋》云：此言我生所值之辰安所在乎？謂六物之吉凶。

菀彼柳斯，鳴蜩嘒嘒。有漼者淵，萑葦淠淠。[一] 譬彼舟流，不知所屆。[二] 心之憂矣，不遑假寐。[三]

[一] 蜩，蟬也。嘒嘒，聲也。漼〔二〕，深貌。淠淠，衆也。
《箋》云：柳木茂盛則多蟬，淵深而旁生萑葦。言大者之旁，無所不容。
[二]《箋》云：屆，至也。言今大子不爲王及后所容，而見放逐，狀如舟之流行，無制之者，不知終所至也〔三〕。
[三]《箋》云：遑，暇也。

〔一〕 猶病也 "病"下，底本誤衍"者"字，據諸本刪。
〔二〕 漼 "漼"，底本誤作"崔"，據諸本改。
〔三〕 不知終所至也 "至"下，底本誤衍"者"字，據諸本刪。

鹿斯之奔，維足伎伎。雉之朝雊，尚求其雌。[一]譬彼壞木，疾用無枝。[二]心之憂矣，寧莫之知。[三]

[一]伎伎，舒貌。謂鹿之奔走，其足伎伎然舒也。

《箋》云：雊，雉鳴也。尚，猶也。鹿之奔走，其勢宜疾，而足伎伎然舒，留其群也。雉之鳴，猶知求其雌，今大子之放，棄其妃匹，不得与之去，又鳥獸之不如也。

[二]壞，瘣也，謂傷病也。

《箋》云：大子放逐而不得生子，猶內傷病之木，內有疾，故无枝也。

[三]《箋》云：寧，猶曾也。

相彼投兔，尚或先之。行有死人，尚或墐之。[一]君子秉心，維其忍之。[二]心之憂矣，涕既隕之。[三]

[一]墐，路冢也。

《箋》云：相，視。投，掩。行，道也。視彼人將掩兔，尚有先驅走之者；道中有死人，尚有覆掩之成其墐者。言此所不知，其心不忍。

[二]《箋》云：君子，斥幽王也。秉，執也。言王之執心，不如彼二人。

[三]隕，隊也。

君子信讒，如或醻之。[一]君子不惠，不舒究之。[二]伐木掎矣，析薪杝矣。[三]舍彼有罪，予之佗矣。[四]

[一]《箋》云：醻，旅醻也。如醻之者，謂受而行之。

[二]《箋》云：惠，愛。究，謀也。王不愛大子，故聞讒言則放之，不舒謀也。

[三] 伐木者，掎其巔。析薪者，隨其理。

《箋》云：掎其巔者，不欲妄蹈之。柂，謂觀其理也。必隨其理者，不欲妄挫折之。以言今王之遇大子，不如伐木析薪也〔一〕。

[四] 佗，加也。

《箋》云：予，我也。舍褒姒讒言之罪，而妄加我大子。

莫高匪山，莫浚匪泉。[一]君子無易由言，耳屬于垣。[二]無逝我梁，無發我笱。[三]我躬不閱，遑恤我後。[四]

[一] 浚，深也。

《箋》云：山高矣，人登其巔；泉深矣，人入其淵。以言人無所不至，雖辟逃之，猶有默存者焉。

[二]《箋》云：由，用也。王无輕用讒人之言，人將有屬耳於壁而聽之者，知王有所受之，知王心之不正也。

[三]《箋》云：逝，之也。之人梁，發人笱，此必有盜魚之罪。以言褒姒淫色來嬖於王，盜我大子母子之寵〔二〕。

[四] 念父，孝也。高子曰："《小弁》，小人之詩也。"孟子曰："何以言之？"曰："怨乎。"孟子曰："固哉！夫高叟之爲《詩》

〔一〕 不如伐木析薪也　"也"，底本誤奪，五山本誤作"者"，據足利本、相臺本、殿本、阮刻本補。

〔二〕 盜我大子母子之寵　"子"，底本誤作"予"，據諸本改。

也〔一〕。有越人於此，關弓而射我，我則談笑而道之，無他，疏之也。兄弟關弓而射我，我則垂涕泣而道之，無他，戚之也。然則《小弁》之怨，親親也。親親，仁也。固哉！夫高叟之爲《詩》！"曰："《凱風》何以不怨？"曰："《凱風》，親之過小者也。《小弁》，親之過大者也。親之過大而不怨，是愈疏也。親之過小而怨，是不可磯也〔二〕。愈疏，不孝也；不可磯，亦不孝也。孔子曰：'舜其至孝矣，五十而慕。'"

《箋》云：念父，孝也。大子念王將受讒言不止，我死之後，懼復有被讒者，無如之何，故自決云：我身尚不能自容，何暇乃憂我死之後也？

《小弁》八章，章八句。

〔一〕 夫高叟之爲詩也 "夫"，底本誤作"天"，據諸本改。
〔二〕 是不可磯也 "磯"，底本誤作"譏"，五山本誤作"儀"，據足利本、相臺本、殿本、阮刻本改。下"不可磯"同。

巧　言

《巧言》，刺幽王也。大夫傷於讒，故作是詩也。

悠悠昊天，曰父母且。無罪無辜，亂如此幠[一]。[一]昊天已威，予慎無罪。昊天大幠，予慎無辜。[二]

　　[一]幠，大也。

　《箋》云：悠悠，思也。幠，敖也。我憂思乎昊天，愬王也。始者言其且爲民之父母，今乃刑殺無罪無辜之人，爲亂如此，甚敖慢，無法度也。

　　[二]威，畏。慎，誠也。

　《箋》云：已、泰，皆言甚也。昊天乎，王甚可畏，王甚敖慢，我誠無罪而罪我。

亂之初生，僭始既涵。[一]亂之又生，君子信讒。[二]君子如怒，亂庶遄沮。[三]君子如祉，亂庶遄已。[四]

　　[一]僭，數。涵，容也。

　《箋》云：僭，不信也。既，盡。涵，同也。王之初生亂萌，群臣之言，不信與信，盡同之，不別也。

　　[二]《箋》云：君子，斥在位者也。在位者信讒人之言，是復亂之所生。

　　[三]遄，疾。沮，止也。

〔一〕亂如此幠　"幠"，底本誤作"憮"，五山本、殿本同，據足利本、相臺本、阮刻本及阮元《校勘記》改。下經及《傳》《箋》"幠"同。

《箋》云：君子見讒人，如怒責之，則此亂庶幾可疾止也。

[四]祉，福也。

《箋》云：福者，福賢者，謂爵祿之也。如此則亂亦庶幾可疾止也。

君子屢盟，亂是用長。^[一]君子信盜，亂是用暴。^[二]盜言孔甘，亂是用餤。^[三]匪其止共，維王之卭。^[四]

[一]凡國有疑，會同則用盟而相要也。

《箋》云：屢，數也。盟之所以數者，由世衰亂，多相背違。時見曰會，殷見曰同。非此時而盟謂之數。

[二]盜，逃也。

《箋》云：盜，謂小人也。《春秋傳》曰："賤者窮諸盜。"

[三]餤，進也。

[四]《箋》云：卭，病也。小人好爲讒佞，既不共其職事，又爲王作病。

奕奕寢廟，君子作之。秩秩大猷，聖人莫之。他人有心，予忖度之。躍躍毚兔，遇犬獲之。^[一]

[一]奕奕，大貌。秩秩，進知也。莫，謀也。毚兔，狡兔也。

《箋》云：此四事者，言各有所能也。因己能忖度讒人之心，故列道之爾。猷，道也。大道，治國之礼法。遇犬，犬之馴者，謂田犬也。

荏染柔木，君子樹之。往來行言，心焉數之。^[一]蛇蛇碩言，出自口矣。^[二]巧言如簧，顏之厚矣。^[三]

[一] 荏染，柔意也。柔木，椅、桐、梓、漆也。

《箋》云：此言君子樹善木，如人心思數善言而出之。善言者，往亦可行，來亦可行，於彼亦可，於己亦可。是之謂行也。

[二] 蛇蛇，淺意也。

《箋》云：碩，大也。大言者，言不顧其行，徒從口出，非由心也。

[三]《箋》云：顏之厚者，出言虛僞，而不知慙於人也。

彼何人斯，居河之麋。[一] 無拳無勇，職爲亂階。[二] 既微且尰，爾勇伊何？[三] 爲猶將多，爾居徒幾何？[四]

[一] 水草交謂之麋。

《箋》云：何人者，斥讒人也。賤而惡之，故曰何人。

[二] 拳，力也。

《箋》云：言無力勇者，謂易誅除也。職，主也。此人主爲亂作階，言亂由之來也。

[三] 骭瘍爲微，腫足爲尰。

《箋》云：此人居下濕之地，故生微尰之疾〔一〕。人憎惡之，故言女勇伊何，何所能也。

[四]《箋》云：猶，謀。將，大也。女作讒佞之謀大多，女所與居之衆幾何人，僥能然乎〔二〕？

《巧言》六章，章八句。

〔一〕 故生微尰之疾　"尰"，底本誤作"腫"，足利本、殿本、阮刻本同，據五山本、相臺本改。

〔二〕 僥能然乎　"僥"，底本誤作"素"，殿本、阮刻本同，據足利本、五山本、相臺本及阮元《校勘記》改。

何　人　斯

《何人斯》，蘇公刺暴公也。暴公爲卿士，而譖蘇公焉，故蘇公作是詩以絶之。[一]

[一] 暴也、蘇也，皆畿内國名也[一]。

彼何人斯，其心孔艱。胡逝我梁，不入我門？[一] 伊誰云從，誰暴之云？[二]

[一]《箋》云[二]：孔，甚。艱，難。逝，之也。梁，魚梁也，在蘇國之門外。彼何人乎？謂與暴公俱見於王者也，其持心甚難知。言其性堅固，似不妄也。暴公譖己之時，女與之乎？今過我國，何故近之我梁，而不入見我乎？疑其與之而未察，斥其姓名爲大切，故言"何人"。

[二] 云，言也。

《箋》云：譖我者，是言從誰生乎？乃暴公之所言也。由己情而本之，以解何人意。

二人從行，誰爲此禍？胡逝我梁，不入唁我？[一] 始者不如今，云不我可。[二]

〔一〕皆畿内國名也　"也"，諸本無。
〔二〕箋云　此二字底本誤奪，據諸本補。

［一］《箋》云：二人者，謂暴公與其侶也。女相隨而行見王，誰作我是禍乎？時蘇公以得譴讓也，女即不爲，何故近之我梁，而不入弔唁我乎？

［二］《箋》云：女始者於我甚厚，不如今日也。今日云我所行，有何不可者乎？何更於己薄也？

彼何人斯，胡逝我陳？我聞其聲，不見其身。^[一]不愧于人，不畏于天？^[二]

［一］陳，堂塗也。

《箋》云：堂塗者〔一〕，公館之堂塗也。女即不爲，何故近之我館庭，使我得聞女之音聲，不得睹女之身乎？

［二］《箋》云：女今不入唁我，何所愧畏乎？皆疑之未察之辭。

彼何人斯，其爲飄風。胡不自北，胡不自南？胡逝我梁，祇攪我心^[二]？^[一]

［一］飄風，暴起之風。攪，亂也。

《箋》云：祇，適也。何人乎，女行來而去，疾如飄風，不欲入見我。何不乃從我國之南，不則乃從我國之北，何近之我梁，適亂我之心，使我疑女？

爾之安行，亦不遑舍。爾之亟行，遑脂爾車。壹者之來，

〔一〕 堂塗者　"塗"下，底本誤衍"塗"字，據諸本删。
〔二〕 祇攪我心　"祇"，底本誤作"衹"，逕改。下鄭《箋》"祇"同。

云何其盱！[一]

> [一]《箋》云：遑，暇。亟，疾。盱，病也。女可安行乎？則何不暇舍息乎[一]？女當疾行乎，則又何暇脂女車乎？極其情，求其意，終不得。一者之來見我，於女亦何病乎？

爾還而入，我心易也。還而不入，否難知也。壹者之來，俾我祇也。[一]

> [一]易，說。祇，病也。
> 《箋》云：還，行反也。否，不通也。祇，安也。女行反入見我，我則解說也。反又不入見我，則我與女情不通。女與於譖我與否，復難知也。一者之來見我，我則知之，是使我心安也。

伯氏吹壎，仲氏吹篪。[一]及爾如貫，諒不我知。出此三物，以詛爾斯。[二]

> [一]土曰壎，竹曰篪。
> 《箋》云：伯、仲，喻兄弟也。我與女恩如兄弟，其相應和如壎、篪。以言俱爲王臣，宜相親愛。
> [二]三物，豕、犬、雞也。民不相信，則盟詛之。君以豕，臣以犬，民以雞。
> 《箋》云：及，與。諒，信也。我與女俱爲王臣，其相比次，如物

〔一〕則何不暇舍息乎　"舍"，底本誤作"含"，據諸本改。

之在繩索之貫也。今女心誠信而我不知,且共出此三物以詛女之此事。爲其情之難知,己又不欲長怨,故設之以此言。

爲鬼爲蜮,則不可得。有靦面目,視人罔極。^[一]作此好歌,以極反側。^[二]

[一] 蜮,短狐也。靦,姡也。

《箋》云:使女爲鬼爲蜮也,則女誠不可得見也。姡然有面目,女乃人也,人相視無有極時,終必與女相見。

[二] 反側,不正直也。

《箋》云:好,猶善也。反側,輾轉也。作八章之歌,求女之情,女之情反側極於是也〔一〕。

《何人斯》八章,章六句。

〔一〕 女之情反側極於是也 "女之情",底本誤奪,據諸本補。

464

巷　伯

《巷伯》，刺幽王也。寺人傷於讒，故作是詩也。[一]

[一] 巷伯[一]，奄官。寺人，内小臣也。奄官：上士四人，掌王后之命。於宫中爲近，故謂之巷伯，與寺人之官相近。讒人譖寺人，寺人又傷其將及巷伯，故以名篇。

萋兮斐兮，成是貝錦。[一] 彼譖人者，亦已大甚。[二]

[一] 興也。萋斐，文章相錯也。貝錦，錦文也。
《箋》云：錦文者，文如餘泉、餘蚳之貝文也。興者，喻讒人集作己過，以成於罪，猶女工之集采色以成錦文。
[二]《箋》云：大甚者，謂使己得重罪也。

哆兮侈兮，成是南箕。[一] 彼譖人者，誰適與謀？[二]

[一] 哆，大貌。南箕，箕星也[二]。侈之言是必有因也。斯人自謂辟嫌之不審也。昔者，顏叔子獨處于室，鄰之釐婦又獨處于室，夜暴風雨至，而室壞，婦人趨而至。顏叔子納之，而使執燭，放乎旦而蒸盡，縮屋而繼之，自以爲辟嫌之不審矣。若其審者，宜若魯人然。魯人有男子，獨處于室，鄰之釐婦又獨處于室[三]。夜暴風雨至，而室壞，婦人趨而託之。男子

〔一〕 巷伯　"巷"上，底本誤衍"箋云"二字，據諸本刪。
〔二〕 箕星也　"箕"，底本誤奪，據諸本補。
〔三〕 鄰之釐婦又獨處于室　"又"，底本誤作"亦"，據諸本改。

閉户而不納,婦人自牖與之言曰:"子何爲不納我乎?"男子曰:"吾聞之也:男子不六十不閒居。今子幼,吾亦幼,不可以納子。"婦人曰:"子何不若柳下惠然?嫗不逮門之女,國人不稱其亂。"男子曰:"柳下惠固可,吾固不可。吾將以吾不可,學柳下惠之可。"孔子曰:"欲學柳下惠者,未有似於是也。"

《箋》云:箕星哆然,踵狹而舌廣。今讒人之因寺人之近嫌而成言其罪,猶因箕星之哆而侈大之。

[二]《箋》云:適,往也。誰往就女謀乎?怪其言多且巧。

緝緝翩翩,謀欲譖人。[一]慎爾言也,謂爾不信。[二]

[一]緝緝,口舌聲。翩翩,往來貌。
[二]《箋》云[一]:慎,誠也。女誠心而後言,王將謂女不信而不受。欲其誠者,惡其不誠也。

捷捷幡幡,謀欲譖言。[一]豈不爾受?既其女遷。[二]

[一]捷捷,猶緝緝也。幡幡,猶翩翩也。
[二]遷,去也。

《箋》云:遷之言訕也。王倉卒豈將不受女言乎?已則亦將復訕誹女。

驕人好好,勞人草草。[一]蒼天蒼天,視彼驕人,矜此勞人。

―――――――
〔一〕箋云 此二字底本誤奪,據諸本補。

［一］好好，喜也。草草，勞心也。

《箋》云：好好者，喜讒言之人也。草草者，憂將妄得罪也。

彼譖人者，誰適與謀？取彼譖人，投畀豺虎。^[一]豺虎不食，投畀有北。^[二]有北不受，投畀有昊。^[三]

［一］投，棄也。

［二］北方寒涼而不毛。

［三］昊，昊天也。

《箋》云：付與昊天，制其罪也。

楊園之道，猗于畝丘。^[一]寺人孟子，作爲此詩。凡百君子，敬而聽之。^[二]

［一］楊園，園名。猗，加也。畝丘，丘名。

《箋》云：欲之楊園之道，當先歷畝丘，以言此讒人欲譖大臣，故從近小者始。

［二］寺人而曰孟子者，罪已定矣，而將踐刑，作此詩也。

《箋》云：寺人，王之正內五人。作，起也。孟子起而爲此詩，欲使衆在位者慎而知之。既言"寺人"，復自著"孟子"者，自傷將去此官也。

《巷伯》七章，四章章四句，一章五句，一章八句，一章六句。

《節南山之什》十篇，七十九章，五百五十二句。

毛詩卷第十三

毛詩卷第十三

谷風之什詁訓傳第二十

毛詩小雅　　　　鄭　氏　箋

谷　風

《谷風》，刺幽王也。天下俗薄，朋友道絶焉。

習習谷風，維風及雨。[一] 將恐將懼，維予與女。[二] 將安將樂，女轉棄予。[三]

[一] 興也。風雨相感，朋友相須。
《箋》云：習習，和調之貌。東風謂之谷風[一]。興者，風而有雨，則潤澤行，喻朋友同志，則恩愛成。

[二]《箋》云：將，且也。恐懼，喻遭厄難勤苦之事也。當此之時，獨我與女爾，謂同其憂務。

[三] 言朋友趨利，窮達相棄。
《箋》云：朋友無大故，則不相遺棄。今女以志達而安樂，棄恩忘舊，薄之甚。

〔一〕 東風謂之谷風　此六字底本誤奪，據諸本補。

習習谷風，維風及頹。[一]將恐將懼，寘予于懷。[二]將安將樂，棄予如遺。[三]

[一] 頹，風之焚輪者也。風薄相扶而上，喻朋友相須而成。
[二]《箋》云：寘，置也。置我於懷，言至親己也。
[三]《箋》云：如遺者，如人行道遺忘物，忽然不省存也。

習習谷風，維山崔嵬。無草不死，無木不萎。[一]忘我大德，思我小怨。[二]

[一] 崔嵬，山巔也。雖盛夏，萬物茂壯，草木無有不死葉萎枝者。
《箋》云：此言東風，生長之風也。山巔之上，草木猶及之，然而盛夏養萬物之時，草木枝葉猶有萎槁者，以喻朋友雖以恩相養，亦安能不時有小訟乎？
[二]《箋》云：大德，切瑳以道相成之謂也。

《谷風》三章，章六句。

蓼 莪

《蓼莪》,刺幽王也。民人勞苦,孝子不得終養爾。[一]

[一]"不得終養"者〔一〕,二親病亡之時,時在役所,不得見也。

蓼蓼者莪,匪莪伊蒿。[一] 哀哀父母,生我劬勞。[二]

[一]興也。蓼蓼,長大貌。
《箋》云:莪已蓼蓼長大,我視之以爲非莪〔二〕,反謂之蒿〔三〕。興者,喻憂思,雖在役中,心不精識其事。
[二]《箋》云:哀哀者,恨不得終養父母,報其生長己之苦。

蓼蓼者莪,匪莪伊蔚。[一] 哀哀父母,生我勞瘁。[二]

[一]蔚,牡菣也。
[二]《箋》云:瘁,病也〔四〕。

缾之罄矣,維罍之恥。[一] 鮮民之生,不如死之久矣。[二]

〔一〕 不得終養者 "不"上,底本誤衍"箋云"二字,據諸本刪。
〔二〕 我視之以爲非莪 "我",底本誤作"貌",足利本、阮刻本同,據五山本、相臺本、殿本及阮元《校勘記》改。
〔三〕 反謂之蒿 "反",底本誤作"故",足利本、殿本、阮刻本同,據五山本、相臺本及阮元《校勘記》改。
〔四〕 箋云瘁病也 此五字底本誤奪,據諸本補。

無父何怙？無母何恃？出則銜恤，入則靡至。[三]

> [一]餅小而罍大。罄，盡也。
>
> 《箋》云：餅小而盡，罍大而盈。言爲罍恥者，刺王不使富分貧、衆恤寡。
>
> [二]鮮，寡也。
>
> 《箋》云：此言供養日寡矣，而我尚不得終養，恨之言也。
>
> [三]《箋》云：恤，憂。靡，無也。孝子之心，怙恃父母，依依然以爲不可斯須無也。出門則思之而憂，旋入門又不見，如入無所至〔一〕。

父兮生我，母兮鞠我。拊我畜我，長我育我，顧我復我，出入腹我。[一]欲報之德，昊天罔極。[二]

> [一]鞠，養。腹，厚也。
>
> 《箋》云："父兮生我"者，本其氣也。畜，起也。育，覆育也。顧，旋視也。復，反覆也。腹，懷抱也。
>
> [二]《箋》云：之，猶是也。我欲報父母是德，昊天乎，我心無極。

南山烈烈，飄風發發。[一]民莫不穀，我獨何害？[二]

> [一]烈烈然，至難也。發發，疾貌。
>
> 《箋》云：民人自苦見役，視南山則烈烈然，飄風發發然，寒且疾也。

〔一〕如入無所至 "入"，底本誤讀，據諸本補。

〔二〕《箋》云：穀，養也。言民皆得養其父母〔一〕，我獨何故覩此寒苦之害？

南山律律，飄風弗弗。〔一〕民莫不穀，我獨不卒。〔二〕

〔一〕律律，猶烈烈也。弗弗，猶發發也。
〔二〕《箋》云：卒，終也。我獨不得終養父母，重自哀傷也。

《蓼莪》六章，四章章四句，二章章八句〔二〕。

〔一〕 言民皆得養其父母　"養其"，底本誤倒，據諸本乙正。
〔二〕 二章章八句　"句"下，底本誤衍"晉王裒以父死非罪每讀至哀哀父母生我劬勞未嘗不三復流涕受業者爲廢此篇詩之感人如此"三十九字，據諸本刪。

大　東

　　《大東》，刺亂也。東國困於役而傷於財，譚大夫作是詩以告病焉。[一]

　　　［一］譚國在東[一]，故其大夫尤苦征役之事也。魯莊公十年，齊師滅譚。

有饛簋飧，有捄棘匕。[一]周道如砥，其直如矢。[二]君子所履，小人所視。[三]睠言顧之，潸焉出涕。[四]

　　　［一］興也。饛，滿簋貌。飧，熟食，謂黍稷也。捄，長貌。匕[二]，所以載鼎實。棘，赤心也。
　　　《箋》云：飧者，客始至，主人所致之礼也。凡飧饔餼，以其爵等爲之牢礼之數陳。興者，喻古者天子施予之恩，於天下厚。
　　　［二］如砥，貢賦平均也。如矢，賞罰不偏也。
　　　［三］《箋》云：此言古者天子之恩厚也，君子皆法效而履行之。其如砥矢之平，小人又皆視之，共之無怨。
　　　［四］睠，反顧也。潸，涕下貌。
　　　《箋》云：言，我也。此二事者，在乎前世，過而去矣。我從今顧視之，爲之出涕，傷今不如古也。

小東大東，杼柚其空。[一]糾糾葛屨，可以履霜。佻佻公子，

〔一〕譚國在東　"譚"上，底本誤衍"箋云"二字，據諸本刪。
〔二〕匕　"匕"，底本誤作"七"，據諸本改。

476

行彼周行。[二]既往既來，使我心疚。[三]

[一]空，盡也。

《箋》云：小也、大也，謂賦斂之多少也。小亦於東，大亦於東，言其政偏，失砥矢之道也。譚無他貨，維絲麻爾，今盡杼柚不作也。

[二]佻佻，獨行貌。公子，譚公子也。

《箋》云：葛屨，夏屨也。周行，周之列位也。言時財貨盡，雖公子，衣屨不能順時，乃夏之葛屨，今以履霜送轉餫，因見使行周之列位者而發幣焉。言雖困乏，猶不得止也。

[三]《箋》云：既，盡。疚[一]，病也。言譚人自虛竭餫送而往，周人則空盡受之，曾無反幣復禮之惠，是使我心傷病也。

有冽氿泉[二]，無浸穫薪。契契寤歎，哀我憚人。[一]薪是穫薪，尚可載也。哀我憚人，亦可息也。[二]

[一]冽，寒意也。側出曰氿泉。穫，艾也。契契，憂苦也。憚，勞也。

《箋》云：穫，落，木名也。既伐而析之以爲薪，不欲使氿泉浸之。浸之則將濕腐不中用也。今譚大夫契契憂苦而寤歎，哀其民人之勞苦者，亦不欲使周之賦斂，小東、大東極盡之。極盡之，則將困病，亦猶是也。

[二]載，載乎意也。

〔一〕疚　"疚"，底本誤作"文"，據諸本改。
〔二〕有冽氿泉　"冽"，底本誤作"洌"，逕改。下鄭《箋》"冽"同。

《箋》云："薪是穫薪"者，析是穫薪也。尚，庶幾也。庶幾析是穫薪，可載而歸，蓄之以爲家用。哀我勞人，亦可休息，養之以待國事〔一〕。

東人之子，職勞不來。西人之子，粲粲衣服。[一] 舟人之子，熊羆是裘。[二] 私人之子，百僚是試。[三]

[一] 東人，譚人也。來，勤也。西人，京師人也。粲粲，鮮盛貌〔二〕。

《箋》云：職，主也。東人勞苦而不見謂勤，京師人衣服鮮絜而逸豫。言王政偏甚也。自此章以下，言周道衰。其不言政偏，則言眾官廢職，如是而已。

[二] 舟人，舟楫之人。熊羆是裘，言富也。

《箋》云：舟，當作"周"；裘，當作"求"：聲相近故也。周人之子，謂周世臣之子孫，退在賤官，使搏熊羆，在冥氏、穴氏之職。

[三] 私人，私家人也。是試，用於百官也。

《箋》云：此言周衰，群小得志。

或以其酒，不以其漿。[一] 鞙鞙佩璲，不以其長。[二] 維天有漢，監亦有光。[三] 跂彼織女，終日七襄。[四]

[一] 或醉於酒，或不得漿。

〔一〕 養之以待國事 "事"下，底本誤衍"者也"二字，據諸本刪。
〔二〕 鮮盛貌 "貌"，底本誤作"也"，五山本同，據足利本、柤臺本、殿本、阮刻本改。

［二］鞙鞙，玉貌。璲，瑞也。

《箋》云：佩璲者，以瑞玉爲佩。佩之鞙鞙然，居其官職，非其才之所長也。徒美其佩，而無其德，刺其素飱。

［三］漢，天河也。有光而無所明。

《箋》云：監，視也。喻王閒置官司，而無督察之實。

［四］跂，隅貌。襄，反也。

《箋》云：襄，駕也。駕，謂更其肆也。從旦至暮七辰，辰一移，因謂之七襄。

雖則七襄，不成報章。［一］睆彼牽牛，不以服箱。［二］東有啓明，西有長庚。［三］有捄天畢，載施之行。［四］

［一］不能反報成章也。

《箋》云：織女有織名爾，駕則有西無東，不如人織，相反報成文章。

［二］睆，明星貌。河鼓謂之牽牛［一］。服，牝服也。箱，大車之箱也［二］。

《箋》云：以，用也。牽牛不可用於牝服之箱。

［三］日旦出，謂明星爲啓明。日既入，謂明星爲長庚。庚，續也。

《箋》云：啓明、長庚，皆有助日之名，而無實光也。

［四］捄，畢貌。畢，所以掩兔也。何嘗見其可用乎？

《箋》云：祭器有畢者，所以助載鼎實。今天畢則施於行列而已。

〔一〕河鼓謂之牽牛　"河"，底本誤作"何"，據諸本改。
〔二〕大車之箱也　"車"，底本誤作"卑"，據諸本改。

維南有箕,不可以簸揚。維北有斗,不可以挹酒漿。[一] 維南有箕,載翕其舌。維北有斗,西柄之揭。[二]

[一] 挹,斟也。

[二] 翕,合也。

《箋》云:翕,猶引也。引舌者,謂上星相近。

《大東》七章,章八句。

四 月

《四月》，大夫刺幽王也。在位貪殘，下國構禍，怨亂並興焉。

四月維夏，六月徂暑。[一] 先祖匪人，胡寧忍予？[二]

[一] 徂，往也。六月火星中，暑盛而往矣。
《箋》云：徂，猶始也。四月立夏矣，至六月乃始盛暑，興人爲惡亦有漸，非一朝一夕。
[二]《箋》云：匪，非也。寧，猶曾也。我先祖非人乎？人則當知患難，何爲曾使我當此亂世乎？

秋日淒淒，百卉具腓。[一] 亂離瘼矣，爰其適歸。[二]

[一] 淒淒，涼風也。卉，草也。腓，病也。
《箋》云：具，猶皆也。涼風用事而衆草皆病，興貪殘之政行而萬民困病。
[二] 離，憂。瘼，病。適，之也。
《箋》云：爰，曰也。今政亂，國將有憂病者矣，曰此禍其所之歸乎？言憂病之禍，必自之歸爲亂。

冬日烈烈，飄風發發。[一] 民莫不穀，我獨何害？[二]

[一]《箋》云：烈烈，猶栗烈也。發發，疾貌。言王爲酷虐慘毒

之政,如冬日之烈烈矣;其亟急行於天下,如飄風之疾也。

[二]《箋》云:穀,養也。民莫不得養其父母者,我獨何故覯此寒苦之害?

山有嘉卉,侯栗侯梅[一]。[一]廢爲殘賊,莫知其尤。[二]

[一]《箋》云:嘉,善。侯,維也。山有美善之草,生於梅栗之下,人取其實,踩踐而害之,令不得蕃茂。喻上多賦斂,富人財盡,而弱民與受困窮。

[二]廢,忕也。

《箋》云:尤,過也。言在位者貪殘,爲民之害,無自知其行之過者,言忕於惡。

相彼泉水,載清載濁。[一]我日構禍,曷云能穀?[二]

[一]《箋》云:相,視也。我視彼泉水之流,一則清,一則濁,刺諸侯並爲惡,曾無一善。

[二]構,成也[二]。曷,逮也。

《箋》云:構,猶合集也。曷之言何也。穀,善也。言諸侯日作禍亂之行,何者可謂能善?

滔滔江漢,南國之紀。[一]盡瘁以仕,寧莫我有。[二]

〔一〕侯栗侯梅 "栗",底本誤作"㮚",據諸本改。
〔二〕成也 "也",諸本無。

[一] 滔滔，大水貌。其神足以綱紀一方。
《箋》云：江也、漢也，南國之大水，紀理衆川，使不壅滯。喻吳、楚之君能長理旁側小國，使得其所。
[二]《箋》云：瘁，病。仕，事也。今王盡病其封畿之內，以兵役之事，使群臣有土地，曾無自保有者，皆懼於危亡也。吳、楚舊名貪殘，今周之政乃反不如。

匪鶉匪鳶，翰飛戾天。匪鱣匪鮪，潛逃于淵。[一]

[一] 鶉，鵰也。鵰、鳶，貪殘之鳥也。大魚能逃處淵。
《箋》云：翰，高。戾，至。鱣，鯉也。言鵰、鳶之高飛[一]，鯉、鮪之處淵，性自然也。非鵰、鳶能高飛，非鯉、鮪能處淵，皆驚駭辟害爾。喻民性安土重遷，今而逃走，亦畏亂政故。

山有蕨薇，隰有杞桋。[一]君子作歌，維以告哀。[二]

[一] 杞，枸檵也。桋，赤楝也[二]。
《箋》云：此言草木生各得其所，人反不得其所，傷之也。
[二]《箋》云：告哀，言勞病而愬之。

《四月》八章，章四句。

〔一〕 言鵰鳶之高飛 "鳶"，底本誤作 "翼"，據諸本改。
〔二〕 赤楝也 "楝"，底本誤作 "棘"，據諸本改。

北　　山

　　《北山》，大夫刺幽王也。役使不均，已勞於從事，而不得養其父母焉。

陟彼北山，言采其杞。^[一]偕偕士子，朝夕從事。^[二]王事靡盬，憂我父母。^[三]

　　[一]《箋》云：言，我也。登山而采杞，非可食之物，喻己行役，不得其事。

　　[二]偕偕，強壯貌。士子，有王事者也。

　　《箋》云：朝夕從事，言不得休止。

　　[三]《箋》云：靡，無也。盬，不堅固也。王事無不堅固，故我當盡力勤勞於役，久不得歸，父母思己而憂。

溥天之下，莫非王土。率土之濱，莫非王臣。^[一]大夫不均，我從事獨賢。^[二]

　　[一]溥，大。率，循。濱，涯也。

　　《箋》云：此言王之土地廣矣，王之臣又衆矣，何求而不得？何使而不行？

　　[二]賢，勞也。

　　《箋》云：王不均大夫之使，而專以我有賢才之故，獨使我從事於役。自苦之辭也。

四牡彭彭，王事傍傍。[一]嘉我未老，鮮我方將。[二]旅力方剛，經營四方。[三]

　　[一]彭彭然不得息，傍傍然不得已。
　　[二]將，壯也。
　　《箋》云：嘉、鮮，皆善也。王善我年未老乎？善我方壯乎？何獨久使我也？
　　[三]旅，眾也。
　　《箋》云：王謂此事眾之氣力方盛乎？何乃勞苦使之經營四方？

或燕燕居息，[一]或盡瘁事國。[二]或息偃在牀，或不已于行。[三]

　　[一]燕燕，安息貌。
　　[二]盡力勞病以從國事[一]。
　　[三]《箋》云：不已，猶不止也。

或不知叫號，或慘慘劬勞。[一]或棲遲偃仰，或王事鞅掌。[二]

　　[一]叫，呼。號，召也。
　　[二]鞅掌，失容也。
　　《箋》云：鞅，猶何也。掌，謂捧之也。負何捧持以趨走，言促遽也。

〔一〕盡力勞病以從國事　"病"，底本誤作"瘁"，據諸本改。

或湛樂飲酒,或慘慘畏咎。[一]或出入風議,或靡事不爲。[二]

[一]《箋》云:咎,猶罪過也。
[二]《箋》云:風,猶放也。

《北山》六章,三章章六句,三章章四句。

無將大車

《無將大車》，大夫悔將小人也。[一]

[一] 周大夫悔將小人，<u>幽王</u>之時，小人衆多，賢者與之從事，反見譖害，自悔與小人並。

無將大車，祇自塵兮[一]。[一] 無思百憂，祇自疧兮。[二]

[一] 大車，小人之所將也。
《箋》云：將，猶扶進也。祇，適也。鄙事者，賤者之所爲也。君子爲之，不堪其勞，以喻大夫而進舉小人，適自作憂累，故悔之。
[二] 疧，病也。
《箋》云：百憂者，衆小事之憂也。進舉小人，使得居位，不任其職，愆負及己，故以衆小事爲憂，適自病也。

無將大車，維塵冥冥。[一] 無思百憂，不出于熲。[二]

[一]《箋》云：冥冥者，蔽人目明，令無所見也。猶進舉小人，蔽傷己之功德[二]。
[二] 熲，光也。

〔一〕 祇自塵兮 "祇"，底本誤作"祇"，逕改。下經、毛《傳》"祇"同。
〔二〕 蔽傷己之功德 "德"下，諸本有"也"字。

《箋》云：思衆小事以爲憂，使人蔽闇，不得出於光明之道。

無將大車，維塵雝兮。^[一]無思百憂，祇自重兮。^[二]

［一］《箋》云：雝，猶蔽也。
［二］《箋》云：重，猶累也。

《無將大車》三章，章四句。

小　明

《小明》，大夫悔仕於亂世也。[一]

[一]名篇曰"小明"者，言幽王日小其明，損其政事，以至於亂。

明明上天，照臨下土。[一]我征徂西，至于艽野。二月初吉，載離寒暑。[二]心之憂矣，其毒大苦。[三]念彼共人，涕零如雨。[四]豈不懷歸？畏此罪罟。[五]

[一]《箋》云：明明上天，喻王者當光明如日之中也。照臨下土，喻王者當察理天下之事。據時幽王不能然，故舉以刺之。

[二]艽野，遠荒之地。初吉，朔日也。

《箋》云：征，行。徂，往也。我行往之西方，至於遠荒之地，乃以二月朔日始行，至今則更夏暑冬寒矣，尚未得歸。詩人，牧伯之大夫，使述其方之事，遭亂世，勞苦而悔仕。

[三]《箋》云：憂之甚，心中如有毒藥也。

[四]《箋》云：共人，靖共爾位，以待賢者之君。

[五]罟，網也。

《箋》云：懷，思也。我誠思歸，畏此刑罪羅網，我故不敢歸爾。

昔我往矣，日月方除。曷云其還？歲聿云莫。[一]念我獨兮，我事孔庶。心之憂矣，憚我不暇。[二]念彼共人，睠睠懷顧。[三]豈不懷歸？畏此譴怒。

[一] 除，除陳生新也。

《箋》云：四月爲除。昔我往至於艽野以四月，自謂其時將即歸。何言其還，乃至歲晚尚不得歸？

[二] 憚，勞也。

《箋》云：孔，甚。庶，衆也。我事獨甚衆、勞我不暇，皆言王政不均，臣事不同也。

[三]《箋》云：瞶瞶有往仕之志也。

昔我往矣，日月方奥。^[一]曷云其還？政事愈蹙。歲聿云莫，采蕭穫菽。^[二]心之憂矣，自詒伊戚。^[三]念彼共人，興言出宿。^[四]豈不懷歸？畏此反覆。^[五]

[一] 奥，煖也。

[二] 蹙，促也〔一〕。

《箋》云：愈，猶益也。何言其還，乃至於政事更益促急〔二〕？歲晚，乃至采蕭穫菽，尚不得歸。

[三] 戚，憂也。

《箋》云：詒，遺也。我冒亂世而仕，自遺此憂。悔仕之辭。

[四]《箋》云：興，起也。夜臥起宿於外，憂不能宿於內也。

[五]《箋》云：反覆，謂不以正罪見罪。

嗟爾君子，無恒安處。^[一]靖共爾位，正直是與。神之聽之，式穀以女。^[二]

〔一〕 促也　"促"，底本誤作"從"，據諸本改。
〔二〕 乃至於政事更益促急　"促"，底本誤作"蓐"，據諸本改。

[一]《箋》云：恒，常也。嗟女君子，謂其友未仕者也。人之居無常安之處，謂當安安而能遷。孔子曰："鳥則擇木[一]。"

[二]靖，謀也。正直爲正，能正人之曲曰直。

《箋》云：共，具。式，用。穀，善也。有明君謀具女之爵位，其志在於與正直之人爲治。神明若祐而聽之，其用善人，則必用女，是使聽天任命，不汲汲求仕之辭。言女位者，位無常主，賢人則是。

嗟爾君子，無恒安息。[一]靖共爾位，好是正直。神之聽之，介爾景福。[二]

[一]息，猶處也。

[二]介、景，皆大也。

《箋》云：好，猶與也[二]。介，助也。神明聽之，則將助女以大福，謂遭是明君，道施行也。

《小明》五章，三章章十二句，二章章六句。

[一] 鳥則擇木 "木"，底本誤作"米"，據諸本改。
[二] 猶與也 "與"，底本誤作"興"，據諸本改。

鼓　鍾

《鼓鍾》，刺幽王也。

鼓鍾將將，淮水湯湯，憂心且傷。[一]淑人君子，懷允不忘。[二]

　　[一]幽王用樂，不與德比，會諸侯于淮上，鼓其淫樂，以示諸侯。賢者爲之憂傷。

　《箋》云："爲之憂傷"者，嘉樂不野合，犧象不出門。今乃於淮水之上作先王之樂，失礼尤甚。

　　[二]《箋》云：淑，善。懷，至也。古者，善人君子，其用禮樂，各得其宜，至信不可忘。

鼓鍾喈喈，淮水湝湝，憂心且悲。[一]淑人君子，其德不回。[二]

　　[一]喈喈，猶將將。湝湝，猶湯湯。悲，猶傷也。
　　[二]回，邪也。

鼓鍾伐鼛，淮有三洲，憂心且妯。[一]淑人君子，其德不猶。[二]

　　[一]鼛，大鼓也。三洲，淮上地。妯，動也。
　《箋》云：妯之言悼也。
　　[二]猶，若也。
　《箋》云：猶，當作"瘉"；瘉，病也。

鼓鍾欽欽，鼓瑟鼓琴，笙磬同音。^[一]以雅以南，以籥不僭。^[二]

[一] 欽欽，言使人樂進也。笙、磬，東方之樂也。同音，四縣皆同也。

《箋》云：同音者，謂堂上堂下，八音克諧。

[二] 爲雅爲南也，舞四夷之樂，大德廣所及也。東夷之樂曰昧，南夷之樂曰南，西夷之樂曰朱離，北夷之樂曰禁。以爲籥舞，若是爲和而不僭矣。

《箋》云：雅，萬舞也。萬也、南也、籥也，三舞不僭，言進退之旅也。周樂尚武，故謂萬舞爲雅。雅，正也。籥舞，文樂也。

《鼓鍾》四章，章五句。

楚　茨

《楚茨》，刺幽王也。政煩賦重，田萊多荒，饑饉降喪，民卒流亡，祭祀不饗，故君子思古焉。[一]

[一] 田萊多荒，茨棘不除也。饑饉，倉庾不盈也。降喪，神不與福助也。

楚楚者茨，言抽其棘。自昔何爲？我蓺黍稷。[一]我黍與與，我稷翼翼。我倉既盈，我庾維億。[二]以爲酒食，以享以祀，以妥以侑，以介景福。[三]

[一] 楚楚，茨棘貌。抽，除也。
《箋》云：茨，蒺藜也。伐除蒺藜與棘，自古之人何乃勤苦爲此事乎？我將樹黍稷焉。言古者先生之政，以農爲本。茨言楚楚，棘言抽，互辭也。

[二] 露積曰庾。萬萬曰億。
《箋》云：黍與與、稷翼翼，蕃廡貌[一]。陰陽和，風雨時，則萬物成。萬物成，則倉庾充滿矣。倉言盈，庾言億，亦互辭，喻多也。十萬曰億也。

[三] 妥，安坐也。侑，勸也。
《箋》云：享，獻。介，助。景，大也。以黍稷爲酒食，獻之以祀先祖。既又迎尸，使處神坐而食之，爲其嫌不飽，祝以主人

〔一〕蕃廡貌 "廡"，底本誤作"蕪"，據諸本改。

之辭勸之，所以助孝子受大福也。

濟濟蹌蹌，絜爾牛羊，以往烝嘗。或剝或亨，或肆或將。[一]祝祭于祊，祀事孔明。[二]先祖是皇，神保是饗。[三]孝孫有慶，報以介福，萬壽無疆。[四]

  [一]濟濟蹌蹌，言有容也。亨，飪之也。肆，陳。將，齊也。或陳于乐[一]，或齊其肉。

  《箋》云：有容，言威儀敬慎也。冬祭曰烝，秋祭曰嘗。祭祀之禮，各有其事，有解剝其皮者，有煮熟之者，有肆其骨體於俎者，或奉持而進之者。

  [二]祊，門內也。

  《箋》云：孔，甚也。明，猶備也、絜也。孝子不知神之所在，故使祝博求之，平生門內之旁，待賓客之處，祀禮於是甚明。

  [三]皇，大。保，安也。

  《箋》云：皇，暀也。先祖以孝子祀禮甚明之故，精氣歸暀之，其鬼神又安而饗其祭祀。

  [四]《箋》云：慶，賜也。疆，竟界也。

執爨踖踖，爲俎孔碩，或燔或炙。[一]君婦莫莫，爲豆孔庶，爲賓爲客。[二]獻醻交錯，禮儀卒度，笑語卒獲。[三]神保是格，報以介福，萬壽攸酢。[四]

  [一]爨，饔爨、廩爨也。踖踖，言爨竈有容也。燔，取膟膋。

〔一〕或陳于乐 "乐"，底本誤作"牙"，諸本同，據阮元《校勘記》改。

炙，炙肉也。

《箋》云：燔，燔肉也。炙，肝炙也。皆從獻之俎也。其爲之於饔，必取肉也、肝也肥碩美者。

[二] 莫莫，言清靜而敬至也。豆，謂肉羞、庶羞也。繹而賓尸及賓客。

《箋》云：君婦，謂后也。凡適妻稱君婦，事舅姑之稱也。庶，脀也。祭祀之禮，后夫人主共籩豆，必取肉物肥脀美者[一]。

[三] 東西爲交，邪行爲錯。度，法度也。獲，得時也。

《箋》云：始主人酌賓，爲獻。賓既酌主人，主人又自飲酌賓，曰酬。至旅而爵交錯以徧。卒，盡也。古者於旅也語。

[四] 格，來。酢，報也。

我孔熯矣，式禮莫愆。工祝致告，徂賚孝孫。[一] 苾芬孝祀，神嗜飲食。卜爾百福，如幾如式。[二] 既齊既稷，既匡既勑。永錫爾極，時萬時億。[三]

[一] 熯，敬也。善其事曰工。賚，予也。

《箋》云：我，我孝孫也。式，法。莫，無。愆，過。徂，往也。孝孫甚敬矣，於禮法無過者，祝以此故，致神意，告主人，使受嘏。既而以嘏之物往予主人。

[二] 幾，期。式，法也。

《箋》云：卜，予也。苾苾芬芬，有馨香矣，女之以孝敬享祀也。神乃歆嗜女之飲食。今予女之百福，其來如有期矣，多少如有法矣。此皆嘏辭之意。

[一] 必取肉物肥脀美者　"者"下，五山本同，足利本、相臺本、殿本、阮刻本有"也"字。

〔三〕穧，疾。勑，固也。

《箋》云：齊，減取也。穧之言即也。永，長。極，中也。嘏之禮，祝徧取黍稷牢肉魚，擩于醢以授尸。孝孫前，就尸受之。天子使宰夫受之以筐[一]，祝則釋嘏辭以勑之[二]。又曰：長賜女以中和之福，是萬是億。言多無數。

禮儀既備，鍾鼓既戒。孝孫徂位，工祝致告。[一]神具醉止，皇尸載起。鼓鍾送尸，神保聿歸。[二]諸宰君婦，廢徹不遲。[三]諸父兄弟，備言燕私。[四]

[一]致告，告利成也。

《箋》云：鍾鼓既戒，戒諸在廟中者，以祭禮畢。孝孫往位，堂下西面位也。祝於是，致孝孫之意，告尸以利成。

[二]皇，大也。

《箋》云：具，皆也。皇，君也。載之言則也。尸，節神者也。神醉而尸謖，送尸而神歸，尸出入奏《肆夏》。尸稱君，尊之也。神安歸者，歸於天也。

[三]《箋》云：廢，去也。尸出而可徹，諸宰徹去諸饌，君婦籩豆而已。不遲，以疾爲敬也。

[四]燕而盡其私恩。

《箋》云：祭祀畢，歸賓客豆俎[三]，同姓則留與之燕，所以尊賓客、親骨肉也。

〔一〕天子使宰夫受之以筐　"夫"，底本誤作"大"，據諸本改。
〔二〕祝則釋嘏辭以勑之　"辭"，底本誤作"辥"，據諸本改。
〔三〕歸賓客豆俎　"豆"，底本誤作"之"，據諸本改。

樂具入奏,以綏後祿。爾殽既將,莫怨具慶。[一]既醉既飽,小大稽首。神嗜飲食,使君壽考。[二]孔惠孔時,維其盡之。子子孫孫,勿替引之。[三]

[一] 綏,安也。安然後受福祿也。將,行也。

《箋》云:燕而祭時之樂〔一〕,復皆入奏,以安後日之福祿。骨肉歡,而君之福祿安。女之殽羞已行,同姓之臣無有怨者,而皆慶君〔二〕,是其歡也。

[二]《箋》云:小大,猶長幼也。同姓之臣燕已醉飽,皆再拜稽首,曰:神乃歆嗜君之飲食,使君壽且考。此其慶辭。

[三] 替,廢。引,長也。

《箋》云:惠,順也。甚順於禮,甚得其時,維君德能盡之,願子孫勿廢而長行之。

《楚茨》六章,章十二句。

〔一〕 燕而祭時之樂 "時",底本誤作"之",據諸本改。
〔二〕 而皆慶君 "慶",底本誤作"愛",據諸本改。

信 南 山

《信南山》，刺幽王也。不能脩成王之業，疆理天下，以奉禹功，故君子思古焉。

信彼南山，維禹甸之。畇畇原隰，曾孫田之。[一]我疆我理，[二]南東其畝。[三]

> [一] 甸，治也。畇畇，墾辟貌。曾孫，成王也。
>
> 《箋》云：信乎彼南山之野，禹治而丘甸之。今原隰墾辟，則又成王之所佃。言成王乃遠脩禹之功，今王反不脩其業乎？六十四井爲甸。甸方八里，居一成之中。成方十里，出兵車一乘，以爲賦法。
>
> [二] 疆，畫經界也。理，分地理也。
>
> [三] 或南或東。

上天同雲，雨雪雰雰。[一]益之以霢霂，既優既渥。[二]既霑既足，生我百穀。

> [一] 雰雰，雪貌。豐年之冬，必有積雪。
>
> [二] 小雨曰霢霂。
>
> 《箋》云：成王之時，陰陽和，風雨時，冬有積雪，春而益之以小雨，潤澤則饒洽。

疆埸翼翼，黍稷彧彧。[一]曾孫之穡，以爲酒食。畀我尸賓，

壽考萬年。[二]

　　[一] 場，畔也。翼翼，讓畔也。或或，茂盛貌。
　　[二]《箋》云：斂稅曰穧〔一〕。畀，予也。成王以黍稷之稅爲酒食，至祭祀齊戒，則以賜尸與賓〔二〕。尊尸與賓，所以敬神也。敬神則得壽考萬年。

中田有廬，疆場有瓜，是剝是菹。[一] 獻之皇祖，曾孫壽考，受天之祜。[二]

　　[一] 剝瓜爲菹也。
　　《箋》云：中田〔三〕，田中也。農人作廬焉，以便其田事。於畔上種瓜，瓜成，又入其稅，天子剝削淹漬以爲菹，貴四時之異物。
　　[二]《箋》云：皇，君。祜，福也。獻瓜菹於先祖者，順孝子之心也，孝子則獲福。

祭以清酒，從以騂牡，享于祖考。[一] 執其鸞刀，以啓其毛，取其血膋。[二]

　　[一] 周尚赤也。
　　《箋》云：清，謂玄酒也。酒，鬱鬯、五齊、三酒也。祭之禮，先以鬱鬯降神，然後迎牲，享于祖考，納亨時。

〔一〕 斂稅曰穧　"稅"，底本誤作"穫"，據諸本改。
〔二〕 則以賜尸與賓　"尸"，底本誤作"户"，據諸本改。
〔三〕 中田　"田"，底本誤作"由"，據諸本改。

［二］鸞刀，刀有鸞者。言割中節也。

《箋》云：毛以告純也。膋，脂膏也。血以告殺，膋以升臭，合之黍稷，實之於蕭，合馨香也。

是烝是享，苾苾芬芬，祀事孔明。[一]先祖是皇，報以介福，萬壽無疆。[二]

［一］烝，進也。

《箋》云：既有牲物而進獻之，苾苾芬芬然香，祀禮於是則甚明也。

［二］《箋》云：皇之言暀也。先祖之靈，歸暀是孝孫，而報之以福。

《信南山》六章，章六句。

《谷風之什》十篇，五十四章，三百五十六句。

毛詩卷第十四

毛詩卷第十四

甫田之什詁訓傳第二十一

毛詩小雅　　　　　鄭氏箋

甫　田

《甫田》，刺幽王也。君子傷今而思古焉。[一]

[一] 刺者，刺其倉廩空虛，政煩賦重，農人失職。

倬彼甫田，歲取十千。[一] 我取其陳，食我農人，自古有年。[二] 今適南畝，或耘或耔，黍稷薿薿。[三] 攸介攸止，烝我髦士。[四]

[一] 倬，明貌。甫田，謂天下田也〔一〕。十千，言多也。
《箋》云：甫之言丈夫也。明乎彼大古之時，以丈夫稅田也。歲取十千，於井田之法，則一成之數也。九夫爲井，井稅一夫，其田百畝。井十爲通，通稅十夫，其田千畝。通十爲成，成方十里，成稅百夫，其田萬畝。欲見其數，從井、通起，故言"十千"。上地穀畝一鍾。

〔一〕 謂天下田也　"謂"，底本誤奪，據諸本補。

505

[二] 尊者食新，農夫食陳。

《箋》云：倉廩有餘，民得賒貰取食之，所以紓官之蓄滯，亦使民愛存新穀。自古者，豐年之法如此。

[三] 耘，除草也〔一〕。耔，雝本也。

《箋》云：今者，今成王之法也。使農人之南畝，治其禾稼，功至力盡，則薿薿然而茂盛。於古言税法〔二〕，今言治田，互辭。

[四] 烝，進。髦，俊也。治田得穀，俊士以進。

《箋》云：介，舍也。礼：使民鋤作耘耔，閒暇則於廬舍及所止息之處，以道藝相講肄，以進其爲俊士之行。

以我齊明，與我犧羊，以社以方。〔一〕我田既臧，農夫之慶。〔二〕琴瑟擊鼓，以御田祖，以祈甘雨，以介我稷黍，以穀我士女。〔三〕

[一] 器實曰齊，在器曰盛。社，后土也。方，迎四方氣於郊也。

《箋》云：以絜齊豐盛，與我純色之羊，秋祭社與四方，爲五穀成熟，報其功也。

[二]《箋》云：臧，善也。我田事已善，則慶賜農夫。謂大蜡之時，勞農以休息之也。年不順成，則八蜡不通〔三〕。

[三] 田祖，先嗇也。穀，善也。

《箋》云：御，迎。介，助。穀，養也。設樂以迎祭先嗇，謂郊後始耕也。以求甘雨，佑助我禾稼，我當以養士女也。《周禮》

〔一〕 除草也 "草"，底本誤奪，據諸本補。
〔二〕 於古言税法 "法"，底本誤作 "去"，據諸本改。
〔三〕 則八蜡不通 "八"，底本誤作 "大"，據諸本改。

曰："凡國祈年于田祖，吹《豳雅》，擊土鼓〔一〕，以樂田畯。"

曾孫來止，以其婦子，饁彼南畝，田畯至喜。攘其左右，嘗其旨否。[一] 禾易長畝，終善且有。[二] 曾孫不怒，農夫克敏。[三]

[一]《箋》云：曾孫，謂成王也。攘，讀當爲"饟"。饁、饟，饋也。田畯，司嗇，今之嗇夫也。喜，讀爲饎；饎，酒食也。成王來止，謂出觀農事也。親與后、世子行，使知稼穡之艱難也。爲農人之在南畝者，設饋以勸之。司嗇至，則又加之以酒食，饟其左右從行者，成王親爲嘗其饋之美否，示親之也。

[二] 易，治也。長畝，竟畝也。

[三] 敏，疾也。

《箋》云：禾治而竟畝，成王則無所責怒，謂此農夫能且敏也。

曾孫之稼，如茨如梁。曾孫之庾，如坻如京。[一] 乃求千斯倉，乃求萬斯箱。[二] 黍稷稻粱，農夫之慶。報以介福，萬壽無疆。[三]

[一] 茨，積也。梁，車梁也。京，高丘也。

《箋》云：稼，禾也，謂有藁者也。茨，屋蓋也。上古之稅法，近者納總，遠者納粟米。庾，露積穀也。坻，水中之高地也。

[二]《箋》云：成王見禾穀之稅，委積之多，於是求千倉以處之，萬車以載之。是言年豐，收入踰前也。

〔一〕擊土鼓 "土"，底本誤作"士"，據諸本改。

[三]《箋》云：慶，賜也。年豐則勞賜農夫益厚，既有黍稷，加以稻粱。報者，爲之求福助於八蜡之神，萬壽無疆竟也。

《甫田》四章，章十句。

大　田

《大田》，刺幽王也。言矜寡不能自存焉。[一]

[一] 幽王之時，政煩賦重，而不務農事。蟲災害穀[一]，風雨不時，萬民飢饉，矜寡無所取活，故時臣思古以刺之。

大田多稼，既種既戒，既備乃事。[一]以我覃耜，俶載南畝。[二]播厥百穀，既庭且碩，曾孫是若。[三]

[一]《箋》云：大田，謂地肥美可墾耕，多爲稼，可以授民者也。將稼者，必先相地之宜，而擇其種。季冬，命民出五種，計耦耕事，修耒耜，具田器，此之謂戒。是既備矣，至孟春，土長冒橛，陳根可拔而事之。

[二] 覃，利也。

《箋》云：俶，讀爲熾。載，讀爲"菑栗"之"菑"。時至，民以其利耜，熾菑發所受之地，趨農急也。田一歲曰菑。

[三] 庭，直也。

《箋》云：碩，大。若，順也。民既熾菑，則種其衆穀。衆穀生盡條直茂大，成王於是則止力役，以順民事，不奪其時。

既方既皁，既堅既好，不稂不莠。[一]去其螟螣，及其蟊賊，無害我田穉。[二]田祖有神，秉畀炎火。[三]

〔一〕 蟲災害穀　"災"，底本誤作"毒"，據諸本改。

[一] 實未堅者曰皁〔一〕。粻，童梁也〔二〕。莠，似苗也。

《箋》云：方，房也。謂孚甲始生而未合時也。盡生房矣，盡成實矣，盡堅熟矣，盡齊好矣，而無粻莠。擇種之善，民力之專，時氣之和所致之。

[二] 食心曰螟，食葉曰螣。食根曰蟊，食節曰賊。

《箋》云：此四蟲者，嘗害我田中之稼禾，故明君以正己而去之。

[三] 炎火，盛陽也。

《箋》云：螟螣之屬，盛陽氣嬴則生之。今明君爲政，田祖之神不受此害，持之付與炎火，使自消亡。

有渰萋萋，興雨祁祁。雨我公田，遂及我私。[一] 彼有不穫稺，此有不斂穧。彼有遺秉，此有滯穗。伊寡婦之利。[二]

[一] 渰，雲興貌。萋萋，雲行貌。祁祁，徐也。

《箋》云：古者，陰陽和，風雨時，其來祁祁然而不暴疾，其民之心，先公後私，今天主雨於公田〔三〕，因及私田爾。此言民怙君德，蒙其餘惠。

[二] 秉，把也。

《箋》云：成王之時，百穀既多，種同齊熟，收刈促遽〔四〕，力皆不足，而有不穫、不斂、遺秉、滯穗，故聽矜寡取之以爲利。

〔一〕實未堅者曰皁　"者"，底本誤作"熟"，據諸本改。
〔二〕童梁也　"梁"，底本誤作"粱"，足利本、阮刻本同，據五山本、相臺本、殿本及阮元《校勘記》改。
〔三〕今天主雨於公田　"主"，底本誤作"正"，據諸本改。
〔四〕收刈促遽　"收"，底本誤作"叔"，據諸本改。

曾孫來止，以其婦子。饁彼南畝，田畯至喜。^[一]來方禋祀，以其騂黑，與其黍稷。以享以祀，以介景福。^[二]

[一]《箋》云：喜，讀爲饎；饎，酒食也。<u>成王</u>出觀農事，饋食耕者，以勸之也。司嗇至，則又加之以酒食，勞倦之爾。

[二] 騂，牛也。黑，羊、豕也。

《箋》云：<u>成王</u>之來，則又禋祀四方之神祈報焉。陽祀用騂牲〔一〕，陰祀用黝牲。

《大田》四章，二章章八句，二章章九句。

〔一〕 陽祀用騂牲 "祀"，底本誤作 "化"，據諸本改。

瞻彼洛矣

《瞻彼洛矣》，刺幽王也。思古明王能爵命諸侯，賞善罰惡焉。

瞻彼洛矣，維水泱泱。[一]君子至止，福祿如茨。[二]韎韐有奭，以作六師。[三]

> [一] 興也。洛，宗周溉浸水也。泱泱，深廣貌。
> 《箋》云：瞻，視也。我視彼洛水，灌溉以時，其澤浸潤，以成嘉穀。興者，喻古明王恩澤加於天下，爵命賞賜，以成賢者也。
> [二]《箋》云："君子至止"者，謂來受爵命者也。爵命爲福，賞賜爲祿。茨，屋蓋也。如屋蓋，喻多也。
> [三] 韎韐者，茅蒐染草也〔一〕。一曰：韎韐，所以代韠也。天子六軍。
> 《箋》云：此諸侯世子也，除三年之喪，服士服而來，未遇爵命之時。時有征伐之事，天子以其賢，任爲軍將，使代卿士，將六軍而出。韎韐者，茅蒐染也。茅蒐，韎韐聲也。韎韐，祭服之韠，合韋爲之，其服爵弁服，纁衣纁裳者也。

瞻彼洛矣，維水泱泱。君子至止，鞞琫有珌。[一]君子萬年，保其家室。[二]

〔一〕 茅蒐染草也 "染"，底本誤作 "梁"，據諸本改。

［一］鞞，容刀鞞也。琫，上飾。珌，下飾也。天子玉琫而珧珌，諸侯璗琫而璆珌，大夫鐐琫而鏐珌，士珕琫而珧珌。

《箋》云：此人，世子之賢者也。既受爵命賞賜，而加賜容刀有飾，顯其能制斷。

［二］《箋》云：德如是，則能長安其家室親。家室親，安之尤難。安則無篡殺之禍也。

瞻彼洛矣，維水泱泱。君子至止，福祿既同。[一]君子萬年，保其家邦。

［一］《箋》云：此人，世子之能繼世位者也。其爵命賞賜，盡與其先君受命者同而已，無所加也。

《瞻彼洛矣》三章，章六句。

裳裳者華

《裳裳者華》，刺幽王也。古之仕者世祿，小人在位，則讒諂並進，棄賢者之類，絕功臣之世焉。[一]

[一] 古者，古昔明王時也。小人，斥今幽王也。

裳裳者華，其葉湑兮。[一] 我覯之子，我心寫兮。我心寫兮，是以有譽處兮。[二]

[一] 興也。裳裳，猶堂堂也。湑，盛貌。
《箋》云：興者，華堂堂於上，喻君也；葉湑然於下，喻臣也。明王賢臣，以德相承，而治道興，則讒諂遠矣。

[二]《箋》云：覯，見也。之子，是子也，謂古之明王也。言我得見古之明王，則我心所憂寫而去矣。我心所憂既寫，是則君臣相與，聲譽常處也。憂者，憂讒諂並進。

裳裳者華，芸其黃矣。[一] 我覯之子，維其有章矣。維其有章矣，是以有慶矣。[二]

[一] 芸，黃盛也。
《箋》云：華芸然而黃，興明王德之盛也。不言葉，微見無賢臣也。

[二]《箋》云：章，禮文也。言我得見古之明王，雖無賢臣，猶能使其政有礼文法度。政有禮文法度，是則我有慶賜之榮也。

裳裳者華，或黃或白。[一]我覯之子，乘其四駱。乘其四駱，六轡沃若。[二]

[一]《箋》云：華，或有黃者，或有白者。興明王之德，時有駁而不純。

[二]言世祿也。

《箋》云：我得見明王德之駁者，雖無慶譽，猶能免於讒諂之害，守我先人之祿位，乘其四駱之馬，六轡沃若然。

左之左之，君子宜之。右之右之，君子有之。[一]維其有之，是以似之。[二]

[一]左，陽道，朝祀之事。右，陰道，喪戎之事。

《箋》云：君子，斥其先人也。多才多藝，有禮於朝，有功於國。

[二]似，嗣也。

《箋》云：維我先人有是二德，故先王使之世祿，子孫嗣之。今遇讒諂並進而見棄絕。

《裳裳者華》四章，章六句。

桑扈

《桑扈》，刺幽王也。君臣上下，動無禮文焉。[一]

[一] 動無禮文，舉事而不用先王禮法威儀也。

交交桑扈，有鶯其羽。[一] 君子樂胥，受天之祜。[二]

[一] 興也。鶯然有文章。
《箋》云：交交，猶佼佼，飛往來貌。桑扈，竊脂也。興者，竊脂飛而往來有文章，人觀視而愛之，喻君臣以禮法威儀升降於朝廷，則天下亦觀視而仰樂之。

[二] 胥，皆也。
《箋》云：胥，有才知之名也。祜，福也。王者樂臣下有才知文章，則賢人在位，庶官不曠，政和而民安，天予之以福祿〔一〕。

交交桑扈，有鶯其領。[一] 君子樂胥，萬邦之屏。[二]

[一] 領，頸也。
[二] 屏，蔽也。
《箋》云：王者之德，樂賢知在位，則能爲天下蔽捍四表患難矣〔二〕。

〔一〕 天予之以福祿 "予"，底本誤作"子"，據諸本改。
〔二〕 則能爲天下蔽捍四表患難矣 "矣"，底本誤作"也"，據諸本改。

蔽捍之者，謂蠻夷率服，不侵畔〔一〕。

之屏之翰，百辟爲憲。[一] 不戢不難，受福不那。[二]

[一] 翰，幹。憲，法也。

《箋》云：辟，君也。王者之德〔二〕，外能蔽捍四表之患難，内能立功立事，爲之楨幹，則百辟卿士莫不脩職而法象之。

[二] 戢，聚也。不戢，戢也〔三〕。不難，難也。那，多也。不多，多也。

《箋》云：王者位至尊，天所子也。然而不自斂以先王之法，不自難以亡國之戒，則其受福祿亦不多也。

兕觥其觩，旨酒思柔。[一] 彼交匪敖，萬福來求。[二]

[一]《箋》云：兕觥，罰爵也。古之王者與群臣燕飲，上下無失禮者，其罰爵徒觩然陳設而已，其飲美酒，思得柔順中和〔四〕，與共其樂。言不憮敖自淫恣也〔五〕。

[二]《箋》云：彼，彼賢者也。賢者居處恭，執事敬，與人交，必以禮，則萬福之祿，就而求之。謂登用爵命，加以慶賜。

《桑扈》四章，章四句。

〔一〕 不侵畔 "畔"，底本誤作"畊"，據諸本改。
〔二〕 王者之德 "之"，底本誤奪，據諸本補。
〔三〕 戢也 "戢"，底本誤作"我"，據諸本改。
〔四〕 思得柔順中和 "和"，底本誤作"知"，據諸本改。
〔五〕 言不憮敖自淫恣也 "憮"，底本誤作"撫"，相臺本誤作"幠"，據足利本、五山本、殿本、阮刻本改。

鴛　鴦

《鴛鴦》，刺幽王也。思古明王交於萬物有道，自奉養有節焉〔一〕。[一]

[一] 交於萬物有道，謂順其性，取之以時，不暴夭也。

鴛鴦于飛，畢之羅之。[一]君子萬年，福祿宜之。[二]

[一] 興也。鴛鴦，匹鳥。太平之時，交於萬物有道，取之以時，於其飛，乃畢掩而羅之。

《箋》云：匹鳥，言其止則相耦，飛則爲雙，性馴耦也。此交萬物之實也，而言興者，廣其義也。獺祭魚而後漁，豺祭獸而後田，此亦皆其將縱散時也。

[二]《箋》云：君子，謂明王也。交於萬物，其德如是，則宜壽考，受福祿也。

鴛鴦在梁，戢其左翼。[一]君子萬年，宜其遐福。[二]

[一] 言休息〔二〕。

《箋》云：梁，石絶水之梁。戢，斂也。鴛鴦休息於梁，明王之時，人不驚駭，斂其左翼，以右翼掩之，自若無恐懼。

〔一〕 自奉養有節焉　"自"，底本誤作"目"，據諸本改。
〔二〕 言休息　"息"下，諸本有"也"字。

［二］《箋》云：遐，遠也。遠，猶久也。

乘馬在廄，摧之秣之。﹝一﹞君子萬年，福祿艾之。﹝二﹞

［一］摧，莝也。秣，粟也。

《箋》云：摧，今"莝"字也。古者，明王所乘之馬繫於廄，無事則委之以莝，有事乃予之穀。言愛國用也，以興於其身亦猶然。齊而後三舉，設盛饌，恒日則減焉，此之謂有節也〔一〕。

［二］艾，養也。

《箋》云：明王愛國用，自奉養之節如此，故宜久爲福祿所養也。

乘馬在廄，秣之摧之。君子萬年，福祿綏之。﹝一﹞

［一］《箋》云：綏，安也。

《鴛鴦》四章，章四句。

──────────
〔一〕 此之謂有節也 "此"，底本誤作"北"，據諸本改。

頍弁

《頍弁》，諸公刺幽王也。暴戾無親，不能宴樂同姓，親睦九族，孤危將亡，故作是詩也。[一]

[一] 戾，虐也。暴虐，謂其政教如雨雪也。

有頍者弁，實維伊何？[一] 爾酒既旨，爾殽既嘉。[二] 豈伊異人？兄弟匪他。[三] 蔦與女蘿，施于松柏。[四] 未見君子，憂心弈弈。既見君子，庶幾説懌。[五]

[一] 興也。頍，弁貌。弁，皮弁也。
《箋》云：實，猶是也。言幽王服是皮弁之冠，是維何爲乎？言其宜以宴而弗爲也。禮：天子、諸侯朝服以宴。天子之朝，皮弁以日視朝。

[二]《箋》云：旨、嘉，皆美也。女酒已美矣，女殽已美矣，何以不用與族人宴也？言其知具其礼而弗爲也[一]。

[三]《箋》云：此言王當所與宴者，豈有異人疏遠者乎？皆兄弟與王，無他。言至親，又刺其弗爲也。

[四] 蔦，寄生也。女蘿，菟絲[二]，松蘿也。喻諸公非自有尊，託王之尊。
《箋》云："託王之尊"者，王明則榮，王衰則微。刺王不親九族，

〔一〕 言其知具其礼而弗爲也 "具"，底本誤作 "其"，據諸本改。
〔二〕 菟絲 "菟"，底本誤作 "兔"，據諸本改。

孤特自恃，不知己之將危亡也。

〔五〕弈弈然無所薄也。

《箋》云：君子，斥幽王也〔一〕。幽王久不與諸公宴，諸公未得見幽王之時，懼其將危亡，己無所依怙，故憂而心弈弈然。故言我若已得見幽王諫正之，則庶幾其變改，意解懌也。

有頍者弁，實維何期？^[一]爾酒既旨，爾殽既時。^[二]豈伊異人？兄弟具來。^[三]蔦與女蘿，施于松上。未見君子，憂心怲怲。既見君子，庶幾有臧。^[四]

〔一〕《箋》云〔二〕：何期，猶伊何也。期，辭也。

〔二〕時，善也。

〔三〕《箋》云：具，猶皆也。

〔四〕怲怲，憂盛滿也。臧，善也。

有頍者弁，實維在首。爾酒既旨，爾殽既阜。豈伊異人？兄弟甥舅。^[一]如彼雨雪，先集維霰。^[二]死喪無日，無幾相見。樂酒今夕，君子維宴。^[三]

〔一〕《箋》云：阜，猶多也。謂吾舅者，吾謂之甥也。

〔二〕霰，暴雪也。

《箋》云：將大雨雪，始必微溫，雪自上下，遇溫氣而搏，謂之霰。久而寒勝，則大雪矣。喻幽王之不親九族亦有漸，自微至甚，如先霰後大雪。

〔三〕《箋》云：王政既衰，我無所依怙，死亡無有日數，能復幾

〔一〕斥幽王也　"幽王也"，底本誤奪，據諸本補。
〔二〕箋云　"云"，底本誤作"文"，據諸本改。

何與王相見也？且今夕喜樂此酒，此乃王之宴礼也。刺幽王將喪亡，哀之也。

《頍弁》三章，章十二句。

車舝

《車舝》，大夫刺幽王也。褒姒嫉妬，無道並進，讒巧敗國，德澤不加於民。周人思得賢女以配君子，故作是詩也。

間關車之舝兮，思孌季女逝兮。[一]匪飢匪渴，德音來括。[二]雖無好友，式燕且喜。[三]

[一] 興也。間關，設舝也。孌，美貌。季女，謂"有齊季女"也。

《箋》云：逝，往也。大夫嫉褒姒之爲惡，故嚴車設其舝，思得孌然美好之少女，有齊莊之德者，往迎之，以配幽王，代褒姒也。既幼而美，又齊莊，庶其當王意。

[二] 括，會也。

《箋》云：時讒巧敗國，下民離散，故大夫汲汲欲迎季女。行道雖飢不飢，雖渴不渴，覬得之而來，使我王更脩德教，合會離散之人。

[三]《箋》云：式，用也。我得德音而來，雖無同好之賢友，我猶用是燕飲，相慶且喜。

依彼平林，有集維鷮。辰彼碩女，令德來教。[一]式燕且譽，好爾無射。[二]

[一] 依，茂木貌。平林，林木之在平地者也。鷮，雉也。辰，時也。

《箋》云：平林之木茂，則耿介之鳥往集焉。喻王若有茂美之德，則其時賢女來配之,與相訓告,改脩德教。

[二]《箋》云:爾,女,女王也。射,厭也。我於碩女來教,則用是燕飲酒,且稱王之聲譽,我愛好王,無有厭也。

雖無旨酒,式飲庶幾。雖無嘉殽,式食庶幾。雖無德與女,式歌且舞。[一]

[一]《箋》云:諸大夫覬得賢女以配王,於是酒雖不美,猶用之燕飲;殽雖不美,猶食之。人皆庶幾於王之變改,得輔佐之。雖無其德,我與女用是歌舞相樂,喜之至也。

陟彼高岡,析其柞薪。析其柞薪,其葉湑兮。[一]鮮我覯爾,我心寫兮。[二]

[一]《箋》云:陟,登也。登高岡者,必析其木以爲薪。析其木以爲薪者,爲其葉茂盛,蔽岡之高也。此喻賢女得在王后之位,則必辟除嫉妬之女〔一〕,亦爲其蔽君之明。
[二]《箋》云:鮮,善。覯,見也。善乎我得見女如是,則我心中之憂除去也。

高山仰止,景行行止。四牡騑騑,六轡如琴。[一]覯爾新昏,以慰我心。[二]

[一]景,大也。

────────
〔一〕 則必辟除嫉妬之女 "除",底本誤作"徐",據諸本改。

《箋》云：景，明也。諸大夫以爲賢女既進，則王亦庶幾古人有高德者，則慕仰之；有明行者，則而行之。其御羣臣，使之有禮，如御四馬騑騑然。持其教令，使之調均，亦如六轡，緩急有和也。

［二］慰，安也。

《箋》云：我得見女之新昏如是，則以慰除我心之憂也。新昏，謂季女也。

《車舝》五章，章六句。

青　蠅

《青蠅》，大夫刺幽王也。

營營青蠅，止于樊。[一]豈弟君子，無信讒言。[二]

> [一] 興也。營營，往來貌。樊，藩也。
> 《箋》云：興者，蠅之爲蟲，汙白使黑，汙黑使白[一]，喻佞人變亂善惡也。言止于藩，欲外之，令遠物也。
> [二]《箋》云：豈弟，樂易也。

營營青蠅，止于棘。讒人罔極，交亂四國。[一]

> [一]《箋》云：極，猶已也。

營營青蠅，止于榛。[一]讒人罔極，構我二人。[二]

> [一] 榛，所以爲藩也。
> [二]《箋》云：構，合也；合，猶交亂也。

《青蠅》三章，章四句。

〔一〕 汙黑使白　"汙黑"，底本原奪，據諸本補。

賓之初筵

《賓之初筵》,衞武公刺時也。幽王荒廢,媟近小人,飲酒無度,天下化之,君臣上下沈湎淫液。武公既入,而作是詩也。[一]

[一]淫液者,飲酒時情態也。武公入者,入爲王卿士。

賓之初筵,左右秩秩。[一] 籩豆有楚,殽核維旅。[二] 酒既和旨,飲酒孔偕。[三] 鍾鼓既設,舉醻逸逸。[四] 大侯既抗,弓矢斯張。[五] 射夫既同,獻爾發功。[六] 發彼有的,以祈爾爵。[七]

[一]秩秩然,肅敬也。

《箋》云:筵,席也。左右,謂折旋揖讓也。秩秩,知也。先王將祭,必射以擇士。大射之禮,賓初入門,登堂即席,其趨翔威儀甚審知,言不失禮也。射禮有三:有大射,有賓射,有燕射。

[二]楚,列貌。殽,豆實也。核,加籩也。旅,陳也。

《箋》云:豆實,菹醢也。籩實,有桃、梅之屬。凡非穀而食之曰殽。

[三]《箋》云:和旨,猶調美也。孔,甚也。王之酒已調美,衆賓之飲酒,又威儀齊一。言主人敬其事,而衆賓肅慎也。

[四]逸逸,往來次序也。

《箋》云:鍾鼓於是言既設者,將射改縣也。

[五] 大侯，君侯也。抗，舉也。有燕射之禮。

《箋》云：舉者，舉鵠而棲之於侯也。《周禮·梓人》："張皮侯而棲鵠。"天子、諸侯之射，皆張三侯，故君侯謂之大侯。大侯張而弓矢亦張，節也。將祭而射謂之大射。下章言"烝衎烈祖"，其非祭與？

[六]《箋》云：射夫，眾射者也。獻，猶奏也。既比眾耦[一]，乃誘射。射者乃登射，各奏其發矢中的之功。

[七] 的，質也。祈，求也。

《箋》云：發，發矢也。射者與其耦拾發。發矢之時，各心競云："我以此求爵女。"爵，射爵也。射之禮，勝者飲不勝，所以養病也。故《論語》曰："下，而飲，其爭也君子。"

籥舞笙鼓，樂既和奏。烝衎烈祖，以洽百禮。[一] 百禮既至，有壬有林。[二] 錫爾純嘏，子孫其湛。[三] 其湛曰樂，各奏爾能。賓載手仇，室人入又。[四] 酌彼康爵，以奏爾時。[五]

[一] 秉籥而舞，與笙鼓相應。

《箋》云：籥，管也。殷人先求諸陽，故祭祀先奏樂，滌蕩其聲也。烝，進。衎，樂。烈，美。洽，合也。奏樂和，必進樂其先祖，於是又合見天下諸侯所獻之禮。

[二] 壬，大。林，君也。

《箋》云：壬，任也，謂卿大夫也。諸侯所獻之禮，既陳於庭，有卿大夫，又有國君。言天下徧至，得萬國之歡心。

[三] 嘏，大也。

〔一〕 既比眾耦　"比"，底本誤作"此"，據諸本改。

《箋》云：純，大也。嘏，謂尸與主人以福也。湛，樂也。王受神之福於尸[一]，則王之子孫皆喜樂也。

[四] 手，取也。室人，主人也。主人請射於賓，賓許諾，自取其匹而射，主人亦入于次，又射以耦賓也。

《箋》云：子孫"各奏爾能"者，謂既湛之後，各酌獻尸，尸酢而卒爵也。士之祭禮，上嗣舉奠，因而酌尸。天子則有子孫獻尸之禮。《文王世子》曰"其登餕獻受爵，則以上嗣"是也。仇，讀曰犼。室人，有室中之事者，謂佐食也。又，復也。賓手挹酒，室人復酌，爲加爵。

[五] 酒，所以安體也。時，中者也。

《箋》云：康，虛也。時，謂心所尊者也。加爵之間，賓與兄弟交錯相醻。卒爵者，酌之以其所尊，亦交錯而已，又無次也。

賓之初筵，溫溫其恭。[一]其未醉止，威儀反反。曰既醉止，威儀幡幡。舍其坐遷，屢舞僛僛。[二]其未醉止，威儀抑抑。曰既醉止，威儀怭怭。是曰既醉，不知其秩。[三]

[一]《箋》云：此復言"初筵"者，既祭，王與族人燕之筵也。王與族人燕，以異姓爲賓。溫溫，柔和也。

[二] 反反，言重慎也。幡幡，失威儀也。遷，徙。屢，數也。僛僛然。

《箋》云：此言賓初即筵之時，能自勅戒以禮，至於旅醻，而小人之態出。言王既不得君子以爲賓，又不得有恒之人，所以敗亂天下，率如此也。

〔一〕王受神之福於尸 "尸"，底本誤作"户"，據諸本改。

[三] 抑抑，慎密也。怭怭，媟嫚也。秩，常也。

賓既醉止，載號載呶。亂我籩豆，屢舞僛僛。是曰既醉，不知其郵。側弁之俄，屢舞傞傞。[一] 既醉而出，並受其福。醉而不出，是謂伐德。飲酒孔嘉，維其令儀。[二]

- [一] 號呶，號呼讙呶也[一]。僛僛，舞不能自正也。傞傞，不止也。
  《箋》云：郵，過。側，傾也。俄，傾貌。此更言賓既醉而異章者，著爲無算爵以後也[二]。
- [二]《箋》云：出，猶去也。孔，甚。令，善也。賓醉則出，與主人俱有美譽。醉至若此，是誅伐其德也。飲酒而誠得嘉賓，則於礼有善威儀。武公見王之失礼，故以此言箴之。

凡此飲酒，或醉或否。既立之監，或佐之史。彼醉不臧，不醉反恥。[一] 式勿從謂，無俾大怠。匪言勿言，匪由勿語。[二] 由醉之言，俾出童羖。[三] 三爵不識，矧敢多又？[四]

- [一] 立酒之監，佐酒之史。
  《箋》云："凡此"者，凡此時天下之人也。飲酒於有醉者，有不醉者，則立監使視之，又助以史，使督酒，欲令皆醉也。彼醉則己不善，人所非惡，反復取未醉者恥罰之。言此者，疾之也。
- [二]《箋》云：式，讀曰慝。勿，猶無也。俾，使。由，從也。

〔一〕號呼讙呶也 "讙"，底本誤作"謹"，據諸本改。
〔二〕著爲無算爵以後也 "著"，底本誤作"善"，據諸本改。

> 武公見時人多說醉者之狀，或以取怨致讎，故爲設禁。醉者有過惡[一]，女無就而謂之也，當防護之，無使顛仆，至於怠慢也。其所陳說，非所當說，無爲人說之也，亦無從而行之也，亦無以語人也。皆爲其聞之，將恚怒也。

[三] 羖，羊不童也。

《箋》云：女從行醉者之言，使女出無角之羖羊，脅以無然之物，使戒深也。羖羊之性[二]，牝牡有角。

[四]《箋》云：矧，況。又，復也。當言我於此醉者，飲三爵之不知，況能知其多復飲乎？三爵者，獻也、酬也、酢也。

《賓之初筵》五章，章十四句。

《甫田之什》十篇，三十九章，二百九十六句。

[一] 醉者有過惡　"過惡"，底本誤倒，據諸本乙正。
[二] 羖羊之性　"性"，底本誤作"牲"，據諸本改。

毛詩卷第十五

毛詩卷第十五

魚藻之什詁訓傳第二十二

毛詩小雅　　　　　　鄭　氏　箋

魚　　藻

《魚藻》，刺幽王也。言萬物失其性，王居鎬京，將不能以自樂，故君子思古之武王焉。[一]

　[一]"萬物失其性"者[一]，王政教衰，陰陽不和，群生不得其所也。將不能以自樂，言必自是有危亡之禍也。

魚在在藻，有頒其首。[一]王在在鎬，豈樂飲酒。[二]

　[一]頒，大首皃。魚以依蒲藻爲得其性[二]。
　《箋》云：藻，水草也。魚之依水草，猶人之依明王也。明王之時，魚何所處乎？處於藻。既得其性，則肥充，其首頒然。此時人物，皆得其所。正言魚者，以潛逃之類，信其著見。
　[二]《箋》云：豈，亦樂也。天下平安，萬物得其性，武王何所

────────
〔一〕萬物失其性者　"萬"上，底本誤衍"箋云"二字，據諸本刪。
〔二〕魚以依蒲藻爲得其性　"以"，底本誤作"似"，據諸本改。

處乎?處於鎬京,樂八音之樂,與羣臣飲酒而已。今幽王惑于襃姒,萬物失其性,方有危亡之禍,而亦豈樂飲酒於鎬京,而無悛心,故以此刺焉。

魚在在藻,有莘其尾。[一] 王在在鎬,飲酒樂豈。

[一] 莘〔一〕,長皃。

魚在在藻,依于其蒲。王在在鎬,有那其居。[一]

[一]《箋》云〔二〕:那,安貌。天下平安,王無四方之虞,故其居處那然安也。

《魚藻》三章,章四句。

〔一〕 莘 "莘",底本誤作"箋云",據諸本改。
〔二〕 箋云 此二字底本誤奪,據諸本補。

采　菽

　　《采菽》，刺幽王也。侮慢諸侯，諸侯來朝，不能錫命以禮，數徵會之，而無信義，君子見微而思古焉。[一]

> [一] 幽王徵會諸侯[一]，爲合義兵，征討有罪，既往而無之，是於義事不信也。君子見其如此，知其後必見攻伐，將無救也。

采菽采菽，筐之筥之。[一]君子來朝，何錫予之？雖無予之，路車乘馬。[二]又何予之？玄袞及黼。[三]

> [一] 興也。菽，所以芼太牢而待君子也。羊則苦，豕則薇。
>
> 《箋》云：菽，大豆也。采之者，采其葉以爲藿。三牲：牛、羊、豕。芼以藿。王饗賓客，有牛俎[二]，乃用鉶羹，故使采之。
>
> [二] 君子，謂諸侯也。
>
> 《箋》云：賜諸侯以車馬，言雖無予之，尚以爲薄。
>
> [三] 玄袞，卷龍也。白與黑謂之黼。
>
> 《箋》云：及，與也。玄袞，玄衣而畫以卷龍也。黼，黼黻，謂絺衣也。諸公之服，自袞冕而下，侯伯自鷩冕而下，子男自毳冕而下，王之賜，維用有文章者。

觱沸檻泉，言采其芹。[一]君子來朝，言觀其旂。其旂淠淠，

〔一〕幽王徵會諸侯　"幽"上，底本誤衍"箋云"二字，據諸本刪。
〔二〕有牛俎　"牛"，底本誤作"生"，阮刻本同，據足利本、五山本、相臺本、殿本及阮元《校勘記》改。

鸞聲噦噦。載驂載駟，君子所屆。[二]

[一] 觱沸，泉出皃。檻泉，正出也。

《箋》云：言，我也。芹，菜也。可以爲菹，亦所用待君子也。我使采其水中芹者，尚潔清也。《周礼》："芹菹、鴈醢。"

[二] 渾渾，動也。噦噦，中節也。

《箋》云：屆，極也。諸侯來朝，王使人迎之，因觀其衣服、車乘之威儀，所以爲敬，且省禍福也。諸侯將朝于王，則驂乘，乘四馬而往。此之服飾，君子法制之極也。言其尊，而王今不尊也。

赤芾在股，邪幅在下。彼交匪紓，天子所予。[一]樂只君子，天子命之。樂只君子，福祿申之。[二]

[一] 諸侯赤芾、邪幅。幅，偪也，所以自偪束也。紓，緩也。

《箋》云：芾，大古蔽膝之象也。冕服謂之芾，其他服謂之韠，以韋爲之。其制：上廣一尺，下廣二尺，長三尺；其頸五寸，肩革帶博二寸。脛本曰股。邪幅，如今行縢也。偪束其脛，自足至膝，故曰在下。彼與人交接，自偪束如此，則非有解怠紓緩之心，天子以是故賜予之。

[二] 申，重也。

《箋》云：只之言是也。古者，天子賜諸侯也，以礼樂樂之，乃後命予之也。天子賜之，神則以福祿申重之，所謂人謀鬼謀也〔一〕。刺今王不然。

─────────────

〔一〕 所謂人謀鬼謀也　"人"，底本誤作"神"，據諸本改。

魚藻之什詁訓傳第二十二　采菽

維柞之枝，其葉蓬蓬。[一]樂只君子，殿天子之邦。樂只君子，萬福攸同。[二]平平左右，亦是率從。[三]

[一]蓬蓬，盛皃。

《箋》云：此興也。柞之幹，猶先祖也；枝，猶子孫也。其葉蓬蓬，喻賢才也。正以柞爲興者，柞之葉，新將生，故乃落於地，以喻繼世以德相承者明也。

[二]殿，鎮也。

[三]平平，辯治也。

《箋》云：率，循也。諸侯之有賢才之德，能辯治其連屬之國，使得其所，則連屬之國亦循順之。

汎汎楊舟，紼纚維之。[一]樂只君子，天子葵之[一]。樂只君子，福祿膍之。[二]優哉游哉，亦是戾矣。[三]

[一]紼，繂也。纚，緌也。明王能維持諸侯也。

《箋》云：楊木之舟浮於水上，汎汎然東西無所定，舟人以紼繫其緌，以制行之，猶諸侯之治民，御之以禮法。

[二]葵，揆也。膍，厚也。

[三]戾，至也。

《箋》云：戾，止也。諸侯有盛德者，亦優游自安止於是，言思不出其位[二]。

《采菽》五章，章八句。

〔一〕天子葵之　"葵"，底本誤作"蔡"，據諸本改。
〔二〕諸侯有……出其位　此二十字底本誤植爲《傳》文，據諸本改。

539

角　弓

《角弓》，父兄刺幽王也。不親九族而好讒佞，骨肉相怨，故作是詩也。

騂騂角弓，翩其反矣。[一] 兄弟昏姻，無胥遠矣。[二]

[一] 興也。騂騂，調和也。不善紲檠巧用，則翩然而反。
《箋》云：興者，喻王與九族，不以恩禮御待之，則使之多怨也。
[二]《箋》云：胥，相也。骨肉之親當相親信，無相疏遠。相疏遠，則以親親之望易以成怨〔一〕。

爾之遠矣，民胥然矣。爾之教矣，民胥傚矣。[一]

[一]《箋》云：爾，女，女幽王也。胥，皆也。言王女不親骨肉，則天下之人皆如之〔二〕，見女之教令無善無惡，所尚者，天下之人皆學之。言上之化下，不可不慎。

此令兄弟，綽綽有裕。不令兄弟，交相爲瘉。[一]

[一] 綽綽，寬也。裕，饒。瘉，病也。

〔一〕 則以親親之望易以成怨　"怨"下，底本誤衍"弓之爲物張之則內向而來弛之則外反而去有似兄弟昏姻親疎遠近之意又云騂騂角弓既翩然而反矣兄弟昏姻則豈可以相遠哉"五十三字，據諸本刪。
〔二〕 則天下之人皆如之　"如"，底本誤作"知"，殿本同，據足利本、五山本、相臺本、阮刻本改。

《箋》云：令，善也。

民之無良，相怨一方。[一] 受爵不讓，至于己斯亡。[二]

[一]《箋》云：良，善也。民之意不獲，當反責之於身[一]，思彼所以然者而怨之。無善心之人，則徒居一處，怨恚之。

[二] 爵祿不以相讓，故怨禍及之。比周而黨愈少，鄙爭而名愈辱，求安而身愈危。

《箋》云：斯，此也。

老馬反爲駒，不顧其後。[一] 如食宜饇，如酌孔取。[二]

[一] 已老矣，而孩童慢之。

《箋》云：此喻幽王見老人[二]，反侮慢之，遇之如幼稚，不自顧念後至年老，人之遇己亦將然。

[二] 饇，飽也。

《箋》云：王如食老者，則宜令之飽；如飲老者，則當孔取。孔取，謂度其所勝多少。凡器之孔，其量大小不同。老者氣力弱，故取義焉。王有族食、族燕之禮。

毋教猱升木，如塗塗附。[一] 君子有徽猷，小人與屬。[二]

[一] 猱，猿屬。塗，泥。附，著也。

《箋》云：毋，禁辭。猱之性善登木，若教使其爲之，必也。附，

〔一〕 當反責之於身 "責"，底本誤作"側"，據諸本改。
〔二〕 此喻幽王見老人 "此"，底本誤作"比"，據諸本改。

木梓也。塗之性善著，若以塗附，其著亦必也。以喻人之心皆有仁義，教之則進。

［二］徽，美也。

《箋》云：猷，道也。君子有美道，以得聲譽，則小人亦樂與之而自連屬焉。今無良之人相怨〔一〕，王不教之。

雨雪瀌瀌，見晛曰消。［一］莫肯下遺，式居婁驕。［二］

［一］晛，日氣也。

《箋》云：雨雪之盛瀌瀌然，至日將出，其氣始見，人則皆稱曰，雪今消釋矣。喻小人雖多，王若欲興善政，則天下聞之，莫不曰小人今誅滅矣。其所以然者，人心皆樂善，王不啟教之。

［二］《箋》云：莫，無也。遺，讀曰隨。式，用也。婁，斂也。今王不以善政啟小人之心，則無肯謙虛，以礼相卑下，先人而後己，用此自居處〔二〕，斂其驕慢之過者。

雨雪浮浮，見晛曰流。［一］如蠻如髦，我是用憂。［二］

［一］浮浮，猶瀌瀌也。流，流而去也。

［二］蠻，南蠻也。髦，夷髦也。

《箋》云：今小人之行如夷狄，而王不能變化之，我用是爲大憂也。髦，西夷別名。武王伐紂，其等有八國從焉。

《角弓》八章，章四句。

〔一〕今無良之人相怨　"今"，底本誤作"令"，據諸本改。
〔二〕用此自居處　"此"，底本誤作"比"，據諸本改。

菀　柳

《菀柳》，刺幽王也。暴虐無親，而刑罰不中，諸侯皆不欲朝，言王者之不可朝事也。

有菀者柳，不尚息焉。[一]上帝甚蹈，無自暱焉。[二]俾予靖之，後予極焉。[三]

[一]興也。菀，茂木也。

《箋》云：尚，庶幾也。有菀然枝葉茂盛之柳，行路之人，豈有不庶幾欲就之止息乎？興者，喻王有盛德，則天下皆庶幾願往朝焉。憂今不然。

[二]蹈，動。暱，近也。

《箋》云：蹈，讀曰悼。上帝乎者，愬之也。今幽王暴虐，不可以朝事，甚使我心中悼病，是以不從而近之。釋己所以不朝之意。

[三]靖，治。極，至也。

《箋》云：靖，謀。俾，使。極，誅也。假使我朝王，王留我，使我謀政事，王信讒不察功考績，後反誅放我，是言王刑罰不中，不可朝事也。

有菀者柳，不尚愒焉。[一]上帝甚蹈，無自瘵焉。[二]俾予靖之，後予邁焉。[三]

[一]愒，息也。

［二］瘵，病也。

《箋》云：瘵，接也。

［三］《箋》云：邁，行也。行，亦放也。《春秋傳》曰："予將行之。"

有鳥高飛，亦傅于天。彼人之心，于何其臻？^{［一］}曷予靖之，居以凶矜？^{［二］}

［一］《箋》云：傅、臻，皆至也。彼人，斥幽王也。鳥之高飛，極至於天耳。幽王之心，於何所至乎？言其轉側无常，人不知其所屆。

［二］曷，害。矜，危也。

《箋》云：王何爲使我謀之，隨而罪我，居我以凶危之地？謂四裔也。

《菀柳》三章，章六句。

都 人 士

《都人士》,周人刺衣服無常也。古者長民,衣服不貳,從容有常,以齊其民,則民德歸壹。傷今不復見古人也。[一]

> [一] 服,謂冠弁、衣裳也。古者,明王時也。長民,謂凡在民上倡率者也。變易无常謂之貳。從容,謂休燕也。休燕猶有常,則朝夕明矣。壹者〔一〕,專也,同也。

彼都人士,狐裘黃黃。其容不改,出言有章。[一]行歸于周,萬民所望。[二]

> [一] 彼,彼明王也。
> 《箋》云:城郭之域曰都。古明王時,都人之有士行者〔二〕,冬則衣狐裘黃黃然,取溫裕而已。其動作容貌既有常,吐口言語又有法度文章。疾今奢淫,不自責以過差。
> [二] 周,忠信也。
> 《箋》云:于,於也。都人之士所行,要歸於忠信,其餘萬民寡識者,咸瞻望而法傚之。又疾今不然。

彼都人士,臺笠緇撮。[一]彼君子女,綢直如髮。[二]我不見兮,我心不說。[三]

〔一〕 壹者 "壹",底本誤作 "一",據諸本改。
〔二〕 都人之有士行者 "士",底本誤作 "土",據諸本改。下鄭《箋》"都人之士所行" 同。

[一] 臺，所以禦暑；笠，所以禦雨也。緇撮，緇布冠也。

《箋》云：臺，夫須也。都人之士以臺皮爲笠，緇布爲冠。古明王之時，儉且節也。

[二] 密直如髮也。

《箋》云："彼君子女"者，謂都人之家女也。其情性密緻，操行正直，如髮之本末，无隆殺也。

[三]《箋》云：疾時皆奢淫，我不復見今士女之然者，心思之而憂也。

彼都人士，充耳琇實。[一] 彼君子女，謂之尹吉。[二] 我不見兮，我心苑結。[三]

[一] 琇，美石也。

《箋》云：言以美石爲瑱。瑱，塞耳。

[二] 尹，正也。

《箋》云：吉，讀爲姞。尹氏姞氏，周室昏姻之舊姓也。人見都人之家女，咸謂之尹氏姞氏之女。言有礼法。

[三]《箋》云：苑，猶屈也，積也。

彼都人士，垂帶而厲。彼君子女，卷髮如蠆。[一] 我不見兮，言從之邁。[二]

[一] 厲，帶之垂者。

《箋》云：而，亦如也。而厲，如鞶厲也。鞶必垂厲以爲飾。厲，字當作"裂"〔一〕。蠆,螫蟲〔二〕。尾末捷然,似婦人髮末曲上卷然〔三〕。
[二]《箋》云:言,亦我也。邁,行也。我今不見士女此飾,心思之,欲從之行。言己憂悶,欲自殺,求從古人。

匪伊垂之,帶則有餘。匪伊卷之,髮則有旟。[一]我不見兮,云何盱矣。[二]

[一] 旟,揚也。
《箋》云:伊,辭也〔四〕。此言士非故垂此帶也,帶於礼自當有餘也;女非故卷此髮也,髮於礼自當有旟也。旟,枝旟揚起也。
[二]《箋》云:盱,病也。思之甚,云何乎,我今已病也。

《都人士》五章,章六句。

────────────

〔一〕 字當作裂 "字",底本誤作"子",據諸本改。
〔二〕 螫蟲 "蟲"下,諸本有"也"字。
〔三〕 似婦人髮末曲上卷然 "然"下,底本誤衍"者也",據諸本刪。
〔四〕 辭也 "辭",底本誤作"垂",據諸本改。

采　　綠

《采綠》，刺怨曠也。幽王之時，多怨曠者也。[一]

[一] 怨曠者，君子行役過時之所由也。而刺之者，譏其不但憂思而已，欲從君子於外，非礼也。

終朝采綠，不盈一匊。[一] 予髮曲局，薄言歸沐。[二]

[一] 興也。自旦及食時爲終朝。兩手曰匊。
《箋》云〔一〕：綠，王芻也，易得之菜也。終朝采之而不滿手，怨曠之深，憂思不專於事。
[二] 局，卷也。婦人夫不在，則不容飾。
《箋》云：言，我也。礼：婦人在夫家，笄象笄。今曲卷其髮，憂思之甚也。有云君子將歸者，我則沐以待之。

終朝采藍，不盈一襜。[一] 五日爲期，六日不詹。[二]

[一] 衣蔽前謂之襜。
《箋》云：藍，染草也。
[二] 詹，至也。婦人五日一御。
《箋》云：婦人過於時乃怨曠。五日、六日者，五月之日、六月之日也。期至五月而歸，今六月猶不至，是以憂思。

〔一〕 箋云 "箋"，底本誤作 "竿"，據諸本改。

之子于狩，言韔其弓。之子于釣，言綸之繩。^[一]

  [一]《箋》云：之子，是子也，謂其君子也。于，往也。綸^{〔一〕}，釣
    繳也。君子往狩與？我當從之，爲之韔弓。其往釣與？我當
    從之，爲之繩繳。今怨曠，自恨初行時不然。

其釣維何？維魴及鱮。維魴及鱮，薄言觀者。^[一]

  [一]《箋》云：觀，多也。此美其君子之有技藝也，釣必得魴、
    鱮。魴、鱮是云其多者耳。其衆雜魚，乃衆多矣。

 《采綠》四章，章四句。

〔一〕綸　"綸"，底本誤作"倫"，據諸本改。

黍　苗

《黍苗》，刺幽王也。不能膏潤天下，卿士不能行召伯之職焉。[一]

[一]陳宣王之德、召伯之功，以刺幽王及其群臣，廢此恩澤事業也。

芃芃黍苗，陰雨膏之。[一]悠悠南行，召伯勞之。[二]

[一]興也。芃芃，長大貌。

《箋》云：興者，喻天下之民如黍苗然。宣王能以恩澤育養之，亦如天之有陰雨之潤。

[二]悠悠，行貌。

《箋》云：宣王之時，使召伯營謝邑，以定申伯之國，將徒役南行，衆多悠悠然，召伯則能勞來勸說以先之。

我任我輦，我車我牛。我行既集，蓋云歸哉。[一]

[一]任者，輦者，車者，牛者。

《箋》云：集，猶成也。蓋，猶皆也。營謝，轉餫之役，有負任者，有輓輦者，有將車者，有牽傍牛者。其所爲南行之事既成，召伯則皆告之云可歸哉。刺今王使民行役，曾无休止時。

我徒我御，我師我旅。我行既集，蓋云歸處。[一]

[一] 徒行者，御車者，師者，旅者。
《箋》云：步行曰徒。召伯營謝邑，以兵衆行，其士卒有步行者，有御兵車者。五百人爲旅，五旅爲師。《春秋傳》曰："諸侯之制，君行師從，卿行旅從。"

肅肅謝功，召伯營之。烈烈征師，召伯成之。[一]

[一] 謝，邑也。
《箋》云：肅肅，嚴正之貌。營，治也。烈烈，威武貌。征，行也。美召伯治謝邑，則使之嚴正，將師旅行，則有威武〔一〕。

原隰既平，泉流既清。召伯有成，王心則寧。[一]

[一] 土治曰平，水治曰清。
《箋》云：召伯營謝邑，相其原隰之宜，通其水泉之利。此功既成，宣王之心則安也。又刺今王臣无成功而亦心安。

《黍苗》五章，章四句。

〔一〕 則有威武 "武"下，諸本有"也"字。

隰 桑

《隰桑》,刺幽王也。小人在位,君子在野,思見君子,盡心以事之。

隰桑有阿,其葉有難。[一] 既見君子,其樂如何?[二]

> [一] 興也。阿然,美貌;難然,盛貌。有以利人也。
> 《箋》云:隰中之桑,枝條阿阿然長美,其葉又茂盛,可以庇廕人。興者,喻時賢人君子不用而野處,有覆養之德也。正以隰桑興者,反求此義,則原上之桑,枝葉不能然。以刺時小人在位,無德於民。
> [二]《箋》云:思在野之君子,而得見其在位,喜樂無度。

隰桑有阿,其葉有沃。[一] 既見君子,云何不樂?

> [一] 沃,柔也。

隰桑有阿,其葉有幽。[一] 既見君子,德音孔膠。[二]

> [一] 幽,黑色也。
> [二] 膠,固也。
> 《箋》云:君子在位,民附仰之。其教令之行,甚堅固也。

心乎愛矣,遐不謂矣。中心藏之,何日忘之?[一]

[一]《箋》云：遐，遠。謂，勤。藏，善也。我心愛此君子，君子雖遠在野，豈能不勤思之乎[一]？宜思之也。我心善此君子，又誠不能忘也。孔子曰："愛之能勿勞乎？忠焉能勿誨乎？"

《隰桑》四章，章四句。

〔一〕豈能不勤思之乎 "豈"，底本誤作"邑"，據諸本改。

白　華

　　《白華》，周人刺幽后也。幽王取申女以爲后，又得襃姒而黜申后，故下國化之，以妾爲妻，以孽代宗，而王弗能治。周人爲之作是詩也。[一]

[一] 申，姜姓之國也。襃姒，襃人所入之女。姒，其字也。是謂幽后。孽，支庶也。宗，適子也。王不能治，己不正故也。

白華菅兮，白茅束兮。[一] 之子之遠，俾我獨兮。[二]

[一] 興也。白華，野菅也。已漚爲菅。

《箋》云：白華於野，已漚，名之爲菅。菅柔忍中用矣，而更取白茅收束之。茅比於白華爲脆[一]，興者，喻王取於申，申后礼儀備，任妃后之事，而更納襃姒。襃姒爲孽，將至滅國。

[二]《箋》云：之子，斥幽王也。俾，使也。王之遠外我，不復答耦我，意欲使我獨也。老而無子曰獨。後襃姒譖申后之子宜咎，宜咎奔申。

英英白雲，露彼菅茅。[一] 天步艱難，之子不猶。[二]

[一] 英英，白雲貌。露亦有雲[二]。言天地之氣，無微不著，無不覆養。

〔一〕 茅比於白華爲脆　"比"，底本誤作"彼"，據諸本改。
〔二〕 露亦有雲　"有"，底本誤作"白"，據諸本改。

《箋》云：白雲下露，養彼可以爲菅之茅，使與白華之菅相亂易，猶天下妖氣生褒姒，使申后見黜。

［二］步，行。猶，可也。

《箋》云：猶，圖也。天行此艱難之妖久矣，王不圖其變之所由爾。昔夏之衰，有二龍之妖，卜藏其漦。周厲王發而觀之，化爲玄黿，童女遇之，當宣王時而生女，懼而棄之，後褒人有獄，而入之幽王。幽王嬖之，是謂褒姒。

滮池北流，浸彼稻田。［一］嘯歌傷懷，念彼碩人。［二］

［一］滮，流貌。

《箋》云：池水之澤，浸潤稻田，使之生殖。喻王無恩意於申后，滮池之不如也〔一〕。豐、鎬之間，水北流。

［二］《箋》云：碩，大也。妖大之人，謂褒姒也。申后見黜，褒姒之所爲，故憂傷而念之。

樵彼桑薪，卬烘于煁。［一］維彼碩人，實勞我心。

［一］卬，我。烘，燎也。煁，烓竈也。桑薪，宜以養人者也。

《箋》云：人之樵，取彼桑薪，宜以炊饔饎之饗以養食人。桑薪，薪之善者也。我反以燎於烓竈，用炤事物而已，喻王始以禮取申后，申后禮儀備，今反黜之，使爲卑賤之事，亦猶是〔二〕。

〔一〕 滮池之不如也　"滮"，底本誤作"彪"，據諸本改。
〔二〕 亦猶是　"猶"，底本誤作"由"，據諸本改。

鼓鍾于宮，聲聞于外。^[一]念子懆懆，視我邁邁。^[二]

[一] 有諸宮中，必形見於外。

《箋》云：王失禮於內，而下國聞知而化之，王弗能治，如鳴鼓鍾於宮中，而欲外人不聞，亦不可止。

[二] 邁邁，不說也。

《箋》云：此言申后之忠於王也，念之懆懆然，欲諫正之。王反不說於其所言。

有鷺在梁，有鶴在林。^[一]維彼碩人，實勞我心。

[一] 鷺，禿鷺也。

《箋》云：鷺也、鶴也，皆以魚爲美食者也。鷺之性貪惡，而今在梁，鶴絜白而反在林，興王養褒姒而餕申后，近惡而遠善。

鴛鴦在梁，戢其左翼。^[一]之子無良，二三其德。^[二]

[一]《箋》云：戢，斂也。斂左翼者，謂右掩左也。鳥之雌雄不可別者以翼：右掩左，雄；左掩右，雌。陰陽相下之義也。夫婦之道，亦以禮義相下，以成家道。

[二]《箋》云：良，善也。王无答耦己之善意，而變移其心志，令我怨曠。

有扁斯石，履之卑兮。^[一]之子之遠，俾我疧兮。^[二]

[一] 扁扁，乘石貌。王乘車履石。

《箋》云：王后出入之禮，與王同。其行，登車亦履石。申后始時亦然，今見黜而卑賤也。

[二] 痕，病也。

《箋》云：王之遠外我，欲使我困病。

《白華》八章，章四句。

緜蠻

　　《緜蠻》,微臣刺亂也。大臣不用仁心,遺忘微賤,不肯飲食教載之,故作是詩也。[一]

　　[一] 微臣,謂士也。古者,卿大夫出行,士爲末介。士之祿薄,或困乏於資財,則當賙贍之。幽王之時,國亂、禮廢、恩薄,大不念小,尊不恤賤,故本其亂而刺之。

緜蠻黃鳥,止于丘阿。[一]道之云遠,我勞如何?飲之食之,教之誨之。命彼後車,謂之載之。[二]

　　[一] 興也。緜蠻,小鳥貌。丘阿,曲阿也。鳥止於阿,人止於仁。
　　《箋》云:止,謂飛行所止託也。興者,小鳥知止於丘之曲阿靜安之處而託息焉,喻小臣擇卿大夫有仁厚之德者而依屬焉。
　　[二]《箋》云:在國依屬於卿大夫之仁者,至於爲末介[一],從而行。道路遠矣,我罷勞,則卿大夫之恩宜如何乎?渴則與之飲,飢則與之食,事未至則豫教之,臨事則誨之,車敗則命後車載之。後車,倅車也。

緜蠻黃鳥,止于丘隅。[一]豈敢憚行?畏不能趨。[二]飲之

〔一〕 至於爲末介　"末",底本誤作"未",殿本同,據足利本、五山本、相臺本、阮刻本改。

食之，教之誨之。命彼後車，謂之載之。

[一]《箋》云：丘隅，丘角也。

[二]《箋》云：憚，難也。我罷勞，車又敗，豈敢難徒行乎？畏不能及時疾至也〔一〕。

緜蠻黃鳥，止于丘側。[一] 豈敢憚行？畏不能極。[二] 飲之食之，教之誨之。命彼後車，謂之載之。

[一]《箋》云：丘側，丘傍也。

[二]《箋》云：極，至也。

《緜蠻》三章，章八句。

―――――――

〔一〕 畏不能及時疾至也 "時"，底本誤作"爾"，據諸本改。

瓠　　葉

　　《瓠葉》，大夫刺幽王也。上棄禮而不能行，雖有牲牢饔餼，不肯用也，故思古之人不以微薄廢禮焉。[一]

　　[一] 牛、羊、豕爲牲。繫養者曰牢。熟曰饔，腥曰餼，生曰牽。"不肯用"者，自養厚而薄於賓客。

幡幡瓠葉，采之亨之。君子有酒，酌言嘗之。[一]

　　[一] 幡幡，瓠葉貌。庶人之菜也。
　　《箋》云：亨，熟也。熟瓠葉者，以爲飲酒之菹也。此君子，謂庶人之有賢行者也。其農功畢，乃爲酒漿，以合朋友，習禮講道藝也。酒既成[一]，先與父兄室人亨瓠葉而飲之，所以急和親親也。飲酒而曰嘗者，以其爲之主於賓客，賓客則加之以羞。《易·兑·象》曰："君子以朋友講習。"

有兔斯首，炮之燔之。君子有酒，酌言獻之。[一]

　　[一] 毛曰炮，加火曰燔。獻，奏也。
　　《箋》云：斯，白也。今俗語斯白之字作"鮮"，齊、魯之間聲近"斯"。有兔白首者，兔之小者也。"炮之燔之"者，將以爲飲酒之羞也。飲酒之礼：既奏酒於賓，乃薦羞。每酌言言

〔一〕 酒既成 "既"，底本誤作"食"，據諸本改。

者，禮不下庶人，庶人依士礼，立賓主爲酌名。

有兔斯首，燔之炙之。君子有酒，酌言酢之。[一]

[一] 炕火曰炙。酢，報也。

《箋》云：報者，賓既卒爵，洗而酌主人也。凡治兔之宜，鮮者毛炮之，柔者炙之，乾者燔之。

有兔斯首，燔之炮之。君子有酒，酌言醻之。[一]

[一] 醻，道飲也。

《箋》云：主人既卒酢爵，又酌自飲，卒爵，復酌進賓。猶今俗人勸酒。

《瓠葉》四章，章四句。

漸漸之石

《漸漸之石》，下國刺幽王也。戎狄叛之，荆舒不至，乃命將率東征役，久病於外，故作是詩也。[一]

[一]荆，謂楚也。舒，舒鳩、舒鄝、舒庸之屬。役，謂士卒也。

漸漸之石，維其高矣。山川悠遠，維其勞矣。[一]武人東征，不皇朝矣。[二]

[一]漸漸，山石高峻。

《箋》云：山石漸漸然高峻，不可登而上，喻戎狄衆彊而無禮義，不可得而伐也。山川者，荆舒之國所處也。其道里長遠〔一〕，邦域又勞勞廣闊，言不可卒服。

[二]**《箋》云：**武人，謂將率也〔二〕。皇，正也。將率受王命，東行而征伐，役人罷病，必不能正荆舒，使之朝於王。

漸漸之石，維其卒矣。山川悠遠，曷其没矣？[一]武人東征，不皇出矣。[二]

[一]卒，竟。没，盡也。

《箋》云：卒者，崔嵬也，謂山巔之末也。曷，何也。廣闊之處，

〔一〕其道里長遠　“里”，底本誤作“理”，據諸本改。

〔二〕謂將率也　“率”，底本誤作“帥”，據諸本改。

何時其可盡服？

[二]《箋》云：不能正之，令出使聘問於王。

有豕白蹢，烝涉波矣。^[一]月離于畢，俾滂沱矣。^[二]武人東征，不皇他矣。^[三]

[一] 豕，豬也。蹢，蹄也。將久雨，則豕進涉水波。

《箋》云：烝，眾也。豕之性能水，又唐突，難禁制。四蹄皆白曰駭，則白蹄，其尤躁疾者。今離其繪牧之處〔一〕，與眾豕涉入水之波漣矣，喻荊舒之人勇悍捷敏，其君猶白蹄之豕也，乃率民去禮義之安，而居亂亡之危。賤之，故比方於豕。

[二] 畢，噣也。月離陰星則雨。

《箋》云：將有大雨，微氣先見於天，以言荊舒之叛，萌漸亦由王出也。豕既涉波，今又雨，使之滂沱，疾王甚也。

[三]《箋》云：不能正之，令其守職，不干王命。

《漸漸之石》三章，章六句。

〔一〕 今離其繪牧之處 "牧"，底本誤作"收"，據諸本改。

苕 之 華

《苕之華》，大夫閔時也。幽王之時，西戎、東夷交侵中國，師旅並起，因之以饑饉。君子閔周室之將亡，傷己逢之，故作是詩也。[一]

[一]"師旅並起"者，諸侯或出師，或出旅，以助王距戎與夷也。大夫將師出，見戎夷之侵周而閔之，今當其難，自傷近危亡。

苕之華，芸其黃矣。[一]心之憂矣，維其傷矣。[二]

[一]興也。苕，陵苕也。將落則黃。
《箋》云：陵苕之華，紫赤而繁。興者，陵苕之幹，喻如京師也；其華，猶諸夏也。故或謂諸夏爲諸華。華衰則黃，猶諸侯之師旅罷病將敗，則京師孤弱。
[二]《箋》云：傷者，謂國日見侵削。

苕之華，其葉青青。[一]知我如此，不如無生。[二]

[一]華落，葉青青然。
《箋》云：京師以諸夏爲障蔽，今陵苕之華衰，而葉見青青然，喻諸侯微弱，而王之臣當出見也。
[二]《箋》云：我，我王也。知王之爲政如此，則己之生不如不生也。自傷逢今世之難，憂閔之甚。

牂羊墳首，三星在罶。[一] 人可以食，鮮可以飽。[二]

[一] 牂羊，牝羊也。墳，大也。罶，曲梁也，寡婦之筍也。牂羊墳首，言無是道也。三星在罶，言不可久也。

《箋》云：無是道者，喻周已衰，求其復興，不可得也。不可久者，喻周將亡，如心星之光耀，見於魚筍之中，其去須臾也。

[二] 治日少而亂日多。

《箋》云：今者士卒人人於晏早，皆可以食矣。時飢饉，軍興乏少，無可以飽之者。

《苕之華》三章，章四句。

何草不黃

《何草不黃》，下國刺幽王也。四夷交侵，中國背叛，用兵不息，視民如禽獸。君子憂之，故作是詩也。

何草不黃？何日不行？〔一〕何人不將？經營四方。〔二〕

> 〔一〕《箋》云：用兵不息，軍旅自歲始草生而出，至歲晚矣，何草而不黃乎？言草皆黃也。於是之間，將率何日不行乎？言常行，勞苦之甚。
>
> 〔二〕言萬民無不從役。

何草不玄？何人不矜？〔一〕哀我征夫，獨爲匪民。〔二〕

> 〔一〕《箋》云：玄，赤黑色。始春之時，草牙蘖者，將生必玄。於此時也，兵猶復行。無妻曰矜。從役者皆過時不得歸，故謂之矜。
>
> 〔二〕《箋》云：征夫，從役者也。古者，師出不踰時〔一〕，所以厚民之性也。今則草玄至於黃，黃至於玄，此豈非民乎？

匪兕匪虎，率彼曠野。〔一〕哀我征夫，朝夕不暇。

> 〔一〕兕、虎，野獸也。曠，空也。

〔一〕 師出不踰時 "踰"，底本誤作 "喻"，據諸本改。

《箋》云：兕、虎，比戰士也。

有芃者狐，率彼幽草。有棧之車，行彼周道。[一]

[一] 芃，小獸貌[一]。棧車，役車也。
《箋》云：狐草行草止，故以比棧車輦者。

《何草不黃》四章，章四句。

《魚藻之什》十四篇，六十二章，三百二句。

───────
〔一〕 小獸貌 "貌"，底本誤作"也"，據諸本改。

毛詩卷第十六

毛詩卷第十六

文王之什詁訓傳第二十三

毛詩大雅　　　　　鄭氏箋

文　王

《文王》，文王受命作周也。[一]

[一]受命〔一〕，受天命而王天下，制立周邦。

文王在上，於昭于天。[一]周雖舊邦，其命維新。[二]有周不顯，帝命不時。[三]文王陟降，在帝左右。[四]

[一]在上，在民上也。於，歎辭。昭，見也。

《箋》云：文王初爲西伯，有功於民，其德著見於天，故天命之以爲王，使君天下也。崩，謚曰文。

[二]乃新在文王也。

《箋》云：大王聿來胥宇，而國於周，王迹起矣，而未有天命。至文王而受命。言"新"者，美之也。

[三]有周，周也。不顯，顯也；顯，光也。不時，時也；時，是也。

〔一〕受命　"受"上，底本誤衍"箋云"二字，據諸本刪。

《箋》云：周之德不光明乎？光明矣。天命之不是乎？又是矣。

［四］言文王升接天，下接人也。

《箋》云：在，察也。文王能觀知天意，順其所爲，從而行之。

亹亹文王，令聞不已。陳錫哉周，侯文王孫子。文王孫子，本支百世。［一］凡周之士，不顯亦世。［二］

［一］亹亹，勉也。哉，載。侯，維也。本，本宗也。支，支子也。

《箋》云：令，善。哉，始。侯，君也。勉勉乎不倦，文王之勤用明德也。其善聲聞，日見稱歌，無止時也。乃由能敷恩惠之施，以受命造始周國，故天下君之。其子孫適爲天子，庶爲諸侯，皆百世。

［二］不世顯德乎？士者［一］，世祿也。

《箋》云：凡周之士，謂其臣有光明之德者，亦得世世在位，重其功也。

世之不顯，厥猶翼翼。思皇多士，生此王國。王國克生，維周之楨。［一］濟濟多士，文王以寧。［二］

［一］翼翼，恭敬。思，辭也。皇，天。楨，幹也。［二］

《箋》云［三］：猶，謀。思，願也。周之臣，既世世光明，其爲君之謀事，忠敬翼翼然，又願天多生賢人於此邦。此邦能生之，

〔一〕 士者 "士"，底本誤作"也"，足利本、阮刻本同，五山本作"仕"，據相臺本、殿本及阮元《校勘記》改。

〔二〕 翼翼……楨幹也 此十二字底本誤奪，據諸本補。

〔三〕 箋云 "云"，底本誤奪，據諸本補。

則是我周家榦事之臣〔一〕。

［二］濟濟，多威儀也。

穆穆文王，於緝熙敬止。假哉天命，有商孫子。［一］商之孫子，其麗不億。上帝既命，侯于周服。［二］

［一］穆穆，美也。緝熙，光明也。假，固也。

《箋》云：穆穆乎，文王有天子之容；於美乎，又能敬其光明之德。堅固哉，天爲此命之〔二〕，使臣有殷之子孫。

［二］麗，數也。盛德不可爲衆也。

《箋》云：于，於也。商之孫子，其數不徒億，多言之也。至天已命文王之後，乃爲君於周之九服之中，言衆之不如德也。

侯服于周，天命靡常。［一］殷士膚敏，祼將于京。厥作祼將，常服黼冔。［二］王之藎臣，無念爾祖。［三］

［一］則見天命之無常也。

《箋》云：無常者，善則就之，惡則去之。

［二］殷士，殷侯也。膚，美。敏，疾也。祼，灌鬯也。周人尚臭。將，行。京，大也。黼，白与黑也。冔，殷冠也。夏后氏曰收〔三〕，周曰冕。

《箋》云：殷之臣壯美而敏，來助周祭〔四〕。其助祭，自服殷之服，

〔一〕 則是我周家榦事之臣 "家"，殿本同，足利本、五山本、相臺本、阮刻本作"之"。
〔二〕 天爲此命之 "此"，底本誤作"比"，據諸本補。
〔三〕 夏后氏曰收 "收"，底本誤作"牧"，據諸本改。
〔四〕 來助周祭 "周"，底本誤奪，據諸本補。

明文王以德不以彊〔一〕。

　〔三〕藎，進也。無念，念也。

　《箋》云：今王之進用臣，當念女祖爲之法。王，斥成王。

無念爾祖，聿脩厥德。永言配命，自求多福。〔一〕殷之未喪師，克配上帝。〔二〕宜鑒于殷，駿命不易。〔三〕

　〔一〕聿，述。永，長。言，我也。我長配天命而行，爾庶國亦當自求多福。

　《箋》云：長，猶常也。王既述脩祖德，常言當配天命而行，則福祿自來。

　〔二〕帝乙已上也。

　《箋》云：師，眾也。殷自紂父之前，未喪天下之時，皆能配天而行，故不亡也〔二〕。

　〔三〕駿，大也。

　《箋》云：宜以殷王賢愚爲鏡，天之大命，不可改易。

命之不易，無遏爾躬。宣昭義問，有虞殷自天。〔一〕上天之載，無聲無臭。儀刑文王，萬邦作孚。〔二〕

　〔一〕遏，止。義，善。虞，度也。

　《箋》云：宣，徧。有，又也。天之大命已不可改易矣，當使子孫長行之，无終女身則止。徧明以礼義問老成人，又度殷所以

〔一〕明文王以德不以彊　"彊"，底本誤作"疆"，據諸本改。

〔二〕故不亡也　"亡"，底本誤作"忘"，足利本、殿本、阮刻本同，據五山本、相臺本及阮元《校勘記》改。

顺天之事而施行之。

［二］載，事。刑，法。孚，信也。

《箋》云：天之道難知也，耳不聞聲音，鼻不聞香臭，儀法文王之事，則天下咸信而順之也。

《文王》七章，章八句。

大　明

《大明》,文王有明德,故天復命武王也。[一]

　　[一]二聖相承[一],其明德日以廣大,故曰大明[二]。

明明在下,赫赫在上。[一]天難忱斯,不易維王。天位殷適,使不挾四方。[二]

　　[一]明明,察也。文王之德,明明於下,故赫赫然著見於天。
　　《箋》云:明明者,文王、武王施明德于天下,其徵應炤晢見於天,謂三辰效驗。
　　[二]忱,信也。紂居天位,而殷之正適也。挾,達也。
　　《箋》云:天之意難信矣,不可改易者,天子也。今紂居天位,而又殷之正適,以其爲惡,乃棄絕之,使教令不行於四方。四方共叛之,是天命無常,維德是予耳。言此者,厚美周也。

摯仲氏任,自彼殷商。來嫁于周,曰嬪于京。乃及王季,維德之行。[一]

　　[一]摯國任姓之中女也。嬪,婦。京,大也。王季,大王之子,文王之父也。

〔一〕二聖相承　"二"上,底本誤衍"箋云"二字,據諸本刪。
〔二〕故曰大明　"故"下,底本誤衍"云"字,據諸本刪。

文王之什詁訓傳第二十三　大明

《箋》云：京，周國之地，小别名也。及，與也。摯國中女曰大任，從殷商之畿内〔一〕，嫁爲婦於周之京，配王季，而與之共行仁義之德，同志意也。

大任有身，生此文王。〔一〕維此文王，小心翼翼。昭事上帝，聿懷多福。厥德不回，以受方國。〔二〕

［一］大任，仲任也〔二〕。身，重也。

《箋》云：重，謂懷孕也。

［二］回，違也。

《箋》云：小心翼翼，恭慎皃。昭，明。聿，述。懷，思也。方國，四方來附者。此言文王之有德，亦由父母也。

天監在下，有命既集。文王初載，天作之合。在洽之陽，在渭之涘。〔一〕

［一］集，就。載，識。合，配也〔三〕。洽，水也。渭，水也。涘，厓也。

《箋》云：天監視善惡於下，其命將有所依就，則豫福助之。於文王生，適有所識，則爲之生配於氣勢之處，使必有賢才，謂生大姒。

〔一〕　從殷商之畿内　"商"，底本誤作"周"，據諸本改。
〔二〕　仲任也　"仲"，底本誤作"中"，據諸本改。
〔三〕　配也　"也"下，底本誤衍"洽水名在今同州郃陽夏陽縣"十二字，據諸本删。

577

文王嘉止，大邦有子。[一] 大邦有子，俔天之妹。[二] 文定厥祥，[三] 親迎于渭。[四] 造舟爲梁，不顯其光。[五]

　　[一] 嘉，美也。

《箋》云：文王聞大姒之賢〔一〕，則美之曰：大邦有子女，可以爲妃。乃求昏。

　　[二] 俔，磬也。

《箋》云：既使問名，還則卜之，又知大姒之賢，尊之如天之有女弟〔二〕。

　　[三] 言大姒之有文德也。祥，善也。

《箋》云：問名之後，卜而得吉，則文王以禮定其吉祥。謂使納幣也。

　　[四] 言賢聖之配也。

《箋》云：賢女配聖人，得其宜，故備禮也。

　　[五] 言受命之宜，王基乃始於是也。天子造舟，諸侯維舟，大夫方舟，士特舟。造舟然後可以顯其光輝。

《箋》云：迎大姒而更爲梁者，欲其昭著，示後世敬昏禮也。不明乎其禮之有光輝，美之也。天子造舟，周制也，殷時未有等制。

有命自天，命此文王，于周于京。纘女維莘，長子維行。[一] 篤生武王，保右命爾，燮伐大商。[二]

　　[一] 纘，繼也。莘，大姒國也。長子，長女也。能行大任之德焉。

〔一〕 文王聞大姒之賢　"大"，底本誤作"太"，據諸本刪。
〔二〕 尊之如天之有女弟　下"之"字，底本誤奪，據諸本補。

578

《箋》云：天爲將命文王，君天下於周京之地，故亦爲作合，使繼大任之女事於莘國。莘國之長女大姒，則配文王，維德之行。

[二] 篤，厚。右〔一〕，助。燮，和也。

《箋》云：天降氣于大姒，厚生聖子武王，安而助之，又遂命之爾，使協和伐殷之事。協和伐殷之事，謂合位三五也。

殷商之旅，其會如林。矢于牧野，維予侯興。[一] 上帝臨女，無貳爾心。[二]

[一] 旅，衆也。如林，言衆而不爲用也。矢，陳。興，起也。言天下之望周也。

《箋》云：殷盛合其兵衆，陳於商郊之牧野，而天乃予諸侯有德者，當起爲天子。言天去紂，周師勝也。

[二] 言無敢懷貳心也。

《箋》云：臨，視也。女，女武王也。天護視女，伐紂必克，无有疑心。

牧野洋洋，檀車煌煌，駟騵彭彭。[一] 維師尚父，時維鷹揚，涼彼武王。[二] 肆伐大商，會朝清明。[三]

[一] 洋洋，廣也。煌煌，明也。騵馬白腹曰騵。言上周下殷也。

《箋》云：言其戰地寬廣，明不用權詐也。兵車鮮明，馬又彊，則暇且整。

――――――――――
〔一〕右 "右"，底本誤作 "石"，據諸本改。

［二］師，大師也。尚父，可尚可父。鷹揚，如鷹之飛揚也。涼，佐也〔一〕。

《箋》云：尚父，呂望也，尊稱焉。鷹，鷙鳥也。佐武王者，爲之上將。

［三］肆，疾也。會，甲也。不崇朝而天下清明。

《箋》云：肆，故今也。會，合也。以天期已至，兵甲之彊，師率之武，故今伐殷，合兵以清明。《書·牧誓》曰："時甲子昧爽，武王朝至于商郊牧野，乃誓。"

《大明》八章，四章章六句，四章章八句。

―――

〔一〕佐也 "佐"，底本誤作"左"，據諸本改。

緜

《緜》，文王之興，本由大王也。

緜緜瓜瓞，民之初生，自土沮漆。[一]古公亶父，陶復陶穴，未有家室。[二]

[一] 興也。緜緜，不絕貌。瓜瓞[一]，瓜紹也。瓞，瓝也。民，周民也。自，用。土，居也。沮，水；漆，水也。

《箋》云：瓜之本實，繼先歲之瓜必小，狀似瓝，故謂之瓞。緜緜然若將无長大時。興者，喻后稷乃帝嚳之胄，封於邰[二]。其後公劉失職[三]，遷于豳，居沮漆之地，歷世亦緜緜然。至大王而德益盛，得其民心，而生王業，故本周之興，云于沮漆也。

[二] 古公，豳公也。古，言久也。亶父，字。或殷以名言，質也。古公處豳，狄人侵之[四]。事之以皮幣，不得免焉；事之以犬馬，不得免焉；事之以珠玉，不得免焉。乃屬其耆老而告之曰："狄人之所欲者[五]，吾土地也[六]。吾聞之，君子不以

〔一〕 瓜瓞　此二字底本無，諸本均無，據阮元《校勘記》補。
〔二〕 封於邰　"封"，底本誤作"對"，據諸本改。
〔三〕 其後公劉失職　"公"，底本誤作"云"，據諸本改。
〔四〕 狄人侵之　"侵"，底本誤作"俊"，據諸本改。
〔五〕 狄人之所欲者　"者"，底本誤奪，足利本、殿本、阮刻本同，據五山本、相臺本及阮元《校勘記》補。
〔六〕 吾土地也　"土"，底本誤作"士"，據諸本改。"也"，底本誤奪，足利本、五山本、殿本、阮刻本同，據相臺本及阮元《校勘記》補。

其所養人而害人,二三子何患乎无君[一]?"去之,踰梁山,邑乎岐山之下。豳人曰:"仁人之君,不可失也。"從之如歸市,陶其土而復之,陶其壤而穴之。室内曰家。未有寢廟,亦未敢有家室。

《箋》云:古公,據文王,本其祖也。諸侯之臣稱君曰公。復者,復於土上[二]。鑿地曰穴。皆如陶然,本其在豳時也。《傳》自"古公處豳"而下,爲二章發。

古公亶父,來朝走馬。率西水滸,至于岐下。爰及姜女,聿來胥宇。[一]

[一] 率,循也。滸,水涯也。姜女,大姜也。胥,相。宇,居也。

《箋》云:來朝走馬,言其辟惡早且疾也。循西水厓,沮、漆水側也[三]。爰,於[四]。及,與。聿,自也。於是與其妃大姜自來相可居者,著大姜之賢知也。

周原膴膴,菫荼如飴。爰始爰謀,爰契我龜。[一]曰止曰時,築室于茲。[二]

〔一〕 二三子何患乎无君 "乎",底本誤奪,足利本、五山本、殿本、阮刻本同,據相臺本及阮元《校勘記》補。
〔二〕 復於土上 "土",底本誤作"士",五山本誤作"地",據足利本、相臺本、殿本、阮刻本改。
〔三〕 沮漆水側也 "側",底本誤作"測",據諸本改。
〔四〕 於 "於",底本誤作"于",據諸本改。

文王之什詁訓傳第二十三　緜

［一］周原，沮、漆之間也。膴膴，美也。菫，菜也。荼，苦菜也。契，開也。

《箋》云：廣平曰原。周之原地，在岐山之南，膴膴然肥美。其所生菜，雖有性苦者，皆甘如飴也[一]。此地將可居，故於是始與豳人之從己者謀。謀從，又於是契灼其龜而卜之，卜之則又從矣。

［二］《箋》云：時，是。兹，此也。卜從則曰可止居於是，可作室家於此。定民心也。

迺慰迺止，迺左迺右。迺疆迺理，迺宣迺畝。自西徂東，周爰執事。[一]

［一］慰，安。爰，於也。

《箋》云：時耕曰宣。徂，往也。民心定，乃安隱其居，乃左右而處之，乃疆理其經界，乃時耕其田畝，於是從西方而往東之人，皆於周執事，競出力也。豳與周原不能爲西東，據至時從水滸言也。

乃召司空，乃召司徒，俾立室家[二]。[一]其繩則直，縮版以載，作廟翼翼。[二]

［一］《箋》云[三]：俾，使也。司空、司徒，卿官也。司空，掌營國

〔一〕皆甘如飴也　"皆"，底本誤奪，足利本、殿本、阮刻本同，據五山本、相臺本及阮元《校勘記》補。
〔二〕俾立室家　"立"，底本誤作"其"，據諸本改。
〔三〕箋云　此二字底本誤奪，據諸本補。

邑；司徒，掌徒役之事。故召之，使立室家之位處。
- [二] 言不失繩直也。乘謂之縮。君子將營宫室，宗廟爲先，廄庫爲次，居室爲後。
- 《箋》云：繩者，營其廣輪方制之正也。既正，則以索縮其築版，上下相承而起。廟成，則嚴顯翼翼然。乘，聲之誤，當爲"繩"也。

捄之陾陾，度之薨薨。築之登登，削屢馮馮。[一]百堵皆興，鼛鼓弗勝。[二]

- [一] 捄，虆也。陾陾，衆也。度，居也。言百姓之勸勉也。登登，用力也。削牆鍛屢之聲馮馮然。
- 《箋》云：捄，抒也[一]。度，猶投也。築牆者抒聚壤土，盛之以虆，而投諸版中。
- [二] 皆，俱也。鼛，大鼓也，長一丈二尺。或鼛或鼓，言勸事樂功也。
- 《箋》云：五版爲堵。興，起也。百堵同時起，鼛鼓不能止之使休息也。凡大鼓之側有小鼓，謂之應鼙、朔鼙。《周禮》曰："以鼛鼓鼓役事。"

迺立皋門，皋門有伉。迺立應門，應門將將。[一]迺立冢土，戎醜攸行。[二]

- [一] 王之郭門曰皋門。伉，高皃。王之正門曰應門。將將，嚴正

〔一〕 抒也 "抒"，底本誤作"抙"，據諸本改。後文"抒聚"同。

584

也。美大王作郭門以致皋門，作正門以致應門焉。

《箋》云：諸侯之宮，外門曰皋門，朝門曰應門，內有路門。天子之宮，加以庫雉。

［二］冢，大。戎，大。醜，衆也。冢土［一］，大社也。起大事，動大衆，必先有事乎社而後出，謂之宜。美大王之社，遂爲大社也。

《箋》云：大社者，出大衆，將所告而行也。《春秋傳》曰："蜃宜社之肉。"

肆不殄厥慍，亦不隕厥問。柞棫拔矣，行道兌矣。［一］混夷駾矣，維其喙矣。［二］

［一］肆，故今也。慍，恚。隕，墜也。兌，成蹊也。

《箋》云：小聘曰問。柞，櫟也。棫，白桵也。文王見太王立冢土，有用大衆之義，故不絶去其恚惡惡人之心，亦不廢其聘問鄰國之禮。今以柞棫生柯葉之時，使大夫將師旅出聘問，其行道士衆兌然，不有征伐之意。

［二］駾，突。喙，困也。

《箋》云：混夷，夷狄國也。見文王之使者，將士衆過己國，則惶怖驚走奔突，入此柞棫之中而逃，甚困劇也。是之謂"一年伐混夷"。大王辟狄，文王伐混夷［二］，成道興國，其志一也。

〔一〕 冢土 "冢"，底本誤作"衆"，據諸本改。
〔二〕 大王辟狄文王伐混夷 此九字底本誤奪，據諸本補。

虞芮質厥成，文王蹶厥生。[一]予曰有疏附，予曰有先後，予曰有奔奏，予曰有禦侮。[二]

[一] 質，成也。成，平也。蹶，動也。虞、芮之君相與爭田，久而不平，乃相謂曰："西伯仁人也，盍往質焉？"乃相與朝周。入其境，則耕者讓畔，行者讓路。入其邑，男女異路，班白不提挈。入其朝，士讓爲大夫，大夫讓爲卿。二國之君感而相謂曰："我等小人，不可以履君子之庭。"乃相讓，以其所爭田爲閒田而退。天下聞之而歸者四十餘國。

《箋》云：虞、芮之質平，而文王動其綿綿民初生之道，謂廣其德而王業大。

[二] 率下親上曰疏附，相道前後曰先後，喻德宣譽曰奔奏，武臣折衝曰禦侮。

《箋》云：予，我也，詩人自我也。文王之德所以至然者，我念之曰[一]：此亦由有疏附、先後、奏奔、禦侮之臣力也。疏附，使疏者親也；奔奏，使人歸趨之。

《緜》九章，章六句。

〔一〕 我念之曰 "之"，底本誤奪，據諸本補。

棫　樸

《棫樸》，文王能官人也。

芃芃棫樸，薪之槱之。^[一] 濟濟辟王，左右趣之。^[二]

[一] 興也。芃芃，木盛貌。棫，白桵也。樸，枹木也〔一〕。槱，積也。山木茂盛，萬民得而薪之；賢人衆多，國家得用蕃興。

《箋》云：白桵相樸屬而生者，枝條芃芃然，豫斫以爲薪。至祭皇天上帝及三辰，則聚積以燎之。

[二] 趣，趨也。

《箋》云：辟，君也。君王，謂文王也。文王臨祭祀〔二〕，其容濟濟然敬。左右之諸臣皆促疾於事，謂相助積薪。

濟濟辟王，左右奉璋。^[一] 奉璋峨峨，髦士攸宜。^[二]

[一] 半圭曰璋。

《箋》云：璋，璋瓚也。祭祀之禮，王祼以圭瓚〔三〕，諸臣助之，亞祼以璋瓚。

[二] 峨峨，盛壯也。髦，俊也。

《箋》云：士，卿士也。奉璋之儀峨峨然，故今俊士之所宜。

〔一〕 枹木也　"枹"，底本誤作"抱"，五山本同，據足利本、相臺本、殿本、阮刻本改。

〔二〕 文王臨祭祀　"臨"，底本誤作"辟"，據諸本改。

〔三〕 王祼以圭瓚　"瓚"，底本誤作"璋"，據諸本改。

淠彼涇舟，烝徒楫之。^[一]周王于邁，六師及之。^[二]

    ［一］淠，舟行貌。楫，櫂也。

  《箋》云：烝，衆也。淠淠然涇水中之舟，順流而行者，乃衆徒舩人以楫櫂之故也。興衆臣之賢者行君政令。

    ［二］天子六軍。

  《箋》云：于，往。邁，行。及，與也。周王往行，謂出兵征伐也〔一〕。二千五百人爲師。今王興師行者，殷末之制，未有周禮。《周禮》："五師爲軍，軍萬二千五百人。"

倬彼雲漢，爲章于天。^[一]周王壽考，遐不作人。^[二]

    ［一］倬，大也。雲漢，天河也。

  《箋》云：雲漢之在天，其爲文章，譬猶天子爲法度於天下。

    ［二］遐，遠也。遠不作人也〔二〕。

  《箋》云：周王，文王也。文王是時九十餘矣，故云"壽考"。遠不作人者〔三〕，其政變化紂之惡俗〔四〕，近如新作人也。

追琢其章，金玉其相。^[一]勉勉我王，綱紀四方。^[二]

    ［一］追，雕也。金曰雕，玉曰琢。相，質也。

〔一〕 謂出兵征伐也 "伐"，底本誤作"代"，據諸本改。
〔二〕 遠不作人也 "作"，底本誤作"爲"，五山本同，據足利本、相臺本、殿本、阮刻本改。
〔三〕 遠不作人者 "遠"，底本誤奪，據諸本補。
〔四〕 其政變化紂之惡俗 "紂"，底本誤作"經"，據諸本改。

《箋》云：《周礼》："追師，掌追衡笄。"則追亦治玉也。相，視也，猶觀視也。追琢玉使成文章，喻文王爲政，先以心研精，合於禮義，然後施之。萬民視而觀之，其好而樂之，如覩金玉然。言其政可樂也。

[二]《箋》云：我王，謂文王也。以罔罟喻爲政。張之爲綱，理之爲紀。

《棫樸》五章，章四句。

旱麓

《旱麓》，受祖也。周之先祖，世修后稷、公劉之業，大王、王季申以百福干祿焉。

瞻彼旱麓，榛楛濟濟。[一]豈弟君子，干祿豈弟。[二]

[一]旱，山名也。麓，山足也。濟濟，衆多也。

《箋》云：旱山之足，林木茂盛者，得山雲雨之潤澤也。喻周邦之民獨豐樂者，被其君德教。

[二]干，求也。言陰陽和，山藪殖〔一〕，故君子得以干祿樂易。

《箋》云：君子，謂大王、王季。以有樂易之德施於民，故其求祿亦得樂易。

瑟彼玉瓚，黃流在中。[一]豈弟君子，福祿攸降。[二]

[一]玉瓚，圭瓚也。黃，金所以飾。流，鬯也。九命，然後錫以秬鬯、圭瓚。

《箋》云：瑟，絜鮮貌。黃流，秬鬯也。圭瓚之狀，以圭爲柄，黃金爲勺，青金爲外，朱中央矣。殷王帝乙之時，王季爲西伯，以功德受此賜。

[二]《箋》云：攸，所。降，下也。

鳶飛戾天，魚躍于淵。[一]豈弟君子，遐不作人。[二]

〔一〕 山藪殖 "藪"，底本誤作 "數"，據諸本改。

[一]言上下察也。

《箋》云：鳶，鴟之類，鳥之貪惡者也。飛而至天，喻惡人遠去，不爲民害也。魚跳躍于淵中，喻民喜得所。

[二]《箋》云：遐，遠也。言大王、王季之德，近於變化，使如新作人。

清酒既載，騂牡既備。[一]以享以祀，以介景福。[二]

[一]言年豐畜碩也。

《箋》云：既載，謂已在尊中也。祭祀之事，先爲清酒，其次擇牲，故舉二者。

[二]言祀所以得福也。

《箋》云：介，助。景，大也。

瑟彼柞棫，民所燎矣。[一]豈弟君子，神所勞矣。[二]

[一]瑟，衆貌。

《箋》云：柞棫之所以茂盛者，乃人燥燎，除其旁草，養治之，使无害也。

[二]《箋》云：勞，勞來，猶言佑助。

莫莫葛藟，施于條枚。[一]豈弟君子，求福不回。[二]

[一]莫莫，施貌。

《箋》云：葛也、藟也，延蔓於木之枝本而茂盛，喻子孫依緣先人之功而起。

[二]《箋》云：不回者，不違先祖之道。

《旱麓》六章，章四句。

思　　齊

《思齊》,文王所以聖也。[一]

[一]言非但天性,德有所由成。

思齊大任[一],文王之母。思媚周姜,京室之婦。[一]大姒嗣徽音,則百斯男。[二]

[一]齊,莊。媚,愛也。周姜,大姜也。京室,王室也。
《箋》云[二]:京,周地名也。常思莊敬者,大任也,乃爲文王之母。又常思愛大姜之配大王之礼,故能爲京室之婦。言其德行純備,故生聖子也。大姜言周,大任言京,見其謙恭,自卑小也。
[二]大姒,文王之妃也。大姒十子,衆妾則宜百子也。
《箋》云:徽,美也。嗣大任之美音,謂續行其善教令。

惠于宗公,神罔時怨,神罔時恫。[一]刑于寡妻,至于兄弟,以御于家邦。[二]

[一]宗公,宗神也。恫,痛也。
《箋》云:惠,順也。宗公,大臣也。文王爲政,咨於大臣,順而

〔一〕思齊大任　"齊",底本誤作"齋",據諸本改。下毛《傳》"齊"同。
〔二〕箋云　"云",底本誤作"六",據諸本改。

593

行之，故能當於神明。神明无是怨恚其所行者，无是痛傷其所爲者〔一〕，其將无有凶禍。

[二] 刑，法也。寡妻，適妻也。御，迎也。

《箋》云：寡妻，寡有之妻，言賢也。御，治也。文王以禮法接待其妻〔二〕，至于宗族，以此又能爲政，治于家邦也。《書》曰："乃寡兄勖。"又曰："越乃御事。"

雝雝在宮，肅肅在廟。[一] 不顯亦臨，無射亦保。[二] 肆戎疾不殄，烈假不瑕。[三]

[一] 雝雝，和也。肅肅，敬也。

《箋》云：宮，謂辟雝宮也。群臣助文王養老，則尚和；助祭於廟，則尚敬。言得禮之宜也。

[二] 以顯臨之，保安无厭也。

《箋》云：臨，視也。保，猶居也。文王之在辟雝也，有賢才之質而不明者，亦得觀於禮；於六藝無射才者，亦得居於位。言養善，使之積小致高大。

[三] 肆，故今也。戎，大也。故今大疾害人者，不絶之而自絶也。烈，業。假，大也。

《箋》云：厲、假，皆病也。瑕，已也。文王於辟廱德如此，故大疾害人者，不絶之而自絶；爲厲假之行者，不已之而自已。言化之深也。

〔一〕 无是痛傷其所爲者　"其所爲者"，底本誤奪，足利本、五山本、阮刻本同，據相臺本、殿本及阮元《校勘記》改。
〔二〕 文王以禮法接待其妻　"其"，底本誤作"具"，據諸本改。

不聞亦式，不諫亦入。[一] 肆成人有德，小子有造。[二] 古之人無斁，譽髦斯士。[三]

[一] 言性與天合也。

《箋》云：式，用也。文王之祀於宗廟，有仁義之行，而不聞達者，亦用之助祭。有孝悌之行，而不能諫爭者，亦得入。言其使人器之，不求備也。

[二] 造，爲也。

《箋》云：成人，謂大夫、士也。小子，其弟子也。文王在於宗廟，德如此，故大夫、士皆有德[一]，子弟皆有所造成。

[三] 古之人無猒於有名譽之俊士。

《箋》云：古之人，謂聖王明君也。口無擇言，身無擇行，以身化其臣下，故令此士皆有名譽於天下，成其俊乂之美也。

《思齊》四章，章六句。故言五章，二章章六句，三章章四句。

〔一〕 故大夫士皆有德　"士"，底本誤作"上"，據諸本改。

皇　矣

《皇矣》，美周也。天監代殷，莫若周。周世世修德，莫若文王。^[一]

> [一]監，視也。天視四方，可以代殷王天下者，維有周爾。世世修行道德，維有文王盛爾。

皇矣上帝，臨下有赫。監觀四方，求民之莫。^[一]維此二國，其政不獲。維彼四國，爰究爰度。^[二]上帝耆之，憎其式廓。乃眷西顧，此維與宅。^[三]

> [一]皇，大。莫，定也。
>
> 《箋》云：臨，視也。大矣天之視天下，赫然甚明。以殷紂之暴亂，乃監察天下之衆國，求民之定，謂所歸就也。
>
> [二]二國，殷、夏也。彼，彼有道也。四國，四方也。究，謀。度，居也。
>
> 《箋》云：二國，謂今殷紂及崇侯也。正，長。獲，得也。四國，謂密也、阮也、徂也、共也^{〔一〕}。度，亦謀也。殷、崇之君，其行暴亂，不得於天心。密、阮、徂、共之君於是又助之謀，言同於惡也。
>
> [三]耆，惡也。廓，大也。憎其用大位，行大政。顧，顧西土也。宅，居也。

〔一〕謂密也阮也徂也共也　"阮"，底本誤作"沅"，據諸本改。下"阮"同。

文王之什詁訓傳第二十三　皇矣

《箋》云：耆，老也。天須假此二國，養之至老，猶不變改，憎其所用爲惡者浸大也。乃眷然運視西顧，見文王之德，而與之居。言天意常在文王所。

作之屏之，其菑其翳。脩之平之，其灌其栵。啓之辟之，其檉其椐。攘之剔之，其檿其柘。[一]帝遷明德，串夷載路。[二]天立厥配，受命既固。[三]

[一] 木立死曰菑。自斃爲翳。灌，叢生也〔一〕。栵，栭也。檉，河柳也。椐，樻也。檿，山桑也。

《箋》云：天既顧文王，四方之民則大歸往之。岐周之地險隘，多樹木，乃競刊除而自居處。言樂就有德之甚。

[二] 徙就文王之德也。串，習。夷，常。路，大也。

《箋》云：串夷，即混夷〔二〕，西戎國名也。路，應也。天意去殷之惡，就周之德，文王則侵伐混夷以應之。

[三] 配，媲也。

《箋》云：天既顧文王，又爲之生賢妃，謂大姒也。其受命之道，已堅固也。

帝省其山，柞棫斯拔，松柏斯兌。[一]帝作邦作對，自大伯王季。[二]維此王季，因心則友。則友其兄，則篤其慶，載錫之光。[三]受祿無喪，奄有四方。[四]

〔一〕 叢生也 "叢"，底本誤作"聚"，據諸本改。
〔二〕 即混夷 "混"，底本誤作"昆"，據諸本改。

［一］兑，易直也。

《箋》云：省，善也。天既顧文王，乃和其國之風雨，使其山樹木茂盛。言非徒養其民人而已。

［二］對，配也。從大伯之見王季也。

《箋》云：作，爲也。天爲邦，謂興周國也。作配，謂爲生明君也。是乃自大伯、王季時則然矣。大伯讓於王季而文王起。

［三］因，親也。善兄弟曰友。慶，善。光，大也。

《箋》云：篤，厚。載，始也。王季之心親親，而又善於宗族，又尤善於兄大伯〔一〕，乃厚明其功美，始使之顯著也。大伯以讓爲功美，王季乃能厚明之，使傳世稱之〔二〕，亦其德也。

［四］喪，亡。奄，大也。

《箋》云：王季以有因心則友之德，故世世受福祿〔三〕，至於覆有天下也〔四〕。

維此王季，帝度其心，貊其德音。其德克明，克明克類，克長克君。［一］王此大邦，克順克比。［二］比于文王，其德靡悔。［三］既受帝祉，施于孫子。［四］

［一］心能制義曰度。貊，靜也。

《箋》云：德正應和曰貊。照臨四方曰明。類，善也；勤施无私曰類。教誨不倦曰長。賞慶刑威曰君。

［二］慈和徧服曰順。擇善而從曰比。

〔一〕又尤善於兄大伯　"尤"，底本誤奪，據諸本補。
〔二〕使傳世稱之　"之"下，底本誤衍"光"字，據諸本刪。
〔三〕故世世受福祿　"祿"，底本誤奪，據諸本補。
〔四〕至於覆有天下也　"也"，五山本同，足利本、相臺本、殿本、阮刻本無。

《箋》云：王，君也。王季稱王，追王也。

［三］經緯天地曰文〔一〕。

《箋》云：靡，無也。王季之德，比于文王，無有所悔也。必比于文王者〔二〕，德以聖人爲匹。

［四］《箋》云：帝，天也。祉，福也。施，猶易也，延也。

帝謂文王，無然畔援，無然歆羨，誕先登于岸。［一］密人不恭，敢距大邦，侵阮徂共。［二］王赫斯怒，爰整其旅，以按徂旅。以篤于周祜，以對于天下。［三］

［一］無是畔道，無是援取，無是貪羨。岸，高位也。

《箋》云：畔援，猶跋扈也。誕，大。登，成。岸，訟也。天語文王曰：女無如是跋扈者，妄出兵也；無如是貪羨者，侵人土地也；欲廣大德美者〔三〕，當先平獄訟、正曲直也。

［二］國有密須氏侵阮，遂往侵共。

《箋》云：阮也、徂也、共也，三國犯周，而文王伐之。密須之人乃敢距其義兵，違正道，是不直也。

［三］旅，師。按，止也。旅，地名也。對，遂也。

《箋》云：赫，怒意。斯，盡也。五百人爲旅。對，答也。文王赫然與其群臣盡怒，曰：整其軍旅而出，以卻止徂國之兵衆，以厚周當王之福，以答天下鄉周之望。

〔一〕 經緯天地曰文　"緯天"，底本誤倒，據諸本乙正。
〔二〕 必比于文王者　"者"，底本誤作"盛"，從下句讀，殿本同，據足利本、五山本、相臺本、阮刻本改。
〔三〕 欲廣大德美者　"者"，底本誤奪，據諸本補。

依其在京，侵自阮疆，陟我高岡。無矢我陵，我陵我阿〔一〕。無飲我泉，我泉我池。〔一〕度其鮮原，居岐之陽，在渭之將。萬邦之方，下民之王。〔二〕

[一] 京，大阜也。矢，陳也。

《箋》云：京，周地名。陟，登也。矢，猶當也。大陵曰阿。文王但發其依居京地之衆，以往侵阮國之疆，登其山脊，而望阮之兵。兵無敢當其陵及阿者，又無敢飲食於其泉及池水者。小出兵而令驚怖如此，此以德攻，不以衆也。"陵""泉"重言者，美之也。每言"我"者，據後得而有之而言。

[二] 小山別大山曰鮮。將，側也。方，則也。

《箋》云：度，謀〔二〕。鮮，善也。方，猶鄉也。文王見侵阮而兵不見敵〔三〕，知己德盛而威行，可以遷居，定天下之心〔四〕，乃始謀居善原廣平之地〔五〕，亦在岐山之南〔六〕，居渭水之側〔七〕，爲萬國之所鄉，作下民之君，後竟徙都於豐。

帝謂文王：予懷明德，不大聲以色，不長夏以革。不識不知，順帝之則。〔一〕帝謂文王：詢爾仇方，同爾兄弟，以爾鉤援，與爾臨衝，以伐崇墉。〔二〕

〔一〕 我陵我阿 "我陵"，底本誤奪，據諸本補。
〔二〕 謀 "謀"下，底本誤衍"也"字，據諸本删。
〔三〕 文王見侵阮而兵不見敵 "文"上，底本誤衍"言"字，據諸本删。
〔四〕 定天下之心 "定"上，底本誤衍"以"字；"之"下，底本誤衍"人"字；"心"下，底本誤衍"也"字；並據諸本删。
〔五〕 乃始謀居善原廣平之地 "乃"上，底本誤衍"于是"二字，據諸本删。
〔六〕 亦在岐山之南 "南"下，底本誤衍"隅也"二字，據諸本删。
〔七〕 居渭水之側 "居"上，底本誤衍"而"字，據諸本删。

［一］懷，歸也。不大聲見於色。革，更也。不以長大有所更。

《箋》云：夏，諸夏也。天之言云：我歸人君有光明之德，而不虛廣言語以外作容貌，不長諸夏以變更王法者，其爲人不識古，不知今，順天之法而行之者。此言天之道尚誠實，貴性自然。

［二］仇，匹也。鉤，鉤梯也，所以鉤引上城者。臨，臨車也。衝，衝車也。墉，城也。

《箋》云：詢，謀也。怨耦曰仇。仇方，謂旁國，諸侯爲暴亂大惡者。女當謀征討之，以和協女兄弟之國，率與之往。親親則多志齊心壹也。當此之時，崇侯虎倡紂爲無道，罪尤大也。

臨衝閑閑，崇墉言言。執訊連連，攸馘安安。是類是禡，是致是附，四方以無侮。［一］臨衝茀茀，崇墉仡仡。是伐是肆，是絕是忽，四方以無拂。［二］

［一］閑閑，動搖也。言言，高大也。連連，徐也。攸，所也。馘，獲也。不服者，殺而獻其左耳曰馘。於内曰類，於野曰禡。致，致其社稷群神。附，附其先祖，爲之立後。尊其尊而親其親。

《箋》云：言言，猶孽孽，將壞貌。訊，言也。執所生得者而言問之，及獻所馘，皆徐徐以禮爲之，不尚促速也。類也、禡也，師祭也。無侮者，文王伐崇而無復敢侮慢周者。

［二］茀茀，彊盛也。仡仡，猶言言也。肆，疾也。忽，滅也。

《箋》云：伐，謂擊刺之。肆，犯突也。《春秋傳》曰："使勇而無剛者肆之。"拂，猶佹也。言無復佹戾文王者。

《皇矣》八章，章十二句。

靈　臺

《靈臺》，民始附也。文王受命，而民樂其有靈德，以及鳥獸昆蟲焉。[一]

[一] 民者，冥也。其見仁道遲，故於是乃附也。天子有靈臺者，所以觀祲象〔一〕，察氣之妖祥也。文王受命而作邑於豐，立靈臺。《春秋傳》曰："公既視朔，遂登觀臺以望，而書雲物，爲備故也〔二〕。"

經始靈臺，經之營之。庶民攻之，不日成之。[一]

[一] 神之精明者稱靈，四方而高曰臺。經，度之也。攻，作也。不日有成也。

《箋》云：文王應天命，度始靈臺之基止，營表其位。衆民則築作，不設期日而成之。言說文王之德，勸其事，忘己勞也。觀臺而曰靈者，文王化行，似神之精明，故以名焉。

經始勿亟，庶民子來。[一] 王在靈囿，麀鹿攸伏。[二]

[一]《箋》云：亟，急也。度始靈臺之基止，非有急成之意，衆民各以子成父事，而來攻之。

〔一〕 所以觀祲象　"祲"，底本誤作"侵"，據諸本改。
〔二〕 爲備故也　"也"，底本誤奪，據諸本補。

〔二〕囿，所以域養禽獸也。天子百里，諸侯四十里。靈囿，言靈道行於囿〔一〕。麀，牝也。

《箋》云：攸，所也。文王親至靈囿，視牝鹿所遊伏之處。言愛物也。

麀鹿濯濯，白鳥翯翯。〔一〕王在靈沼，於牣魚躍。〔二〕

〔一〕濯濯，娛遊也。翯翯，肥澤也。

《箋》云：鳥獸肥盛喜樂，言得其所。

〔二〕沼，池也。靈沼，言靈道行於沼也。牣，滿也。

《箋》云：靈沼之水〔二〕，魚盈滿其中，皆跳躍。亦言得其所〔三〕。

虡業維樅，賁鼓維鏞。於論鼓鍾，於樂辟廱。〔一〕

〔一〕植者曰虡，橫者曰栒。業，大版也。樅，崇牙也。賁，大鼓也。鏞，大鍾也。論，思也。水旋丘如璧曰辟廱，以節觀者。

《箋》云：論之言倫也。虡也、栒也，所以縣鍾鼓也。設大版於上，刻畫以爲飾。文王立靈臺，而知民之歸附，作靈囿、靈沼，而知鳥獸之得其所，以爲音聲之道與政通，故合樂以詳之。於得其倫理乎，鼓與鍾也；於喜樂乎，諸在辟廱中者。言感於中和之至。

〔一〕言靈道行於囿　"囿"下，諸本有"也"字。
〔二〕靈沼之水　"水"，底本誤作"也"，據諸本改。
〔三〕亦言得其所　"得其"，底本誤倒，據諸本乙正。

於論鼓鍾，於樂辟廱。鼉鼓逢逢，矇瞍奏公。[一]

[一] 鼉，魚屬。逢逢，和也。有眸子而無見曰矇，无眸子曰瞍。公，事也。

《箋》云：凡聲，使瞽矇瞍爲之。

《靈臺》五章，章四句。

下　武

　　《下武》，繼文也。武王有聖德，復受天命，能昭先人之功焉。[一]

　　[一]"繼文"者，繼文王之王業而成之。昭，明也。

下武維周，世有哲王。[一]三后在天，王配于京。[二]

　　[一]武，繼也。
　　《箋》云：下，猶後也。哲，知也。後人能繼先祖者，維有周家最大，世世益有明知之王，謂大王、王季、文王，稍就盛也。
　　[二]三后，大王、王季、文王也。王，武王也[一]。
　　《箋》云：此三后既没登遐，精氣在天矣。武王又能配行其道於京[二]，謂鎬京也。

王配于京，世德作求。[一]永言配命，成王之孚。[二]

　　[一]《箋》云：作，爲。求，終也。武王配行三后之道於鎬京者，以其世世積德，庶爲終成其大功。
　　[二]《箋》云：永，長。言，我也。命，猶教令也。孚，信也。此爲武王言也，今長我之配行三后之教令者，欲成我周家王

〔一〕　王武王也　此四字底本誤奪，據諸本補。
〔二〕　武王又能配行其道於京　"又"，底本誤作"文"，據諸本補。

道之信也。王德之道成於信。《論語》曰:"民无信不立。"

成王之孚,下土之式。[一]永言孝思,孝思維則。[二]

[一]式,法也。

《箋》云:王道尚信,則天下以爲法,勤行之。

[二]則其先人也。

《箋》云:長我孝心之所思,所思者,其維則三后之所行。子孫以順祖考爲孝。

媚茲一人,應侯順德。[一]永言孝思,昭哉嗣服。[二]

[一]一人,天子也。應,當。侯,維也。

《箋》云:媚,愛。茲,此也。可愛乎武王,能當此順德,謂能成其祖考之功也。《易》曰:"君子以順德,積小以高大。"

[二]《箋》云:服,事也。明哉武王之嗣行祖考之事,謂伐紂定天下。

昭茲來許,繩其祖武。[一]於萬斯年,受天之祜。[二]

[一]許,進。繩,戒。武,迹也。

《箋》云:茲,此。來,勤也。武王能明此勤行,進於善道,戒慎其祖考所踐履之迹。美其終成之。

[二]《箋》云:祜[一],福也。天下樂仰武王之德,欲其壽考

〔一〕祜 "祜",底本誤作"祐",據諸本改。

之言〔一〕。

受天之祜，四方來賀。於萬斯年，不遐有佐。[一]

[一] 遠夷來佐也。

《箋》云：武王受此萬年之壽，不遐有佐。言其輔佐之臣，亦宜蒙其餘福也。《書》曰："公其以予萬億年。"亦君臣同福祿也。

《下武》六章，章四句。

〔一〕 欲其壽考之言 "言"下，諸本有"也"字。

文王有聲

《文王有聲》，繼伐也。武王能廣文王之聲，卒其伐功也。[一]

> [一]"繼伐"者，文王伐崇，而武王伐紂。

文王有聲，遹駿有聲。遹求厥寧，遹觀厥成。[一] 文王烝哉！[二]

> [一]《箋》云：遹，述。駿，大。求，終。觀，多也。文王有令聞之聲者，乃述行有令聞之聲之道所致也。所述者，謂大王、王季也。又述行終其安民之道〔一〕，又述行多其成民之德。言周德之世益盛。
>
> [二]烝，君也。
>
> 《箋》云：君哉者，言其誠得人君之道。

文王受命，有此武功。既伐于崇，作邑于豐。[一] 文王烝哉！

> [一]《箋》云：武功，謂伐四國及崇之功也。作邑者，徙都于豐，以應天命。

築城伊淢，作豐伊匹。匪棘其欲，遹追來孝。[一] 王后

〔一〕 又述行終其安民之道 "又"下，底本誤奪"於"字，據諸本刪。

文王之什詁訓傳第二十三 文王有聲

烝哉！[二]

[一] 淢〔一〕，成溝也。匹，配也。

《箋》云：方十里曰成。淢，其溝也，廣、深各八尺。棘，急。來，勤也。文王受命而猶不自足，築豐邑之城，大小適与成偶，大於諸侯，小於天子之制。此非以急成從己之欲，欲廣都邑，乃述追王季勤孝之行，進其業也。

[二] 后，君也。

《箋》云：變謚言"王后"者，非其盛事，不以義謚。

王公伊濯，維豐之垣。四方攸同，王后維翰。[一] 王后烝哉！

[一] 濯，大。翰，幹也。

《箋》云：公，事也。文王述行大王、王季之王業，其事益大，作邑於豐〔二〕。城之既成，又垣之立宮室，乃爲天下所同心而歸之。王后爲之幹者，正其政教，定其法度。

豐水東注，維禹之績。四方攸同，皇王維辟。[一] 皇王烝哉！[二]

[一] 績，業。皇，大也。

《箋》云：績，功。辟，君也。昔堯時洪水，而豐水亦氾濫爲害。

〔一〕 淢 "淢"，底本誤作"或"，據諸本補。
〔二〕 作邑於豐 "豐"，底本誤作"凡"，據諸本改。

禹治之，使入渭，東注于河，禹之功也。文王、武王今得作邑於其旁地，爲天下所同心而歸。大王爲之君，乃由禹之功，故引美之[一]。豐邑在豐水之西，鎬京在豐水之東。

[二]《箋》云：變"王后"言大王者，武王之事又益大。

鎬京辟廱，自西自東，自南自北，無思不服。[一] 皇王烝哉！

[一] 武王作邑於鎬京。

《箋》云：自，由也。武王於鎬京行辟廱之礼，自四方來觀者，皆感化其德，心无不歸服者。

考卜維王，宅是鎬京。維龜正之，武王成之。[一] 武王烝哉！

[一]《箋》云：考，猶稽也。宅，居也。稽疑之法，必契灼龜而卜之。武王卜居是鎬京之地，龜則正之，謂得吉兆，武王遂居之。修三后之德，以伐紂定天下，成龜兆之占，功莫大於此。

豐水有芑，武王豈不仕？詒厥孫謀，以燕翼子。[一] 武王烝哉![二]

[一] 芑，草也。仕，事。燕，安。翼，敬也。
《箋》云：詒，猶傳也。孫，順也。豐水猶以其潤澤生草，武王豈

────────
〔一〕 故引美之 "故"，底本誤作"政"，據諸本改。

610

不以其功業爲事乎？以之爲事〔一〕，故傳其所以順天下之謀，以安其敬事之子孫，謂使行之也。《書》曰："厥考翼，其肯曰：'我有後，弗棄基。'"

〔二〕上言"皇王"，而變言"武王"者，皇，大也。始大其業，至武王伐紂成之，故言武王也。

《文王有聲》八章，章五句。

《文王之什》十篇，六十六章，四百一十四句。

〔一〕 以之爲事 "之"，底本誤奪，據諸本補。

毛詩卷第十七

毛詩卷第十七

生民之什詁訓傳第二十四

毛詩大雅　　　　　　鄭氏箋

生　民

《生民》，尊祖也。后稷生於姜嫄，文武之功起於后稷，故推以配天焉。

厥初生民，時維姜嫄。[一]生民如何？克禋克祀，以弗無子。[二]履帝武敏歆，攸介攸止。載震載夙，載生載育。時維后稷。[三]

[一]生民，本后稷也。姜，姓也。后稷之母，配高辛氏帝焉。
《箋》云：厥，其。初，始。時，是也。言周之始祖，其生之者，是姜嫄也。姜姓者，炎帝之後。有女名嫄，當堯之時，爲高辛氏之世妃。本后稷之初生，故謂之生民。

[二]禋，敬。弗，去也。去無子，求有子。古者，必立郊禖焉。玄鳥至之日，以大牢祠于郊禖，天子親往，后妃率九嬪御，乃禮天子所御，帶以弓韣，授以弓矢，于郊禖之前。
《箋》云：克，能也。弗之言祓也。姜嫄之生后稷如何乎？乃禋祀上帝於郊禖，以祓除其無子之疾，而得其福也。能者，言齊

肅當神明意也。二王之後，得用天子之禮。

[三] 履，踐也。帝，高辛氏之帝也。武，迹。敏，疾也。從於帝而見于天，將事齊敏也。歆，饗。介，大也。止，福祿所止也。震，動。夙，早。育，長也。后稷播百穀以利民。

《箋》云：帝，上帝也。敏，拇也。介，左右也。夙之言肅也。祀郊禖之時，時則有大神之迹。姜嫄履之，足不能滿，履其拇指之處，心體歆歆然，其左右所止住[一]，如有人道感己者也。於是遂有身，而肅戒不復御[二]，後則生子而養長之，名曰棄。舜臣堯而舉之，是爲后稷。

誕彌厥月，先生如達。[一]不坼不副，無菑無害。[二]以赫厥靈，上帝不寧。不康禋祀，居然生子。[三]

[一] 誕，大。彌，終。達，生也。姜嫄之子先生者也。

《箋》云：達，羊子也。大矣后稷之在其母，終人道十月而生，生如達之生。言易也。

[二] 言易也。凡人在母，母則病，生則坼副[三]，菑害其母，橫逆人道。

[三] 赫，顯也。不寧，寧也。不康，康也。

《箋》云：康、寧，皆安也。姜嫄以赫然顯著之徵，其有神靈審矣。此乃天帝之氣也，心猶不安之，又不安徒以禋祀而無人道，居默然自生子，懼時人不信也。

〔一〕 其左右所止住 "住"，底本誤作"仕"，據諸本改。
〔二〕 而肅戒不復御 "御"，底本誤作"偘"，據諸本改。
〔三〕 生則坼副 "坼"，底本誤作"拆"，足利本、阮刻本同，據五山本、相臺本、殿本及阮元《校勘記》改。

誕寘之隘巷，牛羊腓字之。[一]誕寘之平林，會伐平林。[二]誕寘之寒冰，鳥覆翼之[一]。[三]鳥乃去矣，后稷呱矣。[四]

[一] 誕，大。寘，置。腓，辟。字，愛也。天生后稷，異之於人，欲以顯其靈也。帝不順天，是不明也，故承天意而異之于天下。

《箋》云：天異之，故姜嫄置后稷於牛羊之徑，亦所以異之。

[二] 牛羊而辟人者，理也。置之平林，又爲人所收取之。

[三] 大鳥來，一翼覆之，一翼藉之，人而收取之，又其理也，故置之於寒冰[二]。

[四] 於是知有天異，往取之矣，后稷呱呱然而泣。

實覃實訏，厥聲載路。誕實匍匐，克岐克嶷，以就口食。[一]蓻之荏菽，荏菽旆旆。禾役穟穟，麻麥幪幪，瓜瓞唪唪。[二]

[一] 覃，長。訏，大。路，大也。岐，知意也。嶷，識也。

《箋》云：實之言適也。覃，謂始能坐也。訏，謂張口鳴呼也。是時聲音則已大矣，能匍匐，則岐岐然意有所知也，其貌嶷嶷然有所識別也，以此至于能就衆人口自食，謂六七歲時。

[二] 荏菽，戎菽也。旆旆然，長也。役，列也。穟穟，苗好美也。幪幪然，茂盛也。唪唪然，多實也。

《箋》云：蓻，樹也。戎菽，大豆也。就口食之時，則有種殖之

〔一〕鳥覆翼之　"之"下，底本誤衍"鳥覆翼之"四字，據諸本刪。
〔二〕故置之於寒冰　此六字底本誤奪，據諸本補。

志。言天性也〔一〕。

誕后稷之穡,有相之道。[一]茀厥豐草,種之黃茂。實方實苞,實種實褎〔二〕,實發實秀,實堅實好,實穎實栗。即有邰家室。[二]

[一] 相,助也。

《箋》云:大矣后稷之掌稼穡,有見助之道。謂若神助之力〔三〕。

[二] 茀,治也。黃,嘉穀也。茂,美也〔四〕。方,極畝也。苞,本也。種,雜種也。褎,長也。發,盡發也。不榮而實曰秀。穎,垂穎也。栗,其實栗栗然。邰,姜嫄之國也。堯見天因邰而生后稷,故國后稷於邰〔五〕,命使事天,以顯神順天命耳。

《箋》云:豐、苞,亦茂也。方,齊等也。種,生不雜也。褎,枝葉長也。發,發管時也。栗,成就也〔六〕。后稷教民除治茂草,使種黍稷。黍稷生則茂好,孰則大成。以此成功,堯改封於邰,就其成國之家室,无變更也。

誕降嘉種,維秬維秠,維穈維芑。[一]恒之秬秠,是穫是畝。恒之穈芑,是任是負。以歸肇祀。[二]

─────────

〔一〕 言天性也 "天",底本誤作"无",據諸本改。
〔二〕 實種實褎 "褎",底本誤作"裦",據諸本改。
〔三〕 謂若神助之力 "力"下,諸本有"也"字。
〔四〕 美也 "美",底本誤作"夫",據諸本改。
〔五〕 故國后稷於邰 "后",底本誤作"名",據諸本改。
〔六〕 成就也 "就",足利本、相臺本、殿本、阮刻本同,五山本作"急"。

618

［一］天降嘉種。秬，黑黍也。秠，一稃二米也〔一〕。穈，赤苗也。芑，白苗也。

《箋》云：天應堯之顯后稷，故爲之下嘉種。

［二］恒，徧。肇，始也，始歸郊祀也。

《箋》云：任，猶抱也。肇，郊之神位也。后稷以天爲己下此四穀之故，則徧種之。成孰則穫而畝計之，抱負以歸，於郊祀天。得祀天者，二王之後也。

誕我祀如何？或舂或揄，或簸或蹂。釋之叟叟，烝之浮浮。〔一〕載謀載惟，取蕭祭脂。取羝以軷，載燔載烈。〔二〕以興嗣歲。〔三〕

［一］揄，抒臼也。或簸糠者，或蹂黍者。釋，溞米也。叟叟，聲也。浮浮，氣也。

《箋》云：蹂之言潤也。大矣我后稷之祀天如何乎？美而將說其事也。舂而抒出之〔二〕，簸之又潤濕之，將復舂之，趨於鑿也。釋之烝之，以爲酒及簠簋之實。

［二］嘗之日，涖卜來歲之芟；獮之日，涖卜來歲之戒；社之日，涖卜來歲之稼：所以興來而繼往也。穀熟而謀，陳祭而卜矣。取蕭合黍稷〔三〕，臭達牆屋，既奠而後爇蕭，合馨香也。羝羊，牡羊也。軷，道祭也。傅火曰燔〔四〕，貫之加於火

〔一〕 一稃二米也 "稃"，底本誤作"桴"，五山本誤作"稃"，據足利本、相臺本、殿本、阮刻本改。

〔二〕 舂而抒出之 "抒"，底本誤作"杆"，據諸本改。

〔三〕 取蕭合黍稷 "稷"，底本誤奪，據諸本補。

〔四〕 傅火曰燔 "傅"，底本誤作"傳"，足利本、五山本同，據相臺本、殿本、阮刻本改。

日烈〔一〕。

《箋》云：惟，思也。烈之言爛也。后稷既爲郊祀之酒及其米，則諏謀其日〔二〕，思念其禮。至其時，取蕭草與祭牲之脂，爇之於行神之位。馨香既聞，取羝羊之體以祭神，又燔烈其肉爲尸羞焉。自此而往郊。

[三] 興來歲，繼往歲也。

《箋》云：嗣歲，今新歲也。以先歲之物齊敬犯軷而祀天者，將求新歲之豐年也。孟春之《月令》曰："乃擇元日，祈穀于上帝。"

卬盛于豆，于豆于登，其香始升。上帝居歆，胡臭亶時。[一] 后稷肇祀，庶無罪悔，以迄于今。[二]

[一] 卬，我也。木曰豆，瓦曰登。豆，薦菹醢也。登，大羹也。

《箋》云：胡之言何也。亶，誠也。我后稷盛菹醢之屬，當於豆者、於登者。其馨香始上行，上帝則安而歆享之，何芳臭之誠得其時乎？美之也。祀天用瓦豆，陶器質也。

[二] 迄，至也。

《箋》云：庶，眾也。后稷肇祀上帝於郊，而天下眾民咸得其所〔三〕，無有罪過也。子孫蒙其福，以至於今，故推以配天焉。

《生民》八章，四章章十句，四章章八句。

〔一〕 貫之加於火曰烈 "加"，底本誤作"如"，據諸本改。"於"，底本誤作"于"，足利本、五山本、殿本、阮刻本同，據相臺本及阮元《校勘記》改。
〔二〕 則諏謀其日 "則"，底本誤作"每"，據諸本改。
〔三〕 而天下眾民咸得其所 "咸"，底本誤作"成"，五山本誤作"皆"，據足利本、相臺本、殿本、阮刻本改。

行　葦

《行葦》，忠厚也。周家忠厚，仁及草木，故能内睦九族，外尊事黄耇，養老乞言，以成其福祿焉。[一]

[一] 九族，自己上至高祖，下至玄孫之親也。黄，黄髪也。耇，凍梨也〔一〕。乞言，從求善言，可以爲政者，敦史受之。

敦彼行葦，牛羊勿踐履〔二〕。方苞方體，維葉泥泥。[一]

[一] 敦，聚貌。行，道也。葉初生泥泥。
《箋》云：苞，茂也。體，成形也。敦敦然道旁之葦，牧牛羊者，毋使躐履折傷之。草物方茂盛，以其終將爲人用，故周之先王爲此愛之，況於人乎？

戚戚兄弟，莫遠具爾。或肆之筵，或授之几。[一]

[一] 戚戚，内相親也。肆，陳也。或陳設筵者，或授几者。
《箋》云：莫，无也。具，猶俱也。爾，謂進之也。王與族人燕，兄弟之親，无遠无近，俱揖而進之。年稚者爲設筵而已，老者加之以几。

〔一〕 凍梨也　"凍"，底本誤作"東"，據諸本改。
〔二〕 牛羊勿踐履　"牛"，底本誤作"午"，據諸本改。

肆筵設席，授几有緝御。[一] 或獻或酢，洗爵奠斝。[二]

[一] 設席，重席也。緝御，踧踖之容也。

《箋》云：緝，猶續也。御，侍也。兄弟之老者，既爲設重席、授几，又有相續代而侍者，謂敦史也。

[二] 斝，爵也。夏曰醆，殷曰斝，周曰爵。

《箋》云：進酒於客曰獻，客答之曰酢。主人又洗爵醻客，客受而奠之，不舉也。用殷爵者，尊兄弟也。

醓醢以薦，或燔或炙。嘉殽脾臄，或歌或咢。[一]

[一] 以肉曰醓醢[一]。臄，函也。歌者，比於琴瑟也。徒擊鼓曰咢。

《箋》云：薦之禮，韭菹則醓醢也。燔用肉，炙用肝。以脾函爲加，故謂之嘉。

敦弓既堅，四鍭既鈞，舍矢既均。[一] 序賓以賢。[二]

[一] 敦弓，畫弓也。天子敦弓。鍭矢參亭，已均中蓺[二]。

《箋》云：舍之言釋也。蓺，質也。周之先王將養老，先与群臣行射禮，以擇其可與者以爲賓。

[二] 言賓客次序皆賢。孔子射於矍相之圃，觀者如堵牆。射至於司馬，使子路執弓矢出，延射曰："奔軍之將，亡國之大夫，與爲人後者，不入。其餘皆入。"蓋去者半，入者半。又使

〔一〕 以肉曰醓醢 "醓"，底本誤作"醢"，足利本誤作"醢"，據五山本、相臺本、殿本、阮刻本改。

〔二〕 已均中蓺 "中"，底本誤作"巾"，據諸本改。

生民之什詁訓傳第二十四　行葦

公罔之裘、序點揚觶而語〔一〕，曰："幼壯孝弟，耆耋好禮，不從流俗，修身以俟死，者不？在此位。"蓋去者半，處者半。序點又揚觶而語，曰："好學不倦，好禮不變，旄勤稱道不亂，者不？在此位也。"蓋僅有存焉。

《箋》云：序賓以賢，謂以射中多少爲次第。

敦弓既句，既挾四鍭。[一]四鍭如樹，[二]序賓以不侮。[三]

[一]天子之弓，合九而成規。
《箋》云：射禮："搢三挾一箇。"言已挾四鍭，則已徧釋之。
[二]言皆中也。
[三]言其皆有賢才也。
《箋》云：不侮者，敬也。其人敬於禮，則射多中。

曾孫維主，酒醴維醹。酌以大斗，以祈黃耇。[一]

[一]曾孫，成王也。醹，厚也。大斗，長三尺也。祈，報也。
《箋》云：祈，告也。今我成王承先王之法度，爲主人，亦既序賓矣。有醇厚之酒醴，以大斗酌而嘗之而美，故以告黃耇之人，徵而養之也。飲酒之禮曰："告於先生君子〔二〕，可也。"

黃耇台背，以引以翼。[一]壽考維祺，以介景福。[二]

〔一〕又使公罔之裘序點揚觶而語　"揚"，底本誤作"楊"，足利本同，據五山本、相臺本、殿本、阮刻本改。下"揚觶"同。
〔二〕告於先生君子　"生"，底本誤作"王"，據諸本改。

[一]台背,大老也。引,長。翼,敬也。

《箋》云:台之言鮐也。大老則背有鮐文。既告老人,及其來也,以禮引之,以禮翼之。在前曰引,在旁曰翼。

[二]祺,吉也。

《箋》云:介,助也。養老人而得吉,所以助大福也。

《行葦》八章,章四句。故言七章,二章章六句,五章章四句。

既　　醉

《既醉》，太平也。醉酒飽德，人有士君子之行焉。[一]

[一] 成王祭宗廟，旅酬下徧群臣，至于无筭爵，故云"醉"焉。乃見十倫之義，志意充滿，是謂之"飽德"。

既醉以酒，既飽以德。[一]君子萬年，介爾景福。[二]

[一] 既者，盡其禮，終其事。
《箋》云：禮，謂旅酬之屬。事，謂惠施先後及歸俎之類〔一〕。
[二]《箋》云：君子，斥成王也。介，助。景，大也。成王，女有萬年之壽，天又助女以大福，謂五福也。

既醉以酒，爾殽既將。[一]君子萬年，介爾昭明。[二]

[一] 將，行也。
《箋》云：爾，女也。殽，謂牲體也。成王之爲群臣俎實，以尊卑差次行之。
[二]《箋》云：昭，光也。

昭明有融，高朗令終。[一]令終有俶，公尸嘉告。[二]

〔一〕謂惠施先後及歸俎之類　"惠施"，底本誤倒，據諸本乙正。

[一] 融,長。朗,明也。始於饗燕,終於享祀。

《箋》云:有,又。令,善也。天既助女以光明之道,又使之長有高明之譽,而以善名終,是其長也。

[二] 攸,始也。公尸,天子以卿。言諸侯也。

《箋》云:攸,猶厚也。既始有善,令終又厚之。公尸以善言告之,謂嘏辭也。諸侯有功德者,入爲天子卿大夫,故云"公尸"。公,君也。

其告維何?籩豆靜嘉。[一] 朋友攸攝,攝以威儀。[二]

[一] 恒豆之菹,水草之和也;其醢,陸產之物也。加豆,陸產也;其醢,水物也。籩豆之薦,水土之品也[一],不敢用常褻味,而貴多品,所以交於神明者,言道之徧至也。

《箋》云:公尸所以善言告之,是何故乎?乃用籩豆之物,絜清而美,政平氣和所致故也。

[二] 言相攝佐者,以威儀也。

《箋》云:朋友,謂群臣同志好者也。言成王之臣皆有仁孝士君子之行,其所以相攝佐威儀之事。

威儀孔時,君子有孝子。[一] 孝子不匱,永錫爾類。[二]

[一]《箋》云:孔,甚也。言成王之臣,威儀甚得其宜,皆君子之人,有孝子之行。

[二] 匱,竭。類,善也。

〔一〕 水土之品也 "土",底本誤作"士",據諸本改。

《箋》云：永，長也。孝子之行，非有竭極之時。長以與女之族類，謂廣之以教道天下也。《春秋傳》曰："潁考叔，純孝也，施及莊公。"

其類維何？室家之壼。[一]君子萬年，永錫祚胤。[二]

[一]壼，廣也。

《箋》云：壼之言梱也。其與女之族類云何乎？室家先以相梱致，已乃及於天下。

[二]胤，嗣也。

《箋》云：永，長也。成王，女有萬年之壽，天又長予女福祚，至于子孫。

其胤維何？天被爾祿。[一]君子萬年，景命有僕。[二]

[一]祿，福也。

《箋》云：天予女福祚至于子孫云何乎？天覆被女以祿位，使祿臨天下。

[二]僕，附也。

《箋》云：成王，女既有萬年之壽，天之大命又附著於女，謂使爲政教。

其僕維何？釐爾女士。[一]釐爾女士，從以孫子。[二]

[一]釐，予也。

《箋》云：天之大命附著於女云何乎？予女以女而有士行者，謂生淑媛,使爲之妃。

[二]《箋》云:從,隨也。天既予女以女而有士行者〔一〕,又使生賢知之子孫以隨之,謂傳世也。

《既醉》八章,章四句。

――――――

〔一〕 天既予女以女而有士行者 "士",底本誤作"土",據諸本改。

鳧　鷖

《鳧鷖》，守成也。太平之君子，能持盈守成，神祇祖考安樂之也。[一]

> [一] 君子，斥成王也〔一〕。言"君子"者，太平之時則皆然，非獨成王也。

鳧鷖在涇，公尸來燕來寧。[一] 爾酒既清，爾殽既馨。公尸燕飲，福祿來成。[二]

> [一] 鳧，水鳥也。鷖，鳧屬。大平則萬物衆多。
> 《箋》云：涇，水名也。水鳥而居水中，猶人爲公尸之在宗廟也，故以喻焉。祭祀既畢，明日，又設禮而與尸燕。成王之時，尸來燕也，其心安，不以己實臣之故自謙。言此者，美成王事尸之禮備。
> [二] 馨，香之遠聞也。
> 《箋》云：爾者，女成王也。女酒殽清美，以與公尸燕樂飲酒之故，祖考以福祿來成女。

鳧鷖在沙，公尸來燕來宜。[一] 爾酒既多，爾殽既嘉。[二] 公尸燕飲，福祿來爲。[三]

〔一〕斥成王也　"也"，底本誤作"之"，據諸本改。

〔一〕沙,水旁也。宜,宜其事也。

《箋》云:水鳥以居水中爲常,今出在水旁,喻祭四方百物之尸也。其來燕也,心自以爲宜,亦不以己實臣自嫌也。

〔二〕言酒品齊多,而殽備美。

〔三〕厚爲孝子也。

《箋》云:爲,猶助也。助成王也。

鳧鷖在渚,公尸來燕來處。〔一〕爾酒既湑,爾殽伊脯。公尸燕飲,福祿來下。〔二〕

〔一〕渚,沚也。處,止也。

《箋》云:水中之有渚,猶平地之有丘也。喻祭天地之尸也,以配至尊之故,其來燕,似若止得其處。

〔二〕《箋》云:湑,酒之沛者也。天地之尸尊,事尊不以褻味,沛酒脯而已。

鳧鷖在潨,公尸來燕來宗。〔一〕既燕于宗,福祿攸降。公尸燕飲,福祿來崇。〔二〕

〔一〕潨,水會也。宗,尊也。

《箋》云:潨,水外之高者也。有癰埋之象,喻祭社稷山川之尸,其來燕也,有尊主人之意。

〔二〕崇,重也。

《箋》云:既,盡也。宗,社宗也〔一〕。群臣下及民,盡有祭社之禮,

〔一〕 社宗也 "社",底本誤作"尊",據諸本改。

而燕飲焉，爲福祿所下也。今王祭社〔一〕，又以尸燕，福祿之來，乃重厚也。天子以下，其社神同，故云然。

鳧鷖在亹，公尸來止熏熏。[一]旨酒欣欣，燔炙芬芬。公尸燕飲，無有後艱。[二]

［一］亹，山絕水也。熏熏，和説也。

《箋》云：亹之言門也。燕七祀之尸〔二〕，於門户之外，故以喻焉。其來也，不敢當王之燕禮，故變言"來止熏熏"，坐不安之意。

［二］欣欣然，樂也。芬芬，香也。無有後艱，言不敢多祈也。

《箋》云：艱，難也。小神之尸卑，用美酒。有燔炙，可用褻味也。又不能致福祿，但令王自今無有後艱而已。

《鳧鷖》五章，章六句。

─────

〔一〕今王祭社　"祭"，底本誤作"宗"，據諸本改。
〔二〕燕七祀之尸　"七"，底本誤作"上"，五山本誤作"士"，據足利本、相臺本、殿本、阮刻本改。

假 樂

《假樂》，嘉成王也。

假樂君子，顯顯令德。宜民宜人，受祿于天。[一]保右命之，自天申之。[二]

　　[一] 假，嘉也。宜民宜人，宜安民、宜官人也。

　《箋》云：顯，光也。天嘉樂成王有光光之善德，安民、官人，皆得其宜，以受福祿於天。

　　[二] 申，重也。

　《箋》云：成王之官人也，群臣保右而舉之，乃後命用之，又用天意申勑之，如舜之勑伯禹、伯夷之屬。

干祿百福，子孫千億。穆穆皇皇，宜君宜王。[一]不愆不忘，率由舊章。[二]

　　[一] 宜君王天下也。

　《箋》云：干〔一〕，求也。十萬曰億。天子穆穆，諸侯皇皇。成王行顯顯之令德，求祿得百福，其子孫亦勤行而求之，得祿千億，故或為諸侯，或為天子。言皆相勗以道。

　　[二]《箋》云：愆，過。率，循也。成王之令德不過誤，不遺失，循用舊典之文章，謂周公之禮法。

〔一〕 干 "干"，底本誤作"千"，據諸本改。

威儀抑抑，德音秩秩。無怨無惡，率由群匹。[一]受福無疆，四方之綱。

[一] 抑抑，美也。秩秩，有常也。

《箋》云：抑抑，密也。秩秩，清也。成王立朝之威儀，致密無所失，教令又清明，天下皆樂仰之，無有怨惡。循用群臣之賢者，其行能匹耦己之心。

之綱之紀，燕及朋友。[一]百辟卿士，媚于天子。不解于位，民之攸墍。[二]

[一] 朋友，群臣也。

《箋》云：成王能爲天下之綱紀，謂立法度以理治之也。其燕飲，常與群臣，非徒樂族人而已。

[二] 墍，息也。

《箋》云：百辟，畿內諸侯也。卿士，卿之有事也。媚，愛也。成王以恩意及群臣，群臣故皆愛之，不解於其職位。民之所以休息，由此也。

《假樂》四章，章六句。

公　劉

《公劉》，召康公戒成王也。成王將涖政，戒以民事，美公劉之厚於民，而獻是詩也。[一]

[一] 公劉者，后稷之曾孫也。夏之始衰，見迫逐，遷於豳，而有居民之道。成王始幼少，周公居攝政。反歸之〔一〕，成王將涖政，召公與周公相成王爲左右。召公懼成王尚幼稚，不留意於治民之事，故作詩美公劉〔二〕，以深戒之。

篤公劉，匪居匪康。迺埸迺疆，迺積迺倉。迺裹餱糧，于橐于囊，思輯用光。[一]弓矢斯張，干戈戚揚，爰方啓行。[二]

[一] 篤，厚也。公劉居於邰，而遭夏人亂，迫逐公劉。公劉乃辟中國之難，遂平西戎，而遷其民、邑於豳焉。迺埸迺疆，言修其疆埸也。迺積迺倉，言民事時和，國有積倉也。小曰橐，大曰囊。思輯用光，言民相與和睦，以顯於時也。

《箋》云：厚乎公劉之爲君也，不以所居爲居，不以所安爲安。邰國乃有疆埸也，乃有積委及倉也。安安而能遷，積而能散。爲夏人迫逐己之故，不忍鬭其民，乃裹糧食於橐囊之中，棄其餘而去。思在和其民人，用光大其道，爲今子孫之基。

〔一〕 反歸之　"反"，底本誤作"及"，五山本、相臺本同，據足利本、殿本、阮刻本及阮元《校勘記》改。

〔二〕 故作詩美公劉　"作"下，底本誤衍"是"字，五山本同，據足利本、相臺本、殿本、阮刻本刪。

〔二〕戚，斧也。揚，鉞也。張其弓矢，秉其干戈戚揚，以方開道路，去之齒，蓋諸侯之從者十有八國焉。

《箋》云：干，盾也。戈，句孑戟也〔一〕。爰，曰也。公劉之去邠，整其師旅，設其兵器，告其士卒曰："爲女方開道而行。"明己之遷，非爲迫逐之故，乃欲全民也。

篤公劉，于胥斯原。既庶既繁，既順迺宣，而無永嘆。〔一〕陟則在巘，復降在原。何以舟之？維玉及瑤，鞞琫容刀〔二〕。〔二〕

〔一〕胥，相。宣，徧也。民無長嘆，猶文王之無悔也。

《箋》云：于，於也。廣平曰原。厚乎公劉之於相此原也以居民。民既衆矣，既多矣，既順其事矣，又乃使之時耕。民皆安今之居，而無長嘆，思其舊時也。

〔二〕巘，小山別於大山也。舟，帶也。瑤，言有美德也。下曰鞞，上曰琫。言德有度數也。容刀，言有武事也。

《箋》云：陟，升。降，下也。公劉之相此原地也，由原而升巘，復下在原。言反覆之，重居民也。民亦愛公劉之如是，故進玉、瑤、容刀之佩。

篤公劉，逝彼百泉，瞻彼溥原。迺陟南岡，迺覯于京〔三〕。〔一〕京師之野，于時處處，于時廬旅，于時言言，于

〔一〕句孑戟也　"孑"，底本誤作"子"，足利本、殿本、阮刻本作"矛"，據五山本、相臺本及阮元《校勘記》改。

〔二〕鞞琫容刀　"鞞"，底本誤作"鞸"，據諸本改。下毛《傳》"下曰鞞"同。

〔三〕迺覯于京　"迺"，底本誤作"乃"，足利本、相臺本、殿本、阮刻本同，據五山本、阮元《校勘記》改。下經文迺改作"迺"。

時語語。[二]

[一] 溥，大。覯，見也。

《箋》云：逝，往。瞻，視。溥，廣也。山脊曰岡。絶高爲之京。厚乎公劉之相此原地也，往之彼百泉之間，視其廣原可居之處，乃升其南山之脊，乃見其可居者於京，謂可營立都邑之處。

[二] 是京乃大衆所宜居之也。廬，寄也。直言曰言，論難曰語。

《箋》云：于，於。時，是也。京地乃衆民所宜居之野也，於是處其所當處者，廬舍其賓旅，言其所當言，語其所當語。謂安民、館客、施教令也〔一〕。

篤公劉，于京斯依。蹌蹌濟濟，俾筵俾几。[一] 既登迺依，迺造其曹。執豕于牢，酌之用匏。[二] 食之飲之，君之宗之。[三]

[一]《箋》云：蹌蹌濟濟，士大夫之威儀也。俾，使也。厚乎公劉之居於此京，依而築宮室。其既成也，與群臣士大夫飲酒以落之。群臣則相使爲公劉設几筵〔二〕，使之升坐。

[二] 賓已登席坐矣，乃依几矣。曹，群也。執豕于牢，新國則殺禮也。酌之用匏，儉以質也。

《箋》云：公劉既登堂，負扆而立，群臣乃適其牧群，搏豕於牢中〔三〕，以爲飲酒之殽。酌酒以匏爲爵。言忠敬也。

[三] 爲之君，爲之大宗也。

〔一〕 謂安民館客施教令也　"客"，底本誤作"容"，據諸本改。
〔二〕 群臣則相使爲公劉設几筵　"几"，底本誤作"凡"，據諸本改。
〔三〕 搏豕於牢中　"搏"，底本誤作"博"，據諸本改。

生民之什詁訓傳第二十四　公劉

《箋》云：宗，尊也。公劉雖去邰國來遷，群臣從而君之、尊之，猶在邰也。

篤公劉，既溥既長，既景迺岡。相其陰陽，觀其流泉。[一] 其軍三單，度其隰原，徹田爲糧。[二] 度其夕陽，豳居允荒。[三]

[一] 既景乃岡，考於日景，參之高岡。

《箋》云：厚乎公劉之居豳也，既廣其地之東西，又長其南北，既以日景定其經界，於山之脊，觀相其陰陽寒煖所宜、流泉浸潤所及，皆爲利民富國。

[二] 三單，相襲也。徹，治也。

《箋》云：邰〔一〕，后稷上公之封。大國之制三軍，以其餘卒爲羨。今公劉遷於豳，民始從之，丁夫適滿三軍之數〔二〕。單者，無羨卒也。度其隰與原田之多少，徹之使出稅，以爲國用。什一而稅謂之徹。魯哀公曰："二，吾猶不足，如之何其徹也？"

[三] 山西曰夕陽。荒，大也。

《箋》云：允，信也。夕陽者，豳之所處也。度其廣輪，豳之所處，信寬大也。

篤公劉，于豳斯館。涉渭爲亂，取厲取鍛。[一] 止基迺理，爰衆爰有。夾其皇澗，遡其過澗。[二] 止旅迺密，芮鞫之即。[三]

〔一〕 邰　"邰"下，底本誤衍"后"字，據諸本刪。
〔二〕 丁夫適滿三軍之數　"滿"，底本誤作"蒲"，據諸本改。

［一］館，舍也〔一〕。正絕流曰亂。鍛，石也。

《箋》云：鍛石所以爲鍛質也。厚乎公劉，於豳地作此宮室，乃使人渡渭水爲舟，絕流而南，取鍛厲斧斤之石，可以利器用，伐取材木，給築事也。

［二］皇，澗名也〔二〕。遡，鄉也。過，澗名也。

《箋》云：爰，曰也。止基，作宮室之功止，而後疆理其田野。校其夫家，人數日益多矣，器物有足矣，皆布居澗水之旁。

［三］密，安也。芮，水厓也。鞫，究也。

《箋》云：芮之言内也。水之内曰隩，水之外曰鞫。公劉居豳既安，軍旅之役止，士卒乃安，亦就澗水之内外而居，修田事也。

《公劉》六章，章十句。

〔一〕 舍也 "舍"，底本誤作"倉"，據諸本改。
〔二〕 澗名也 "名"，底本誤作"各"，據諸本改。

638

泂 酌

《泂酌》,召康公戒成王也。言皇天親有德、饗有道也。

泂酌彼行潦,挹彼注茲,可以餴饎。[一]豈弟君子,民之父母。[二]

[一] 泂,遠也。行潦,流潦也。餴,餾也。饎,酒食也。
《箋》云:流潦,水之薄者也。遠酌取之,投大器之中,又挹之注之於此小器,而可以沃酒食之餴者[一],以有忠信之德、齊絜之誠,以薦之故也。《春秋傳》曰:"人不易物,惟德繄物。"
[二] 樂以彊教之,易以說安之。民皆有父之尊,有母之親。

泂酌彼行潦,挹彼注茲,可以濯罍。[一]豈弟君子,民之攸歸。

[一] 濯,滌也。罍,祭器。

泂酌彼行潦,挹彼注茲,可以濯溉。[一]豈弟君子,民之攸墍。[二]

[一] 溉,清也。
[二]《箋》云:墍,息也。

《泂酌》三章,章五句。

〔一〕 而可以沃酒食之餴者 "餴",底本誤作"分",據諸本改。

卷 阿

《卷阿》，召康公戒成王也。言求賢，用吉士也。[一]

[一] 吉，猶善也。

有卷者阿，飄風自南。[一]豈弟君子，來游來歌，以矢其音。[二]

> [一] 興也。卷，曲也。飄風，迴風也[一]。惡人被德化而消，猶飄風之入曲阿也。
>
> 《箋》云：大陵曰阿。有大陵卷然而曲，迴風從長養之方來入之。興者，喻王當屈體以待賢者，賢者則猥來就之，如飄風之入曲阿然。其來也，爲長養民。
>
> [二] 矢，陳也。
>
> 《箋》云：王能待賢者如是，則樂易之君子，來就王游而歌，以陳出其聲音。言其將以樂王也，感王之善心也。

伴奐爾游矣，優游爾休矣。[一]豈弟君子，俾爾彌爾性，似先公酋矣。[二]

> [一] 伴奐，廣大有文章也。
>
> 《箋》云：伴奐，自縱弛之意也。賢者既來，王以才官秩之，各任其職，女則得伴奐而優游自休息也。孔子曰："无爲而治者，

〔一〕 迴風也 "迴"，底本誤作"回"，五山本同，據足利本、相臺本、殿本、阮刻本改。

其舜也与？恭己正南面而已。"言任賢故逸也[一]。

[二]彌，終也。似，嗣也。茜，終也。

《箋》云：俾，使也。樂易之君子來在位，乃使女終女之性命，无因病之憂，嗣先君之功，而終成之[二]。

爾土宇昄章，亦孔之厚矣。[一]豈弟君子，俾爾彌爾性，百神爾主矣。[二]

[一]昄，大也。

《箋》云：土宇[三]，謂居民以土地屋宅也。孔，甚也。女得賢者，与之爲治，使居宅民大得其法，則王恩惠亦甚厚矣。勸之使然。

[二]《箋》云：使女爲百神主，謂群臣受饗而佐之。

爾受命長矣，茀祿爾康矣。[一]豈弟君子，俾爾彌爾性，純嘏爾常矣。[二]

[一]茀，小也。

《箋》云：茀，福。康，安也。女得賢者，与之承順天地[四]，則受久長之命，福祿又安女[五]。

[二]嘏，大也。

〔一〕 言任賢故逸也 "故"，底本誤作"欲"，據諸本改。
〔二〕 而終成之 "成"，底本誤作"載"，據諸本改。
〔三〕 土宇 "土"，底本誤作"士"，據諸本改。下文"土地"同。
〔四〕 与之承順天地 "地"，底本誤作"也"，據諸本改。
〔五〕 福祿又安女 "女"，底本誤作"安"，據諸本改。

《箋》云：純，大也。予福曰嘏。使女大受神之福以爲常。

有馮有翼，有孝有德，以引以翼。[一]豈弟君子，四方爲則。[二]

[一]有馮有翼，道可馮依，以爲輔翼也。引，長。翼，敬也。
《箋》云：馮，馮几也。翼，助也。有孝，斥成王也。有德，謂群臣也。王之祭祀，擇賢者以爲尸〔一〕，尊之。豫撰几，擇佐食。廟中有孝子〔二〕，有群臣。尸之入也，使祝贊道之，扶翼之。尸至，設几〔三〕，佐食助之。尸者，神象，故事之如祖考。

[二]《箋》云：則，法也。王之臣，有是樂易之君子，則天下莫不放效以爲法。

顒顒卬卬，如圭如璋，令聞令望。[一]豈弟君子，四方爲綱。[二]

[一]顒顒，溫皃。卬卬，盛皃。
《箋》云：令，善也。王有賢臣，與之以禮義相切瑳，體貌則顒顒然敬順，志氣則卬卬然高朗，如玉之圭璋也。人聞之，則有善聲譽；人望之，則有善威儀。德行相副。

[二]《箋》云：綱者，能張衆目。

鳳皇于飛[四]，翽翽其羽，亦集爰止。[一]藹藹王多吉士，維

〔一〕擇賢者以爲尸　"尸"，底本誤作"户"，據諸本改。
〔二〕廟中有孝子　"廟"，底本誤作"朝"，據諸本改。
〔三〕設几　"几"，底本誤作"凡"，據諸本改。
〔四〕鳳皇于飛　"皇"，底本誤作"凰"，五山本、殿本同，據足利本、相臺本、阮刻本及阮元《校勘記》改。下毛《傳》"雌曰皇"同。

生民之什詁訓傳第二十四　卷阿

君子使，媚于天子。[二]

　　[一] 鳳皇，靈鳥，仁瑞也。雄曰鳳，雌曰皇。翽翽，衆多也。
　　《箋》云：翽翽，羽聲也。亦，亦衆鳥也。爰，于也。鳳皇往飛翽翽然，亦与衆鳥集於所止。衆鳥慕鳳皇而來，喻賢者所在，群士皆慕而往仕也〔一〕。因時鳳皇至，故以喻焉〔二〕。
　　[二] 藹藹，猶濟濟也。
　　《箋》云：媚，愛也。王之朝多善士藹藹然，君子在上位者率化之，使之親愛天子，奉職盡力。

鳳皇于飛，翽翽其羽，亦傅于天。[一] 藹藹王多吉人，維君子命，媚于庶人。[二]

　　[一]《箋》云：傅，猶戻也。
　　[二]《箋》云：命，猶使也。善士親愛庶人，謂撫擾之，令不失職。

鳳皇鳴矣，于彼高岡。梧桐生矣，于彼朝陽。[一] 菶菶萋萋，雝雝喈喈。[二]

　　[一] 梧桐，柔木也。山東曰朝陽。梧桐不生山岡，大平而後生朝陽。
　　《箋》云：鳳皇鳴于山脊之上者，居高視下，觀可集止。喻賢者待禮乃行，翔而後集。梧桐生者，猶明君出也。生於朝陽者，

〔一〕 群士皆慕而往仕也　"士"，底本誤作"臣"，據諸本改。
〔二〕 故以喻焉　"喻"下，底本誤衍"者"字，據諸本刪。

被溫仁之氣，亦君德也。鳳皇之性，非梧桐不棲，非竹實不食。

[二] 梧桐盛也，鳳皇鳴也，臣竭其力，則地極其化，天下和洽，則鳳皇樂德。

《箋》云：菶菶萋萋，喻君德盛也。雝雝喈喈，喻民臣和協。

君子之車，既庶且多。君子之馬，既閑且馳。[一] 矢詩不多，維以遂歌。[二]

[一] 上能錫以車馬，行中節，馳中法也。

《箋》云：庶，衆。閑，習也。今賢者在位，王錫其車衆多矣，其馬又閑習於威儀能馳矣。大夫有乘馬，有貳車。

[二] 不多，多也。明王使公卿獻詩，以陳其志，遂爲工師之歌焉。

《箋》云：矢，陳也。我陳作此詩，不復多也，欲令遂爲樂歌，王日聽之，則不損今之成功也[一]。

《卷阿》十章，六章章五句，四章章六句。

〔一〕則不損今之成功也　"損"，底本誤作"慎"，據諸本改。

民　勞

《民勞》，召穆公刺厲王也。[一]

[一] 厲王，成王七世孫也。時賦斂重數，徭役煩多，人民勞苦，輕爲姦宄，彊陵弱，衆暴寡，作寇害，故穆公以刺之。

民亦勞止，汔可小康。惠此中國，以綏四方。[一] 無縱詭隨，以謹無良。式遏寇虐，憯不畏明。[二] 柔遠能邇，以定我王。[三]

[一] 汔，危也。中國，京師也。四方，諸夏也。

《箋》云：汔，幾也。康、綏，皆安也。惠，愛也。今周民罷勞矣，王幾可以小安之乎？愛京師之人，以安天下。京師者，諸夏之根本。

[二] 詭隨，詭人之善，隨人之惡者。以謹無良，慎小以懲大也。憯，曾也。

《箋》云：謹，猶慎也。良，善。式，用。遏，止也。王爲政，無聽於詭人之善不肯行，而隨人之惡者，以此勑慎無善之人，又用此止爲寇虐，曾不畏敬明白之刑罪者。疾時有之。

[三] 柔，安也。

《箋》云：能，猶伽也。邇，近也。安遠方之國，順伽其近者，當以此定我國家，爲王之功。言"我"者，同姓親也。

民亦勞止，汔可小休。惠此中國，以爲民逑。[一] 無縱詭

隨，以謹惛恢。式遏寇虐，無俾民憂。[二]無棄爾勞，以爲王休。[三]

[一] 休，定也。逑，合也。

《箋》云：休，止息也。合，聚也。

[二] 惛恢，大亂也。

《箋》云：惛恢，猶謹謹也[一]，謂好爭訟者也[二]。俾，使也。

[三] 休，美也。

《箋》云：勞，猶功也。無廢女始時勤政事之功，以爲女王之美。述其始時者，誘掖之也。

民亦勞止，汔可小息。惠此京師，以綏四國。[一]無縱詭隨，以謹罔極。式遏寇虐，無俾作慝。[二]敬慎威儀，以近有德。[三]

[一] 息，止也。

[二] 慝，惡也。

《箋》云：罔，無。極，中也。無中，所行不得中正。

[三] 求近德也。

民亦勞止，汔可小愒。惠此中國，俾民憂泄。[一]無縱詭隨，以謹醜厲。式遏寇虐，無俾正敗。[二]戎雖小子，而式弘大。[三]

〔一〕 猶謹謹也 "猶"，底本誤奪，據諸本及阮元《校勘記》補。"謹"，底本誤作"謹"，據諸本改。

〔二〕 謂好爭訟者也 "訟"，底本誤奪，足利本、殿本、阮刻本同，據五山本、相臺本及阮元《校勘記》補。

646

〔一〕愒，息。泄，去也。

《箋》云：泄，猶出也，發也。

〔二〕醜，衆。厲，危也。

《箋》云：厲，惡也。《春秋傳》曰："其父爲厲。"敗〔一〕，壞也。無使先王之正道壞。

〔三〕戎，大也。

《箋》云：戎，猶女也。式，用也。弘，猶廣也。今王，女雖小子自遇，而女用事於天下，甚廣大也。《易》曰："君子出其言善〔二〕，則千里之外應之，況其邇者乎？出其言不善，則千里之外違之，況其邇者乎？"是以此戒之。

民亦勞止，汔可小安。惠此中國，國無有殘。〔一〕無縱詭隨，以謹繾綣。式遏寇虐，無俾正反。〔二〕王欲玉女，是用大諫。〔三〕

〔一〕賊義曰殘。

《箋》云：王愛此京師之人，則天下邦國之君，不爲殘酷矣。

〔二〕繾綣，反覆也。

〔三〕《箋》云：玉者，君子比德焉。王乎，我欲令女如玉然，故作是詩，用大諫正女。此穆公至忠之言。

《民勞》五章，章十句。

─────────

〔一〕敗　"敗"，底本誤作"厲"，足利本、殿本、阮刻本同，據五山本、相臺本及阮元《校勘記》改。

〔二〕君子出其言善　"言"下，底本誤衍"不"字，據諸本刪。

板

《板》，凡伯刺厲王也。〔一〕

[一]凡伯〔一〕，周同姓，周公之胤也，入爲王卿士。

上帝板板，下民卒瘅。出話不然，爲猶不遠。〔一〕靡聖管管，不實於亶。〔二〕猶之未遠，是用大諫。〔三〕

> [一]板板，反也。上帝，以稱王者也。瘅，病也。話，善言也。猶，道也。
>
> 《箋》云：猶，謀也。王爲政，反先王與天之道，天下之民盡病其出善言而不行之也。然爲謀不能遠圖，不知禍之將至。
>
> [二]管管，無所依也〔二〕。亶，誠也。
>
> 《箋》云：王無聖人之法度，管管然以心自恣，不能用實於誠信之言，言行相違也。
>
> [三]猶，圖也。
>
> 《箋》云：王之謀不能圖遠，用是故我大諫王也。

天之方難，無然憲憲。天之方蹶，無然泄泄。〔一〕辭之輯矣，民之洽矣。辭之懌矣，民之莫矣。〔二〕

〔一〕凡伯　"凡"上，底本誤衍"箋云"二字，據諸本刪。
〔二〕無所依也　"也"，底本誤作"繫"，足利本、殿本、阮刻本同，據五山本、相臺本及阮元《校勘記》改。

［一］憲憲，猶欣欣也。蹶，動也。泄泄，猶沓沓也。

《箋》云：天，斥王也。王方欲艱難天下之民，又方變更先王之道。臣乎，女無憲憲然，無沓沓然，爲之制法度，達其意，以成其惡。

［二］輯，和。洽，合。懌，說。莫，定也。

《箋》云：辭，辭氣，謂政教也。王者政教和說順於民，則民心合定。此戒語時之大臣。

我雖異事，及爾同寮[一]。我即爾謀，聽我囂囂。[一]我言維服，勿以爲笑。先民有言，詢于芻蕘。[二]

［一］寮，官也。囂囂，猶謷謷也。

《箋》云：及，與。即，就也。我雖與爾職事異者，乃與女同官，俱爲卿士。我就女而謀，及忠告以善道，女反聽我言謷謷然，不肯受。

［二］芻蕘，薪采者。

《箋》云：服，事也。我所言乃今之急事，女無笑之。古之賢者有言，有疑事，當與薪采者謀之。匹夫匹婦或知及之，況於我乎？

天之方虐，無然謔謔。老夫灌灌，小子蹻蹻。[一]匪我言耄，爾用憂謔。多將熇熇，不可救藥。[二]

〔一〕及爾同寮　"寮"，底本誤作"僚"，五山本、殿本同，據足利本、相臺本、阮刻本及阮元《校勘記》改。下毛《傳》"寮"字同。

[一] 謔謔然，喜樂。灌灌，猶款款也。蹻蹻，驕貌。

《箋》云：今王方爲酷虐之政，女無謔謔然以讒慝助之。老夫諫女款款然，自謂也。女反蹻蹻然如小子，不聽我言。

[二] 八十曰耋。熇熇然，熾盛也。

《箋》云：將，行也。今我言非老耋有失誤，乃告女用可憂之事，而女反如戲謔。多行熇熇慘毒之惡，誰能止其禍？

天之方懠，無爲夸毗。威儀卒迷，善人載尸。[一] 民之方殿屎，則莫我敢葵。喪亂蔑資，曾莫惠我師。[二]

[一] 懠，怒也。夸毗，體柔人也。

《箋》云：王方行酷虐之威怒，女無夸毗以形體順從之。君臣之威儀盡迷亂，賢人君子則如尸矣，不復言語。時厲王虐而弭謗。

[二] 殿屎，呻吟也。蔑，無。資，財也。

《箋》云：葵，揆也。民方愁苦而呻吟，則忽然有揆度知其然者。其遭喪禍，又素以賦斂空虛，無財貨以共其事；窮困如此，又曾不肯惠施，以賙贍衆民。言無恩也。

天之牖民，如壎如篪，如璋如圭，如取如攜。[一] 攜無曰益，牖民孔易。民之多辟，無自立辟。[二]

[一] 牖，道也。如壎如篪，言相和也。如璋如圭，言相合也。如取如攜，言必從也。

《箋》云：王之道民以礼義，則民和合而從之如此。

[二] 辟，法也。

《箋》云：易，易也。女攜挈民，東與西與，民皆從女所爲，無曰是何益。爲道民在己甚易也。民之行多爲邪僻者，乃女君臣之過[一]，無自謂所建爲法也。

价人維藩，大師維垣。大邦維屏，大宗維翰。[一]懷德維寧，宗子維城。無俾城壞，無獨斯畏。[二]

[一] 价，善也。藩，屏也。垣，墙也。王者，天下之大宗。翰，幹也。

《箋》云：价，甲也。被甲之人，謂卿士掌軍事者。大師，三公也。大邦，成國諸侯也。大宗，王之同姓之適子也。王當用公卿、諸侯及宗室之貴者，爲藩屏垣幹，爲輔弼，無疏遠之。

[二] 懷，和也。

《箋》云：斯，離也。和女德，無行酷虐之政，以安女國，以是爲宗子之城，使免於難。遂行酷虐，則禍及宗子，是謂城壞。城壞則乖離，而女獨居而畏矣。宗子，謂王之適子也。

敬天之怒，無敢戲豫。敬天之渝，無敢馳驅。[一]昊天曰明，及爾出王。昊天曰旦，及爾游衍。[二]

[一] 戲豫，逸豫也。馳驅，自恣也。

《箋》云：渝，變也。

〔一〕乃女君臣之過　"女"，底本誤作"汝"，殿本同，據足利本、五山本、相臺本、阮刻本改。

[二] 王，往。旦，明。游，行。衍，溢也。

《箋》云：及，與也。昊天在上，人仰之，皆謂之明。常與女出入往來[一]，游溢相從，視女所行善惡，可不慎乎？

《板》八章，章八句。

《生民之什》十篇，六十五章，四百三十三句。

[一] 常與女出入往來　"女"，底本誤作"汝"，殿本同，據足利本、五山本、相臺本、阮刻本改。

毛詩卷第十八

毛詩卷第十八

蕩之什詁訓傳第二十五

毛詩大雅　　　　　　鄭氏箋

蕩

《蕩》，召穆公傷周室大壞也。厲王無道，天下蕩蕩，無綱紀文章，故作是詩也。

蕩蕩上帝，下民之辟。[一] 疾威上帝，其命多辟。[二] 天生烝民，其命匪諶。靡不有初，鮮克有終。[三]

[一] 上帝，以託君王也。辟，君也。

《箋》云：蕩蕩，法度廢壞之貌。厲王乃以此居人上，爲天下之君。言其無可則象之甚〔一〕。

[二] 疾病人矣〔二〕，威罪人矣。

《箋》云：疾病人者，重賦斂也。威罪人者，峻刑法也。其政教多邪辟〔三〕，不由舊章。

〔一〕言其無可則象之甚　"則象"，底本誤倒，據諸本乙正。
〔二〕疾病人矣　"矣"，底本誤作"也"，據諸本改。
〔三〕其政教多邪辟　"辟"，底本誤作"僻"，殿本同，據足利本、五山本、相臺本、阮刻本改。

[三] 諶，誠也。

《箋》云：烝，衆。鮮，寡。克，能也。天之生此衆民，其教道之，非當以誠信使之忠厚乎？今則不然，民始皆庶幾於善道，後更化於惡俗。

文王曰咨，咨汝殷商。曾是彊禦，曾是掊克，曾是在位，曾是在服。[一] 天降滔德，女興是力。[二]

[一] 咨，嗟也。彊禦，彊梁禦善也。掊克，自伐而好勝人也。服，服政事也。

《箋》云：厲王弭謗，穆公朝廷之臣，不敢斥言王之惡[一]，故上陳文王咨嗟殷紂，以切刺之。女曾任用是惡人，使之處位執職事也。

[二] 天，君。滔，慢也。

《箋》云：厲王施倨慢之化，女羣臣又相與而力爲之。言競於惡。

文王曰咨，咨女殷商。而秉義類，彊禦多懟。流言以對，寇攘式內。[一] 侯作侯祝，靡屆靡究。[二]

[一] 對，遂也。

《箋》云：義之言宜也。類，善。式，用也。女執事之臣，宜用善人，反任彊禦衆懟爲惡者，皆流言謗毀賢者。王若問之，則又以對，寇盜攘竊爲姦宄者，而王信之，使用事於內[二]。

―――――――――
〔一〕 不敢斥言王之惡 "言"，底本誤作"今"，據諸本改。
〔二〕 使用事於內 "內"下，底本誤衍"言汝當用善類而反任此暴虐多怨之人使用流言以應對則是爲寇盜攘竊而反居內矣是以致怨謗之無極也"四十四字，據諸本刪。

656

［二］作祝詛也。屆，極。究，窮也。

《箋》云：侯，維也。王與羣臣乖爭而相疑，日祝詛，求其凶咎無極已。

文王曰咨，咨女殷商。女炰烋于中國，斂怨以爲德。[一]不明爾德，時無背無側。[二]爾德不明，以無陪無卿。[三]

［一］炰烋，猶彭亨也。

《箋》云：炰烋，自矜氣健之貌。斂聚羣不逞作怨之人，謂之有德，而任用之。

［二］背無臣[一]，側無人也。

《箋》云：無臣、無人，謂賢者不用。

［三］無陪貳也[二]，無卿士也。

文王曰咨，咨女殷商。天不湎爾以酒，不義從式。[一]既愆爾止，靡明靡晦。式號式呼，俾晝作夜。[二]

［一］義，宜也。

《箋》云：式，法也。天不同女顏色以酒，有沈湎於酒者，是乃過也，不宜從而法行之[三]。

［二］使晝爲夜也。

《箋》云：愆，過也。女既過沈湎矣，又不爲明晦，無有止息[四]。

〔一〕 背無臣　"背"，底本誤作"後"，據諸本改。
〔二〕 無陪貳也　"貳"，底本誤作"二"，據諸本改。
〔三〕 不宜從而法行之　"法"，底本誤作"去"，據諸本改。
〔四〕 無有止息　"息"下，諸本有"也"字。

醉則號呼相傲,用晝日作夜,不視政事。

文王曰咨,咨女殷商。如蜩如螗,如沸如羹。^[一]小大近喪,人尚乎由行。^[二]内奰于中國,覃及鬼方。^[三]

[一] 蜩,蟬也。螗,蝘也。

《箋》云:飲酒號呼之聲,如蜩、螗之鳴。其笑語沓沓,又如湯之沸、羹之方熟〔一〕。

[二] 言居人上,欲用行是道也。

《箋》云:殷紂之時,君臣失道如此,且喪亡矣。時人化之甚,尚欲從而行之,不知其非。

[三] 奰,怒也。不醉而怒曰奰。鬼方,遠方也。

《箋》云:此言時人忕於爲惡,雖有不醉,猶好怒〔二〕。

文王曰咨,咨女殷商。匪上帝不時,殷不用舊。^[一]雖無老成人,尚有典刑。^[二]曾是莫聽,大命以傾。^[三]

[一]《箋》云:此言紂之亂,非其生不得其時,乃不用先王之故法之所致。

[二]《箋》云:老成人,謂若伊尹、伊陟、臣扈之屬。雖无此臣,猶有常事、故法可案用也。

[三]《箋》云:莫,无也。朝廷君臣皆任喜怒,曾无用典刑治事者,以至誅滅。

〔一〕 又如湯之沸羹之方熟 "沸",底本誤作"佛",據諸本改。
〔二〕 猶好怒 "怒"下,諸本有"也"字。

文王曰咨，咨女殷商。人亦有言，顛沛之揭。枝葉未有害，本實先撥。^[一]殷鑒不遠，在夏后之世。^[二]

[一] 顛，仆。沛，拔也〔一〕。揭，見根貌。

《箋》云：揭，蹶貌。撥，猶絶也。言大木揭然將蹶，枝葉未有折傷，其根本實先絶，乃相隨俱顛拔，喻紂之官職雖俱存，紂誅亦皆死。

[二]《箋》云：此言殷之明鏡不遠也，近在夏后之世，謂湯誅桀也。後武王誅紂，今之王者，何以不用爲戒？

《蕩》八章，章八句。

─────────

〔一〕 拔也　"拔"，底本誤作"技"，據諸本改。下鄭《箋》"顛拔"同。

抑

《抑》，衞武公刺厲王，亦以自警也。[一]

[一] 自警者，"如彼泉流，无淪胥以亡"。

抑抑威儀，維德之隅。人亦有言，靡哲不愚。[一]庶人之愚，亦職維疾。哲人之愚，亦維斯戾。[二]

[一] 抑抑，密也。隅，廉也。靡哲不愚，國有道則知，國无道則愚。

《箋》云：人密審於威儀抑抑然，是其德必嚴正也。古之賢者，道行心平，可外占而知內，如宮室之制，內有繩直，則外有廉隅。今王政暴虐，賢者皆佯愚，不爲容貌，如不肖然。

[二] 職，主[一]。戾，罪也。

《箋》云：庶，衆也。衆人性无知，以愚爲主，言是其常也。賢者而爲愚，畏懼於罪也。

無競維人，四方其訓之。有覺德行，四國順之。[一]訏謨定命，遠猶辰告。[二]敬慎威儀，維民之則。[三]

[一] 無競，競也。訓，教。覺，直也。

《箋》云：競，彊也。人君爲政，无彊於得賢人，得賢人則天下教

〔一〕 主 "主"，底本誤作 "王"，據諸本改。

化於其俗。有大德行,則天下順從其政。言在上所以倡道。

[二]訏,大。謨,謀。猶,道。辰,時也。

《箋》云:猶,圖也。大謀定命,謂正月始和,布政于邦國都鄙也。爲天下遠圖庶事,而以歲時告施之。

[三]《箋》云:則,法也。

其在于今,興迷亂于政。顛覆厥德,荒湛于酒。[一]女雖湛樂從,弗念厥紹。罔敷求先王,克共明刑。[二]

[一]《箋》云:于今,謂今厲王也。興,猶尊尚也[一]。王尊尚小人,迷亂於政事者,以傾敗其功德,荒廢其政事,又湛樂於酒。言愛小人之甚。

[二]紹,繼。共,執。刑,法也。

《箋》云:罔,無也。女君臣雖好樂嗜酒而相從,不當念繼女之後人,將倣女所爲,无廣索先王之道,与能執法度之人乎?切責之也。

肆皇天弗尚,如彼泉流,無淪胥以亡。[一]夙興夜寐,洒埽庭内,維民之章。[二]脩爾車馬,弓矢戎兵。用戒戎作,用逷蠻方。[三]

[一]淪,率也。

《箋》云:肆,故今也。胥,皆也。王爲政如是,故今皇天不高尚之,所謂仍下災異也。王自絕於天,如泉水之流,稍就虛竭,

〔一〕猶尊尚也 "猶",底本誤作"偖",據諸本改。

無見率引爲惡，皆与之以亡。戒群臣不中行者，將并誅之。

[二] 洒，灑。章，表也。

《箋》云：章，文章法度也。厲王之時，不恤政事，故戒群臣掌事者以此也。

[三] 遏，遠也。

《箋》云：遏，當作"剫"；剫，治也。蠻方，蠻畿之外也。此時中國微弱，故復戒將率之臣以治軍實。女當用此備兵事之起，用此治九州之外不服者。

質爾民人[一]，謹爾侯度，用戒不虞。[一]慎爾出話，敬爾威儀，無不柔嘉。[二]白圭之玷，尚可磨也。斯言之玷，不可爲也。[三]

[一] 質，成也。不虞，非度也。

《箋》云：侯，君也。此時萬民失職，亦不肯趨公事，故又戒鄉邑之大夫及邦國之君[二]，平女萬民之事[三]，慎女爲君之法度，用備不億度而至之事。

[二] 話，善言也。

《箋》云：言，謂教令也。柔，安。嘉，善也。

[三] 玷，缺也。

《箋》云：斯，此也。玉之缺，尚可磨鑢而平。人君政教一失，誰能反覆之？

〔一〕 質爾民人 "民人"，底本誤倒，諸本同，據阮元《校勘記》乙正。
〔二〕 故又戒鄉邑之大夫及邦國之君 "夫"，底本誤作"大"，據諸本改。
〔三〕 平女萬民之事 "平"，底本誤作"乎"，據諸本改。

無易由言，無曰苟矣。莫捫朕舌，言不可逝矣。[一] 無言不讎，無德不報。惠于朋友，庶民小子。[二] 子孫繩繩，萬民靡不承。[三]

 [一] 莫，無。捫，持也。

 《箋》云：由，於。逝，往也。女無輕易於教令，無曰苟且如是。今人無持我舌者〔一〕，而自聽恣也。教令一往行於下，其過誤可得而已之乎？

 [二] 讎，用也。

 《箋》云：惠，順也。教令之出，如賣物，物善則其售賈貴，物惡則其售賈賤。德加於民，民則以義報之，王又當施順道於諸侯，下及庶民之子弟〔二〕。

 [三]《箋》云：繩繩，戒也。王之子孫敬戒，行王之教令，天下之民不承順之乎？言承順也。

視爾友君子，輯柔爾顏，不遐有愆。[一] 相在爾室，尚不愧于屋漏。無曰不顯，莫予云覯。[二] 神之格思，不可度思，矧可射思。[三]

 [一] 輯，和也。

 《箋》云：柔，安。遐，遠也。今視女之諸侯及卿大夫，皆脅肩諂笑，以和安女顏色，是於正道不遠有罪過乎？言其近也。

 [二] 西北隅謂之屋漏。覯，見也。

〔一〕今人无持我舌者 "持"，底本誤作"特"，據諸本改。
〔二〕下及庶民之子弟 "庶"，底本誤作"衆"，據諸本改。

《箋》云：相，助。顯，明也。諸侯、卿、大夫助祭，在女宗廟之室，尚无肅敬之心，不慚愧於屋漏，有神見人之爲也，女无謂是幽昧不明，无見我者，神見女矣。屋，小帳也。漏，隱也。礼：祭於奥，既畢，改設饌於西北隅而庪隱之處〔一〕。此祭之末也。

[三] 格，至也。

《箋》云：矧，況。射，厭也。神之來至去止，不可度知，況可於祭末而有厭倦乎？

辟爾爲德，俾臧俾嘉。淑慎爾止，不愆于儀。不僭不賊，鮮不爲則。[一] 投我以桃，報之以李。[二] 彼童而角，實虹小子。[三]

[一] 女爲善，則民爲善矣。止，至也。爲人君，止於仁；爲人臣，止於敬；爲人子，止於孝；爲人父，止於慈；与國人交，止於信。僭，差也。

《箋》云：辟，法也。止，容止也。當審法度，女之施德，使之爲民臣所善所美，又當善慎女之容止，不可過差於威儀。女所行不不信不殘賊者〔二〕，少矣其不爲人所法。

[二] 《箋》云：此言善往則善來，人无行而不得其報也。投，猶擲也。

[三] 童，羊之无角者也。而角，自用也。虹，潰也。

《箋》云：童羊，譬王后也。而角者，喻與政事有所害也。此人實

〔一〕 改設饌於西北隅而庪隱之處 "庪"，底本誤作"匪"，據諸本改。
〔二〕 女所行不不信不殘賊者 次"不"字，底本誤奪，諸本同，據阮元《校勘記》補。

蕩之什詁訓傳第二十五　抑

潰亂小子之政。礼：天子未除喪稱小子。

荏染柔木，言緡之絲。溫溫恭人，維德之基。[一]其維哲人，告之話言，順德之行。其維愚人，覆謂我僭，民各有心。[二]

[一]緡，被也。溫溫，寬柔也。

《箋》云：柔忍之木荏染然，人則被之弦，以爲弓。寬柔之人溫溫然，則能爲德之基止。言內有其性，乃可以有爲德也。

[二]話言，古之善言也。

《箋》云：覆，猶反也。僭，不信也。語賢知之人以善言，則順行之。告愚人，反謂我不信，民各有心。二者意不同也〔一〕。

於乎小子，未知臧否。匪手攜之，言示之事。匪面命之，言提其耳。[一]借曰未知，亦既抱子。[二]民之靡盈，誰夙知而莫成？[三]

[一]《箋》云：臧，善也。於乎，傷王不知善否。我非但以手攜挈之，親示以其事之是非。我非但對面語之，親提撕其耳。此言以教道之孰，不可啓覺。

[二]借，假也。

《箋》云：假令人云：王尚幼少，未有所知，亦以抱子長大矣，不幼少也。

[三]莫，晚也。

〔一〕二者意不同也"也"，諸本無。

《箋》云：萬民之意，皆持不滿於王，誰早有所知，而反晚成与？言王之无成，本无知故也。

昊天孔昭，我生靡樂。視爾夢夢，我心慘慘。[一]誨爾諄諄，聽我藐藐。匪用爲教，覆用爲虐。[二]借曰未知，亦聿既耄。[三]

[一] 夢夢，亂也。慘慘，憂不樂也〔一〕。

《箋》云：孔，甚。昭，明也。昊天乎，乃甚明察，我生无可樂也。視王之意夢夢然，我心之憂悶慘慘然。愬其自恣，不用忠臣。

[二] 藐藐然，不入也。

《箋》云：我告教王〔二〕，口語諄諄然，王聽聆之藐藐然，忽略不用我所言爲政令，反謂之有妨害於事，不受忠言。

[三] 耄，老也。

於乎小子，告爾舊止。聽用我謀，庶無大悔。[一]天方艱難，曰喪厥國。[二]取譬不遠，昊天不忒。回遹其德，俾民大棘。[三]

[一]《箋》云：舊，久也〔三〕。止，辭也〔四〕。庶，幸。悔，恨也。

[二]《箋》云：天以王爲惡如是，故出艱難之事，謂下災異，生

〔一〕 憂不樂也　"不"，底本誤作"下"，據諸本改。
〔二〕 我告教王　"王"，底本誤作"士"，據諸本改。
〔三〕 久也　"久"，底本誤作"止"，據諸本改。
〔四〕 辭也　"辭"，底本誤作"亂"，據諸本改。

兵寇，將以滅亡。

[三]《箋》云：今我爲王取譬喻，不及遠也[一]，維近耳。王當如昊天之德有常，不差忒也。王反爲无常，維邪其行，爲貪暴，使民之財匱盡而大困急。

《抑》十二章，三章章八句，九章章十句。

[一] 不及遠也　"不及"，底本誤作"不乃"，五山本同，相臺本誤作"乃不"，據足利本、殿本、阮刻本改。

桑 柔

《桑柔》，芮伯刺厲王也。[一]

[一] 芮伯，畿內諸侯，王卿士也，字良夫。

菀彼桑柔，其下侯旬。捋采其劉[一]，瘼此下民。[一]不殄心憂，倉兄填兮。[二]倬彼昊天，寧不我矜。[三]

[一] 興也。菀，茂兒。旬，言陰均也。劉，爆爍而希也。瘼，病也。

《箋》云：桑之柔濡，其葉菀然茂盛[二]，謂蠶始生時也。人庇陰其下者，均得其所。及已捋采之，則葉爆爍而疎，人息其下，則病於爆爍。興者，喻民當被王之恩惠，群臣恣放，損王之德。

[二] 倉，喪也。兄，滋[三]。填，久也。

《箋》云：殄，絕也[四]。民心之憂无絕已，喪亡之道滋久長。

[三] 昊天，斥王者也。

《箋》云：倬[五]，明大貌[六]。昊天乃倬然明大，而不矜哀下民。怨

〔一〕 捋采其劉 "捋"，底本誤作"採"，據諸本改。
〔二〕 其葉菀然茂盛 "菀"，底本誤作"宛"，據諸本改。
〔三〕 滋 "滋"下，五山本同，足利本、相臺本、殿本、阮刻本有"也"字。
〔四〕 絕也 "絕"上，底本誤衍"乃"字，據諸本刪。
〔五〕 倬 "倬"，底本誤作"卓"，據諸本改。下"倬然"同。
〔六〕 明大貌 "明"，底本誤作"彼"；"貌"，底本誤作"蒐"：並據諸本改。

懟之言。

四牡騤騤，旟旐有翩。亂生不夷，靡國不泯。^[一]民靡有黎，具禍以燼。^[二]於乎有哀，國步斯頻。^[三]

[一] 騤騤，不息也。鳥隼曰旟，龜蛇曰旐。翩翩，在路不息也。夷，平。泯，滅也。

《箋》云：軍旅久出征伐，而亂日生不平，無國而不見殘滅也。言王之用兵，不得其所，適長寇虐。

[二] 黎，齊也。

《箋》云：黎，不齊也。具，猶俱也。災餘曰燼。言時民无有不齊被兵寇之者，俱遇此禍，以爲燼者。言害所及廣。

[三] 步，行。頻，急也。

《箋》云：頻，猶比也。哀哉國家之政，行此禍害比比然。

國步蔑資，天不我將。靡所止疑，云徂何往？^[一]君子實維，秉心無競。誰生厲階？至今爲梗。^[二]

[一] 疑，定也。

《箋》云：蔑，猶輕也。將，猶養也。徂，行也。國家爲政，行此輕蔑民之資用，是天不養我也。我從兵役，无有止息時，今復云行，當何之往也？

[二] 競，彊。厲，惡。梗，病也。

《箋》云：君子，謂諸侯及卿大夫也。其執心不彊於善，而好以力爭，誰始生此禍者，乃至今日相梗不止。

憂心慇慇，念我土宇。我生不辰，逢天僤怒。自西徂東，靡所定處。[一]多我覯痻，孔棘我圉。[二]

[一] 宇，居。僤[一]，厚也。

《箋》云：辰，時也。此士卒從軍久，勞苦自傷之言。

[二] 圉，垂也。

《箋》云：痻，病也。圉，當作"禦"。多矣我之遇困病，甚急矣我之禦寇之事。

爲謀爲毖，亂況斯削。[一]告爾憂恤，誨爾序爵。誰能執熱？逝不以濯。[二]其何能淑？載胥及溺。[三]

[一] 毖，慎也。

《箋》云：女爲軍旅之謀，爲重慎兵事也，而亂滋甚，於此日見侵削。言其所任非賢。

[二] 濯[二]，所以救熱也。礼，所以救亂也[三]。

《箋》云：恤，亦憂也。逝，猶去也。我語女以憂天下之憂，教女以次序賢能之爵。其爲之當如手持熱物之用濯。謂治國之道，當用賢者。

[三]《箋》云：淑，善。胥，相。及，与也。女若云此於政事何能善乎[四]？則女君臣皆相与陷溺於禍難也。

〔一〕僤 "僤"，底本誤作"襌"，據諸本改。
〔二〕濯 "濯"，底本誤作"翟"，據諸本改。
〔三〕所以救亂也 "所"上，底本誤衍"亦"字，足利本、相臺本、殿本、阮刻本同，據五山本及阮元《校勘記》改。
〔四〕女若云此於政事何能善乎 "云"，底本誤作"此"，據諸本改。

如彼遡風，亦孔之僾。民有肅心，荓云不逮。好是稼穡，力民代食。[一]稼穡維寶，代食維好。[二]

[一] 遡，鄉。僾，唈。荓，使也。力民代食，代无功者食天祿也。

《箋》云：肅，進。逮，及也。今王之爲政，見之使人唈然，如鄉疾風，不能息也。王爲政，民有進於善道之心，當任用之，反卻退之，使不及門，但好任用是居家嗇者，於聚斂作力之人，令代賢者處位食祿。明王之法，能治人者，食於人；不能治人者，食人。《礼記》曰："與其有聚斂之臣，寧有盜臣。"聚斂之臣害民，盜臣害財。

[二]《箋》云：此言王不尚賢，但貴嗇者之人，与愛代食者而已。

天降喪亂，滅我立王。降此蟊賊，稼穡卒痒。[一]哀恫中國，具贅卒荒。靡有旅力，以念穹蒼。[二]

[一]《箋》云：滅，盡也。蟲食苗根曰蟊，食節曰賊。耕種曰稼，收斂曰穡。卒，盡。痒，病也。天下喪亂，國家之災，以窮盡我王所恃而立者，謂蟲草爲害，五穀盡病。

[二] 贅，屬。荒，虛也。穹蒼，蒼天。

《箋》云：恫，痛也。哀痛乎中國之人，皆見繫屬於兵役，家家空虛。朝廷曾无有同力諫諍，念天所爲下此災。

維此惠君，民人所瞻。秉心宣猶，考慎其相。[一]維彼不順，自獨俾臧，自有肺腸，俾民卒狂。[二]

[一] 相，質也。

《箋》云：惠，順。宣，徧。猶，謀。慎，誠[一]。相，助也。維至德順民之君，爲百姓所瞻仰者，乃執正心，舉事徧謀於衆，又考誠其輔相之行，然後用之。言擇賢之審。

[二]《箋》云：臧，善也。彼不施順道之君，自多足，獨謂賢。言其所任使之臣皆善人也。不復考慎，自有肺腸，行其心中之所欲，乃使民盡迷惑如狂[二]，是又不宣猶。

瞻彼中林，甡甡其鹿。朋友已譖，不胥以穀。[一]人亦有言，進退維谷。[二]

[一] 甡甡，衆多也。

《箋》云：譖[三]，不信[四]。胥，相也。以，猶与也[五]。穀，善也。視彼林中，其鹿相輩耦行，甡甡然衆多，今朝廷群臣皆相欺背，不相与以善道。言其鹿之不如。

[二] 谷，窮也。

《箋》云：前无明君，卻迫罪役，故窮也。

維此聖人，瞻言百里。維彼愚人，覆狂以喜。[一]匪言不能，胡斯畏忌。[二]

〔一〕 誠 "誠"，底本誤作"戒"，足利本、阮刻本同，據五山本、相臺本、殿本及阮元《校勘記》改。
〔二〕 乃使民盡迷惑如狂 "惑"，底本誤作"或"，據諸本改。
〔三〕 譖 "譖"，底本誤作"僣"，據諸本改。
〔四〕 不信 "信"下，諸本有"也"字。
〔五〕 猶与也 "猶"，底本誤奪，據諸本補。

［一］瞻言百里，遠慮也。

《箋》云：聖人所視而言者百里，言見事遠，而王不用。有愚闇之人爲王言，其事淺且近耳，王反迷惑，信用之而喜。

［二］《箋》云：胡之言何也。賢者見此事之是非，非不能分別皁白，言之於王也，然不言之，何也？此畏懼犯顏，得罪罰。

維此良人，弗求弗迪。維彼忍心，是顧是復。[一]民之貪亂，寧爲荼毒。[二]

［一］迪，進也。

《箋》云：良，善也。國有善人，王不求索，不進用之。有忍爲惡之心者，王反顧念而重復之。言其忽賢者而愛小人。

［二］《箋》云：貪，猶欲也。天下之民苦王之政，欲其亂亡，故安爲苦毒之行相侵暴，慍恚使之然。

大風有隧，有空大谷。[一]維此良人，作爲式穀。維彼不順，征以中垢。[二]

［一］隧，道也。

《箋》云：西風謂之大風。大風之行，有所從而來，必從大空谷之中[一]。喻賢愚之所行，各由其性也。

［二］中垢，言閽冥也。

《箋》云：作，起。式，用。征，行也。賢者在朝，則用其善道。不順之人則行閽冥，受性於天，不可變也。

〔一〕 必從大空谷之中　"從"，底本誤作"空"，據諸本改。

大風有隧，貪人敗類。聽言則對，誦言如醉。[一]匪用其良，覆俾我悖。[二]

[一] 類，善也。

《箋》云：類，等夷也。對，答也。貪惡之人，見道聽之言，則應答之；見誦《詩》《書》之言，則冥臥如醉。居上位而行此，人或傚之。

[二] 覆，反也。

《箋》云：居上位而不用善，反使我爲悖逆之行，是形其敗類之驗〔一〕。

嗟爾朋友，予豈不知而作？如彼飛蟲，時亦弋獲。[一]既之陰女，反予來赫。[二]

[一]《箋》云："嗟爾朋友"者，親而切瑳之也。而，猶女也。我豈不知女所行者惡与？直知之，女所行如是，猶鳥飛行，自恣東西南北，時亦爲弋射者所得。言放縱久，无所拘制，則將遇伺女之閒者，得誅女也。

[二] 赫，炙也。

《箋》云：之，往也。口距人謂之赫。我恐女見弋獲，既往覆陰女，謂啓告之以患難也。女反赫我，出言悖怒，不受忠告。

民之罔極，職涼善背。[一]爲民不利，如云不克。[二]民之回遹，職競用力。[三]

〔一〕 是形其敗類之驗 "形"，底本誤作"刑"，據諸本改。

［一］涼，薄也。

《箋》云：職，主[一]。涼，信也。民之行失其中者，主由爲政者信用小人，工相欺違。

［二］《箋》云：克，勝也。爲政者害民，如恐不得其勝。言至酷也。

［三］《箋》云：競，逐也。言民之行維邪者，主由爲政者逐用彊力相尚故也。言民愁困，用生多端。

民之未戾，職盜爲寇。[一]涼曰不可，覆背善詈。[二]雖曰匪予，既作爾歌。[三]

［一］戾，定也。

《箋》云：爲政者主作盜賊爲寇害，令民心動搖，不安定也。

［二］《箋》云：善，猶大也。我諫止之以信，言女所行者不可，反背我而大詈。言距己諫之甚。

［三］《箋》云：予，我也。女雖觝距己言，此政非我所爲[二]，我已作女所行之歌，女當受之而改悔。

《桑柔》十六章，八章章八句，八章章六句。

〔一〕 主 "主"，底本誤作"王"，據諸本改。後"主由爲政者"同。
〔二〕 此政非我所爲 "此"，底本誤作"比"，據諸本改。

675

雲　漢

《雲漢》，仍叔美宣王也。宣王承厲王之烈，内有撥亂之志，遇烖而懼，側身脩行，欲銷去之。天下喜於王化復行，百姓見憂，故作是詩也。[一]

[一] 仍叔，周大夫也。《春秋·魯桓公五年》[一]："夏，天王使仍叔之子來聘。"烈，餘也。

倬彼雲漢，昭回于天。[一]王曰於乎，何辜今之人？天降喪亂，饑饉薦臻。[二]靡神不舉，靡愛斯牲。圭璧既卒，寧莫我聽。[三]

[一] 回，轉也。

《箋》云：雲漢，謂天河也。昭，光也。倬然天河水氣也，精光轉運於天。時旱渴雨，故宣王夜仰視天河，望其候焉。

[二] 薦，重[二]。臻，至也。

《箋》云：辜，罪也。王憂旱而嗟歎云：何罪与，今時天下之人？天仍下旱災亡亂之道，饑饉之害，復重至[三]。

[三]《箋》云：靡、莫，皆無也。言王為旱之故，求於群神，無不祭也。無所愛於三牲[四]，礼神之圭璧又已盡矣，曾無聽聆

〔一〕 春秋魯桓公五年　"公"，底本誤奪，據諸本補。
〔二〕 重　"重"下，諸本同，阮元《校勘記》以為當有"也"字。
〔三〕 復重至　"至"下，諸本有"也"字。
〔四〕 無所愛於三牲　"牲"，底本誤作"姓"，據諸本改。

蕩之什詁訓傳第二十五　雲漢

我之精誠而興雲雨。

旱既大甚，蘊隆蟲蟲。[一]不殄禋祀，自郊徂宮。上下奠瘞，靡神不宗。[二]后稷不克，上帝不臨。耗斁下土，寧丁我躬。[三]

[一] 蘊蘊而暑，隆隆而雷，蟲蟲而熱。

《箋》云：隆隆而雷，非雨雷也。雷聲尚殷殷然。

[二] 上祭天，下祭地，奠其礼，瘞其物。宗，尊也。國有凶荒，則索鬼神而祭之。

《箋》云：宮，宗廟也。爲旱故絜祀不絶，從郊而至宗廟，奠瘞天地之神，無不齊肅而尊敬之。言徧至也。

[三] 丁，當也。

《箋》云：克，當作"刻"；刻，識也。斁，敗也。奠瘞群神而不得雨，是我先祖后稷不識知我之所困與[一]？天不視我之精誠與？猶以旱耗敗天下爲害，曾使當我之身有此乎？先后稷，後上帝，亦從宮之郊。

旱既大甚，則不可推。兢兢業業，如霆如雷。周餘黎民，靡有孑遺。[一]昊天上帝，則不我遺。胡不相畏？先祖于摧。[二]

[一] 推，去也。兢兢，恐也。業業，危也。孑然遺失也。

《箋》云：黎，衆也。旱既不可移去，天下困於饑饉，皆心動意懼，兢兢然，業業然，狀如有雷霆，近發於上。周之衆民多有死亡者矣，今其餘无有孑遺者。言又餓病也。

〔一〕 是我先祖后稷不識知我之所困與　"困"，底本誤作"囙"，據諸本改。

［二］摧，至也。

《箋》云：摧，當作"嗺"；嗺，嗟也。天將遂旱，餓殺我與？先祖何不助我恐懼，使天雨也？先祖之神于嗟乎，告困之辭。

旱既大甚，則不可沮。赫赫炎炎，云我無所。大命近止，靡瞻靡顧。［一］群公先正，則不我助。父母先祖，胡寧忍予？［二］

［一］沮，止也。赫赫，旱氣也。炎炎，熱氣也。大命近止，民近死亡也。

《箋》云：旱既不可卻止，熱氣大盛，人皆不堪。言我無所庇陰而處，衆民之命近將死亡，天曾無所視，無所顧，於此國中而哀閔之。

［二］先正，百辟卿士也。先祖，文武，爲民父母也。

《箋》云：百辟卿士，雩祀所及者，今曾無肯助我憂旱。先祖文武又何爲施忍於我，不使天雨？

旱既大甚，滌滌山川。旱魃爲虐，如惔如焚。我心憚暑，憂心如薰。［一］群公先正，則不我聞。昊天上帝，寧俾我遯。［二］

［一］滌滌，旱氣也。山無木，川無水。魃，旱神也。惔，燎之也。憚，勞。薰，灼也。

《箋》云：憚，猶畏也。旱既害於山川矣，其氣生魃而害益甚，草木燋枯，如見焚燎然。王心又畏難此熱氣，如灼爛於火。言熱氣至極。

［二］《箋》云："不我聞"者，忽然不聽我之所言也。天曾將使我心遯遯慚愧於天下，以無德也。

旱既大甚，蕴勉畏去。胡寧瘨我以旱？憯不知其故。[一]祈年孔夙，方社不莫。昊天上帝，則不我虞。敬恭明神，宜無悔怒。[二]

[一]《箋》云：瘨，病也。蕴勉，急禱請也。欲使所尤畏者去。所尤畏者，魃也。天何曾病我以旱？曾不知爲政所失而致此害。

[二]悔，恨也。

《箋》云：虞，度也。我祈豐年甚早，祭四方與社又不晚。天曾不度知我心，肅事明神如是，明神宜不恨怒於我，我何由當遭此旱也？

旱既大甚，散無友紀。鞫哉庶正，疚哉冢宰。趣馬師氏，膳夫左右。[一]靡人不周，無不能止。[二]瞻卬昊天，云如何里？[三]

[一]歲凶，年穀不登，則趣馬不秣，師氏弛其兵，馳道不除，祭事不縣，膳夫徹膳，左右布而不脩，大夫不食粱〔一〕，士飲酒不樂。

《箋》云：人君以群臣爲友，散無其紀者，凶年祿餼不足，人無賞賜也〔二〕。鞫，窮也。庶正，衆官之長也。疚，病也。窮哉病哉者，念此諸臣勤於事而困於食。以此言勞倦也。

[二]周，救也。無不能止，言無止不能也。

〔一〕大夫不食粱　"粱"，底本誤作"粱"，據諸本改。
〔二〕人無賞賜也　"人"，底本誤作"又"，據諸本改。

《箋》云：周，當作"賙"。王以諸臣困於食，人人賙給之，權救其急，後日乏無，不能豫止。

〔三〕《箋》云：里，憂也。王愁悶於不雨，但仰天曰：當如我之憂何？

瞻卬昊天，有嘒其星。大夫君子，昭假無贏。大命近止，無棄爾成。〔一〕何求爲我？以戾庶正。〔二〕瞻卬昊天，曷惠其寧？〔三〕

〔一〕嘒，衆星貌。假，至也。

《箋》云：假，升也。王仰天，見衆星順天而行嘒嘒然，意感，故謂其卿大夫曰：天之光耀，升行不休，無自贏緩之時。今衆民之命近將死亡，勉之助我，無棄女之成功者。若其在職〔一〕，復無幾何。以勸之也。

〔二〕戾，定也。

《箋》云：使女無棄成功者，何但求爲我身乎？乃欲以安定衆官之長，憂其職事。

〔三〕《箋》云：曷，何也。王仰天曰：當何時順我之求，令我心安乎〔二〕？渴雨之至也，得雨則心安。

《雲漢》八章，章十句。

〔一〕若其在職 "若"，底本誤奪，據諸本補。
〔二〕令我心安乎 "我"，底本誤奪，據諸本補。

崧 高

《崧高》，尹吉甫美宣王也。天下復平，能建國，親諸侯，襃賞申伯焉。[一]

[一]尹吉甫、申伯，皆周之卿士也。尹，官氏。申，國名。

崧高維嶽，駿極于天。維嶽降神，生甫及申。[一]維申及甫，維周之翰。四國于蕃，四方于宣。[二]

[一]崧，高貌。山大而高曰崧。嶽，四嶽也。東嶽，岱；南嶽，衡；西嶽，華；北嶽，恒。堯之時，姜氏爲四伯，掌四嶽之祀，述諸侯之職。於周則有甫、有申、有齊、有許也。駿，大。極，至也。嶽降神靈和氣，以生申、甫之大功。

《箋》云：降，下也。四嶽，卿士之官，掌四時者也，因主方嶽巡守之事[一]。在堯時，姜姓爲之，德當嶽神之意，而福興其子孫。歷虞、夏、商，世有國土。周之甫也、申也、齊也、許也，皆其苗胄。

[二]翰，榦也。

《箋》云：申，申伯也。甫，甫侯也。皆以賢知入爲周之楨榦之臣。四國有難，則往扞禦之，爲之蕃屏。四方恩澤不至，則往宣暢之[二]。甫侯相穆王[三]，訓夏贖刑，美此俱出四嶽，故

〔一〕因主方嶽巡守之事 "方"，底本誤作"万"，據諸本改。
〔二〕則往宣暢之 "暢"，底本誤作"揚"，據諸本改。
〔三〕甫侯相穆王 "穆"，底本誤作"楬"，據諸本改。

681

連言之。

亹亹申伯，王纘之事。于邑于謝，南國是式。[一]王命召伯，定申伯之宅。登是南邦，世執其功。[二]

[一] 謝，周之南國也。

《箋》云：亹亹，勉也。纘，繼。于，往。于，於。式，法也。亹亹然勉於德不倦之臣，有申伯，以賢入爲王之卿士[一]，佐王有功，王又欲使繼其故諸侯之事，往作邑於謝，南方之國皆統理，施其法度。時改大其邑，使爲侯伯，故云然。

[二] 召伯，召公也。登，成也。功，事也。

《箋》云：之，往也。申伯忠臣，不欲離王室，故王使召公定其意[二]，令往居謝，成法度於南邦，世世持其政事，傳子孫也。

王命申伯，式是南邦。因是謝人，以作爾庸。[一]王命召伯，徹申伯土田。[二]王命傅御，遷其私人。[三]

[一] 庸，城也[三]。

《箋》云：庸，功也。召公既定申伯之居，王乃親命之，使爲法度於南邦。今因是故謝邑之人而爲國，以起女之功勞。言尤章顯也。

[二] 徹，治也。

〔一〕 以賢入爲王之卿士　"士"，底本誤作"土"，據諸本改。
〔二〕 故王使召公定其意　"王"，底本誤作"主"，據諸本改。
〔三〕 城也　"城"，底本誤作"成"，五山本同，據足利本、相臺本、殿本、阮刻本改。

《箋》云：治者，正其井牧〔一〕，定其賦稅。

[三] 御，治事之官也。私人，家臣也。

《箋》云：傅御者，貳王治事，謂冢宰也。

申伯之功，召伯是營。有俶其城〔二〕，寢廟既成。[一]既成藐藐，王錫申伯。四牡蹻蹻，鉤膺濯濯。[二]

[一] 俶，作也。

《箋》云：申伯居謝之事，召公營其位，而作城郭及寢廟，定其人神所處。

[二] 藐藐，美貌。蹻蹻，壯貌。鉤膺，樊纓也〔三〕。濯濯，光明也。

《箋》云：召公營位，築之已成，以形貌告於王。王乃賜申伯，爲將遣之。

王遣申伯，路車乘馬。我圖爾居，莫如南土。[一]錫爾介圭，以作爾寶。[二]往迈王舅〔四〕，南土是保。[三]

[一] 乘馬，四馬也。

《箋》云：王以正禮遣申伯之國，故復有車馬之賜，因告之曰：我謀女之所處，無如南土之最善〔五〕。

〔一〕 正其井牧 "井牧"，底本誤作"井收"，據諸本改。
〔二〕 有俶其城 "城"，底本誤作"成"，據諸本改。
〔三〕 樊纓也 "纓"，底本誤作"嬰"，據諸本改。
〔四〕 往迈王舅 "迈"，底本誤作"近"，諸本同，據阮元《校勘記》改。下毛《傳》、鄭《箋》"迈"同。
〔五〕 無如南土之最善 "土"，底本誤作"士"，據諸本改。下章鄭《箋》"土界"同。

[二] 寶，瑞也。

《箋》云：圭，長尺二寸，謂之介。非諸侯之圭，故以爲寶。諸侯之瑞圭，自九寸而下。

[三] 迓，已也。申伯，宣王之舅也。

《箋》云：迓，辭也，聲如"彼記之子"之"記"。保，守也，安也。

申伯信邁，王餞于郿。^[一]申伯還南，謝于誠歸。^[二]王命召伯，徹申伯土疆。以峙其粻，式遄其行。^[三]

[一] 郿，地名。

《箋》云：邁，行也。申伯之意，不欲離王室，王告語之復重，於是意解而信行。餞，送行飲酒也。時王蓋省岐周，故于郿云。

[二]《箋》云：還南者，北就王命于岐周而還反也。謝于誠歸，誠歸于謝。

[三]《箋》云：粻，糧。式，用。遄，速也。王使召公治申伯土界之所至。峙其糧者，令廬市有止宿之委積，用是速申伯之行。

申伯番番，既入于謝，徒御嘽嘽。^[一]周邦咸喜，戎有良翰。^[二]不顯申伯，王之元舅，文武是憲。^[三]

[一] 番番，勇武貌。諸侯有大功，則賜虎賁。徒御嘽嘽，徒行者、御車者嘽嘽喜樂也。

《箋》云：申伯之貌，有威武番番然，其入謝國，車徒之行，嘽嘽安舒。言得礼也。礼：入國不馳。

［二］《箋》云：周，徧也。戎，猶女也。翰，幹也。申伯入謝，徧邦内皆喜曰：女乎有善君也。相慶之言。

［三］不顯申伯，顯矣申伯也。文武是憲，言有文有武也。

《箋》云：憲，表也。言爲文武之表式。

申伯之德，柔惠且直。揉此萬邦，聞于四國。［一］吉甫作誦，其詩孔碩，其風肆好，以贈申伯。［二］

［一］《箋》云：揉，順也。四國，猶言四方也。

［二］吉甫，尹吉甫也。作是工師之誦也。肆，長也。贈，增也。

《箋》云：碩，大也。吉甫爲此誦也，言其詩之意甚美大風切，申伯又使之長行善道。以此贈申伯者〔一〕，送之令以爲樂。

《崧高》八章，章八句。

────────

〔一〕 以此贈申伯者　"申"，底本誤作 "甲"，據諸本改。

烝　民

《烝民》，尹吉甫美宣王也。任賢使能，周室中興焉。

天生烝民，有物有則。民之秉彝，好是懿德。[一]天監有周，昭假于下〔一〕。保茲天子，生仲山甫。[二]

> [一] 烝，衆。物，事。則，法。彝，常。懿，美也。
> 《箋》云：秉，執也。天之生衆民，其性有物象，謂五行仁、義、礼、智、信也。其情有所法，謂喜、怒、哀、樂、好、惡也。然而民所執持有常道，莫不好有美德之人。
> [二] 仲山甫，樊侯也。
> 《箋》云：監，視。假，至也。天視周王之政教，其光明乃至于下，謂及衆民也〔二〕。天安愛此天子宣王，故生樊侯仲山甫，使佐之。言天亦好是懿德也。《書》曰："天聰明，自我民聰明。"

仲山甫之德，柔嘉維則。令儀令色，小心翼翼。[一]古訓是式，威儀是力。天子是若，明命使賦。[二]

> [一]《箋》云：嘉，美。令，善也。善威儀，善顏色容皃，翼翼然恭敬。

〔一〕 昭假于下　"假"，底本誤作"格"，據諸本改。
〔二〕 謂及衆民也　"及"，底本誤作"反"，據諸本改。

［二］古，故。訓，道。若，順。賦，布也。

《箋》云：故訓，先王之遺典也。式，法也。力，猶勤也。勤威儀者，恪居官次，不解于位也。是順從行其所爲也，顯明王之政教，使群臣施布之。

王命仲山甫，式是百辟，纘戎祖考，王躬是保。［一］出納王命，王之喉舌。賦政于外，四方爰發。［二］

［一］戎，大也。

《箋》云：戎，猶女也。躬，身也。王曰：女施行法度於是百君，繼女先祖先父始見命者之功德，王身是安。使盡心力於王室。

［二］喉舌，冢宰也。

《箋》云：出王命者，王口所自言〔一〕，承而施之也。納王命者，時之所宜，復於王也。其行之也，皆奉順其意，如王口喉舌親所言也。以布政於畿外，天下諸侯於是莫不發應〔二〕。

肅肅王命，仲山甫將之。邦國若否，仲山甫明之。［一］既明且哲，以保其身。夙夜匪解，以事一人。［二］

［一］將，行也。

《箋》云：肅肅，敬也。言王之政教甚嚴敬也，仲山甫則能奉行之。若，順也。順否，猶臧否，謂善惡也。

〔一〕 王口所自言 "王"，底本誤作"士"，據諸本改。
〔二〕 天下諸侯於是莫不發應 "諸"，底本誤作"謂"，據諸本改。

[二]《箋》云：夙，早。夜，莫。匪，非也。一人，斥天子。

人亦有言：柔則茹之，剛則吐之。^[一]維仲山甫，柔亦不茹，剛亦不吐。不侮矜寡〔一〕，不畏彊禦。

  [一]《箋》云：柔，猶濡毳也。剛，堅彊也。剛柔之在口，或茹之，或吐之，喻人之於敵強弱。

人亦有言：德輶如毛，民鮮克舉之，我儀圖之。^[一]維仲山甫舉之，愛莫助之。^[二]袞職有闕，維仲山甫補之〔二〕。^[三]

  [一]儀，宜也。
  《箋》云：輶，輕。儀，匹也。人之言云：德甚輕，然而眾人寡能獨舉之以行者。言政事易耳，而人不能行者，無其志也。我與倫匹圖之，而未能爲也。我，吉甫自我也。
  [二]愛，隱也。
  《箋》云：愛，惜也。仲山甫能獨舉此德而行之，惜乎莫能助之者。多仲山甫之德，歸功言耳。
  [三]有袞冕者，君之上服也。仲山甫補之，善補過也。
  《箋》云：袞職者，不敢斥王之言也。王之職有闕，輒能補之者，仲山甫也。

仲山甫出祖，四牡業業，征夫捷捷，每懷靡及。^[一]四牡彭

〔一〕 不侮矜寡 "矜"，底本誤作"鰥"，據諸本改。
〔二〕 維仲山甫補之 "維"，底本誤奪，據諸本補。

彭，八鸞鏘鏘。王命仲山甫，城彼東方。[二]

[一] 言述職也。業業，言高大也。捷捷，言樂事也。
《箋》云：祖者，將行犯軷之祭也。懷私爲每懷[一]。仲山甫犯軷而將行，車馬業業然動，衆行夫捷捷然至。仲山甫則戒之曰：既受君命，當速行。每人懷其私而相稽留，將無所及於事。
[二] 東方，齊也。古者，諸侯之居逼隘，則王者遷其邑而定其居，蓋去薄姑而遷於臨菑也。
《箋》云：彭彭，行貌。鏘鏘，鳴聲。以此車馬，命仲山甫使行。言其盛也。

四牡騤騤，八鸞喈喈。仲山甫徂齊，式遄其歸。[一]吉甫作誦，穆如清風。仲山甫永懷，以慰其心。[二]

[一] 騤騤，猶彭彭也。喈喈，猶鏘鏘也。遄，疾也。言周之望仲山甫也。
《箋》云：望之，故欲其用是疾歸。
[二] 清微之風，化養萬物者也。
《箋》云：穆，和也。吉甫作此工歌之誦，其調和人之性，如清風之養萬物然。仲山甫述職，多所思而勞，故述其美，以慰安其心。

《烝民》八章，章八句。

〔一〕懷私爲每懷 "私"，底本誤作"思"，據諸本改。

689

韓奕

《韓奕》,尹吉甫美宣王也。能錫命諸侯。[一]

[一] 梁山於韓國之山最高大,爲國之鎮,祈望祀焉[一],故美大其貌奕奕然,謂之韓奕也。梁山,今左馮翊夏陽西北。韓,姬姓之國也,後爲晉所滅,故大夫韓氏以爲邑名焉。幽王九年,王室始騷,鄭桓公問於史伯曰:"周衰,其孰興乎?"對曰:"武實昭文之功,文之祚盡,武其嗣乎?武王之子,應、韓不在,其晉乎?"

奕奕梁山,維禹甸之。有倬其道,韓侯受命。[一]王親命之:纘戎祖考,無廢朕命。夙夜匪解,虔共爾位。[二]朕命不易,榦不庭方,以佐戎辟。[三]

[一] 奕奕,大也。甸,治也。禹治梁山,除水災。宣王平大亂,命諸侯。有倬其道,有倬然之道者也。受命,受命爲侯伯也。

《箋》云:梁山之野,堯時俱遭洪水。禹甸之者,決除其災,使成平田,定貢賦於天子。周有厲王之亂,天下失職,今有倬然著明,復禹之功者韓侯,受王命爲侯伯。

〔一〕 祈望祀焉 "祈",底本誤作"所",足利本、殿本、阮刻本同,據五山本、相臺本及阮元《校勘記》改。

690

[二]戎，人[一]。朕[二]，固。共，執也。

《箋》云：戎，猶女也。朕，我也。古之"恭"字，或作"共"。

[三]庭，直也。

《箋》云：我之所命者，勿改易不行，當爲不直，違失法度之方，作楨榦而正之，以佐助女君。女君，王自謂也。

四牡奕奕，孔脩且張。韓侯入覲，以其介圭，入覲于王。[一]王錫韓侯，淑旂綏章，簟茀錯衡，玄袞赤舄，鉤膺鏤錫[三]，鞹鞃淺幭，鞗革金厄。[二]

[一]脩，長。張，大。覲，見也。

《箋》云：諸侯秋見天子曰覲。韓侯乘長大之四牡奕奕然，以時覲於宣王。覲於宣王而奉享禮，貢國所出之寶，善其尊宣王，以常職來也。《書》曰："黑水、西河，其貢璆琳琅玕。"此覲乃受命。先言受命者，顯其美也。

[二]淑，善也。交龍爲旂。綏，大綏也。錯衡，文衡也。鏤錫，有金鏤其錫也。鞹，革也。鞃，軾中也。淺，虎皮淺毛也。幭，覆式也。厄，烏蠋也。

《箋》云：王爲韓侯以常職來朝享之故[四]，故多錫以厚之。善旂，旂之善色者也。綏，所引以登車，有采章也。簟茀，漆簟以爲車蔽，今之藩也。鉤膺，樊纓也。眉上曰錫，刻金飾之，

〔一〕人 "人"，底本誤作"大"，據諸本改。
〔二〕朕 "朕"，底本誤作"度"，據諸本改。
〔三〕鉤膺鏤錫 "錫"，底本誤作"鍚"，足利本、五山本同，據相臺本、殿本、阮刻本改。下毛《傳》"鏤錫""金鏤其錫"、《箋》"眉上曰錫"同。
〔四〕王爲韓侯以常職來朝享之故 "爲"，底本誤奪，據諸本補。

今當盧也。鞗革，謂轡也，以金爲小環，往往纏搤之。

韓侯出祖，出宿于屠。顯父餞之，清酒百壺。[一]其殽維何？炰鱉鮮魚。其蔌維何？維筍及蒲。其贈維何？乘馬路車。[二]籩豆有且，侯氏燕胥。[三]

[一] 屠，地名也。顯父，有顯德者也。
《箋》云：祖，將去而犯軷也。既覲而反國，必祖者，尊其所往，去則如始行焉。祖於國外，畢，乃出宿，示行不留於是也。顯父，周之公卿也。餞送之，故有酒。

[二] 蔌，菜殽也。筍，竹也。蒲，蒲蒻也。
《箋》云：炰鱉，以火熟之也。鮮魚，中膾者也。筍，竹萌也。蒲，深蒲也。贈，送也。王既使顯父餞之，又使送以車馬，所以贈厚意也。人君之車曰路車，所駕之馬曰乘馬[一]。

[三]《箋》云：且，多貌。胥，皆也。諸侯在京師未去者，於顯父餞之時，皆來相與燕，其籩豆且然。榮其多也。

韓侯取妻，汾王之甥，蹶父之子。[一]韓侯迎止，于蹶之里。百兩彭彭，八鸞鏘鏘，不顯其光。[二]諸娣從之，祁祁如雲。韓侯顧之，爛其盈門。[三]

[一] 汾，大也。蹶父，卿士也。
《箋》云：汾王，厲王也。厲王流于彘，彘在汾水之上，故時人因以號之，猶言莒郊公、黎比公也。姊妹之子爲甥。王之甥，

─────────────
〔一〕 所駕之馬曰乘馬 "駕"，底本誤作"得"，據諸本改。

卿士之子，言尊貴也。

[二] 里，邑也。

《箋》云：于蹶之里，蹶父之里。百兩，百乘。不顯，顯也。光，猶榮也。氣有榮光也。

[三] 祁祁，徐靚也。如雲，言眾多也。諸侯一取九女，二國媵之。諸娣，眾妾也。顧之，曲顧道義也。

《箋》云：媵者，必姪娣從之。獨言"娣"者，舉其貴者。爛，爛燦然鮮明，且眾多之貌。

蹶父孔武，靡國不到。爲韓姞相攸，莫如韓樂。[一] 孔樂韓土，川澤訏訏。魴鱮甫甫，麀鹿噳噳。有熊有羆，有貓有虎。[二] 慶既令居，韓姞燕譽。[三]

[一] 姞，蹶父姓也。

《箋》云：相，視。攸，所也。蹶父甚武健，爲王使於天下，國國皆至。爲其女韓侯夫人姞氏視其所居，韓國最樂。

[二] 訏訏，大也。甫甫然，大也。噳噳然，眾也。貓，似虎，淺毛者也。

《箋》云：甚樂矣，韓之國土也。川澤寬大，眾魚禽獸備有。言饒富也。

[三]《箋》云：慶，善也。蹶父既善韓之國土[一]，使韓姞嫁焉而居之。韓姞則安之，盡其婦道，有顯譽。

溥彼韓城，燕師所完。[一] 以先祖受命，因時百蠻。王錫韓

〔一〕 蹶父既善韓之國土 "土"，底本誤作"士"，據諸本改。

侯，其追其貊。奄受北國，因以其伯。^[二]實墉實壑，實畝實籍。^[三]獻其貔皮，赤豹黃羆。^[四]

[一] 師，眾也。

《箋》云：溥，大。燕，安也。大矣，彼韓國之城，乃古平安時，眾民之所築完。

[二] 韓侯之先祖，武王之子也。因時百蠻，長是蠻服之百國也。追、貊，戎狄國也。奄，撫也。

《箋》云：韓侯先祖有功德者，受先王之命，封爲韓侯，居韓城，爲侯伯。其州界，外接蠻服，因見使時節百蠻貢獻之往來。後君微弱，用失其業。今王以韓侯先祖之事如是，而韓侯賢，故於入覲，使復其先祖之舊職，賜之蠻服追、貊之戎狄，令撫柔其所受王畿北面之國〔一〕，因以其先祖侯伯之事盡予之，皆美其爲人子孫，能興復先祖之功，其後追也、貊也，爲獫狁所逼，稍稍東遷也。

[三] 實墉實壑，言高其城、深其壑也。

《箋》云：實，當作"寔"；趙、魏之東，實、寔同聲。寔，是也。籍，稅也。韓侯之先祖微弱，所伯之國多滅絕，今復舊職，興滅國，繼絕世，故築治是城，濬修是壑，井牧是田畝，收斂是賦稅，使如古常。

[四] 貔，猛獸也。追、貊之國來貢，而侯伯總領之。

《韓奕》六章，章十二句。

〔一〕 令撫柔其所受王畿北面之國　"撫"，底本誤作"無"；"北"，底本誤作"比"：並據諸本改。

江　漢

《江漢》，尹吉甫美宣王也。能興衰撥亂，命召公平淮夷。〔一〕

　　〔一〕召公，召穆公也，名虎〔一〕。

江漢浮浮，武夫滔滔。匪安匪遊，淮夷來求〔二〕。〔一〕既出我車，既設我旟。匪安匪舒，淮夷來鋪。〔二〕

　　〔一〕浮浮，衆彊貌〔三〕。滔滔，廣大貌。淮夷，東國，在淮浦而夷行也。
　　《箋》云：匪，非也。江、漢之水，合而東流浮浮然，宣王於是水上，命將率〔四〕，遣士衆〔五〕，使循流而下滔滔然。其順王命而行，非敢斯須自安也，非敢斯須遊止也，主爲來求淮夷所處，據至其竟，故言"來"。
　　〔二〕鋪，病也。
　　《箋》云：車，戎車也。鳥隼曰旟。兵至竟而期戰地，其日出戎車建旟〔六〕，又不自安、不舒行者，主爲來伐討淮夷也〔七〕。據至

〔一〕召公召穆公也名虎　此八字底本誤奪，據諸本補。
〔二〕江漢浮浮……淮夷來求　此十六字底本誤奪，據諸本補。
〔三〕衆彊貌　"彊"，底本誤作"疆"，據諸本改。
〔四〕命將率　"率"，底本誤作"帥"，五山本同，據足利本、相臺本、殿本、阮刻本改。
〔五〕遣士衆　"士"，底本誤作"土"，據諸本改。
〔六〕其日出戎車建旟　"日"，底本誤作"曰"，足利本、阮刻本同，據五山本、相臺本、殿本及阮元《校勘記》改。
〔七〕主爲來伐討淮夷也　"主"，底本誤作"王"，據諸本改。

戰地，故又言"來"。

江漢湯湯，武夫洸洸。經營四方，告成于王。[一]四方既平，王國庶定。時靡有爭，王心載寧。[二]

[一] 洸洸，武貌。
《箋》云：召公既受命伐淮夷，服之，復經營四方之叛國，從而伐之，克勝，則使傳遽告功於王。

[二]《箋》云：庶，幸。時，是也。載之言則也。召公忠臣，順於王命。此述其志也。

江漢之滸，王命召虎。式辟四方，徹我疆土。匪疚匪棘，王國來極。[一]于疆于理，至于南海。[二]

[一] 召虎，召穆公也。
《箋》云：滸，水厓也。式，法。疚，病。棘，急。極，中也。王於江、漢之水上，命召公使以王法征伐，開辟四方，治我疆界於天下，非可以兵病害之也，非可以兵急躁切之也。使來於王國，受政教之中正而已。齊桓公經陳、鄭之間，及伐北戎，則違此言者。

[二]《箋》云：于，往也。于，於也。召公於有叛戾之國，則往正其竟界，修其分理，周行四方，至於南海，而功大成，事終也。

王命召虎，來旬來宣。文武受命，召公維翰。[一]無曰予小子，召公是似。肇敏戎公，用錫爾祉。[二]

［一］旬，徧也〔一〕。召公，召康公也。

《箋》云：來，勤也。旬，當作"營"。宣，徧也。召康公名奭，召虎之始祖也。王命召虎，女勤勞於經營四方，勤勞於徧疆理衆國，昔文王、武王受命，召康公爲之楨榦之臣，以正天下。爲虎之勤勞〔二〕，故述其祖之功以勸之。

［二］似，嗣。肇，謀。敏，疾。戎，大。公，事也。

《箋》云：戎，猶女也。女無自減損，曰我小子耳〔三〕。女之所爲，乃嗣女先祖召康公之功。今謀女之事，乃有敏德。我用是故，將賜女福慶也〔四〕。王爲虎之志大謙，故進之云爾。

釐爾圭瓚，秬鬯一卣，告于文人。〔一〕錫山土田。于周受命，自召祖命。〔二〕虎拜稽首，天子萬年。〔三〕

［一］釐，賜也。秬，黑黍也。鬯，香草也。築煮合而鬱之曰鬯。卣，器也。九命，錫圭、瓚、秬鬯。文人，文德之人也。

《箋》云：秬鬯，黑黍酒也。謂之鬯者，芬香條鬯也。王賜召虎以鬯酒一尊〔五〕，使以祭其宗廟，告其先祖，諸有德美見記者〔六〕。

［二］諸侯有大功德，賜之名山、土田、附庸。

〔一〕 徧也 "徧"，底本誤作"偏"，據諸本改。
〔二〕 爲虎之勤勞 "勤"，底本誤作"勸"，據諸本改。
〔三〕 曰我小子耳 "耳"，底本誤作"享"，據諸本改。
〔四〕 將賜女福慶也 "女"，底本誤作"汝"，據諸本改。
〔五〕 王賜召虎以鬯酒一尊 "尊"，相臺本同，五山本作"鐏"，足利本、殿本、阮刻本作"罇"。
〔六〕 諸有德美見記者 "者"，底本誤作"也"，據諸本改。

《箋》云：周，岐周也〔一〕。自，用也。宣王欲尊顯召虎，故如岐周，使虎受山川、土田之賜命，用其祖召康公受封之禮。岐周，周之所起，爲其先祖之靈，故就之。

[三]《箋》云："拜稽首"者，受王命策書也。臣受恩，無可以報謝者，稱言使君壽考而已。

虎拜稽首，對揚王休。作召公考，天子萬壽。明明天子，令聞不已。矢其文德，洽此四國。[一]

[一] 對，遂。考，成。矢，施也〔二〕。

《箋》云：對，答。休，美。作，爲也。虎既拜，而答王策命之時，稱揚王之德美。君臣之言宜相成也。王命召虎用召祖命，故虎對王，亦爲召康公受王命之時，對成王命之辭，謂如其所言也。如其所言者，"天子萬壽"以下是也。

《江漢》六章，章八句。

〔一〕 岐周也 "岐"，底本誤作"歧"，據諸本改。
〔二〕 施也 "施"，底本誤作"弛"，據諸本改。

常　武

　　《常武》，召穆公美宣王也。有常德以立武事，因以爲戒然。[一]

　　[一] 戒者，"王舒保作，匪紹匪遊，徐方繹騷"。

赫赫明明，王命卿士。南仲大祖，大師皇父。整我六師，以修我戎。[一]既敬既戒，惠此南國。[二]

　　[一] 赫赫然，盛也。明明然，察也。王命南仲於大祖，皇甫爲大師。
　　《箋》云：南仲，文王時武臣也。顯著乎，昭察乎，宣王之命卿士爲大將也。乃用其以南仲爲大祖者，今大師皇父是也。使之整齊六軍之衆，治其兵甲之事。命將必本其祖者，因有世功，於是尤顯。大師者，公兼官也。
　　[二] 《箋》云：敬之言警也。警戒六軍之衆，以惠淮浦之旁國，謂勑以無暴掠爲之害也。每軍各有將，中軍之將尊也。

王謂尹氏，命程伯休父。左右陳行，戒我師旅。率彼淮浦，省此徐土。[一]不留不處，三事就緒。[二]

　　[一] 尹氏掌命卿士，程伯休父始命爲大司馬。浦，厓也。
　　《箋》云：尹氏，天子世大夫也。率，循也。王使大夫尹氏策命程伯休父，於軍將行治兵之時，使其士衆左右陳列而勑戒之，

699

使循彼淮浦之旁，省視徐國之土地叛逆者〔一〕。軍禮：司馬掌其誓戒。

[二] 誅其君，弔其民，爲之立三有事之臣。

《箋》云：緒，業也。王又使軍將豫告淮浦徐土之民，云：不久處於是也〔二〕，女三農之事皆就其業。爲其驚怖，先以言安之。

赫赫業業，有嚴天子。王舒保作，匪紹匪遊，徐方繹騷。[一] 震驚徐方，如雷如霆，徐方震驚。[二]

[一] 赫赫然，盛也。業業然，動也。嚴然而威。舒，徐也。保，安也。匪紹匪遊，不敢繼以遨遊也。繹，陳。騷，動也。

《箋》云：作，行也。紹，緩也。繹，當作"驛"。王之軍行，其貌赫赫業業然，有尊嚴於天子之威。謂聞見者，莫不憚之。王舒安，謂軍行三十里，亦非解緩也，亦非敖遊也。徐國傳遽之驛見之，知王兵必克，馳走以相恐動。

[二]《箋》云：震，動也。驛馳走相恐懼，以動驚徐國〔三〕，如雷霆之恐怖人然〔四〕，徐國則動驚而將服罪。

王奮厥武，如震如怒。進厥虎臣，闞如虓虎。鋪敦淮濆，仍執醜虜。[一] 截彼淮浦，王師之所。[二]

〔一〕 省視徐國之土地叛逆者 "土"，底本誤作"士"，據諸本改。
〔二〕 不久處於是也 "不"上，底本誤衍"兵"字，五山本同，據足利本、相臺本、殿本、阮刻本改。"久"，底本誤作"火"，據諸本改。
〔三〕 以動驚徐國 "動驚"，底本誤倒，諸本同，據阮元《校勘記》乙正。下"徐國則動驚而將服罪"同。
〔四〕 如雷霆之恐怖人然 "怖"，底本誤作"怪"，據諸本改。

蕩之什詁訓傳第二十五　常武

［一］虎之自怒虢然。瀆，厓。仍，就。虜，服也。

《箋》云：進，前也。敦，當作"屯"。醜，衆也。王奮揚其威武，而震雷其聲，而勃怒其色。前其虎臣之將，鬭然如虎之怒，陳屯其兵於淮水大防之上以臨敵，就執其衆之降服者〔一〕。

［二］截，治也。

《箋》云：治淮之旁國有罪者，就王師而斷之。

王旅嘽嘽，如飛如翰，如江如漢。如山之苞，如川之流。［一］緜緜翼翼，不測不克，濯征徐國。［二］

［一］嘽嘽然，盛也。疾如飛，摯如翰。苞，本也。

《箋》云：嘽嘽，閒暇有餘力之貌。其行疾自發舉，如鳥之飛也。翰，其中豪俊也。江、漢，以喻盛大也。山本，以喻不可驚動也。川流，以喻不可禦也。

［二］緜緜，靚也。翼翼，敬也。濯，大也。

《箋》云：王兵安靚，且皆敬，其勢不可測度，不可攻勝。既服淮浦矣，今又以大征徐國。言必勝也。

王猶允塞，徐方既來。［一］徐方既同，天子之功。四方既平，徐方來庭。［二］徐方不回，王曰還歸。［三］

［一］猶，謀也。

《箋》云：猶，尚。允，信也。王重兵，兵雖臨之，尚守信自實

〔一〕　就執其衆之降服者　"者"下，諸本有"也"字。

满，兵未陳而徐國已來告服。所謂"善戰者不陳"。

[二] 來王庭也。

[三]《箋》云：回，猶違也。還歸，振旅也。

《常武》六章，章八句。

瞻卬

《瞻卬》，凡伯刺幽王大壞也。[一]

[一] 凡伯，天子大夫也。《春秋·魯隱公七年》：“冬，天王使凡伯來聘。”

瞻卬昊天，則不我惠。孔填不寧，降此大厲。[一] 邦靡有定，士民其瘵。蟊賊蟊疾，靡有夷屆。罪罟不收，靡有夷瘳。[二]

[一] 昊天，斥王也。填，久。厲，惡也。
《箋》云：惠，愛也。仰視幽王爲政，則不愛我下民。甚久矣，天下不安，王乃下此大惡，以敗亂之。

[二] 瘵，病。夷，常也。罪罟，設罪以爲罟。瘳，愈也。
《箋》云：屆，極也。天下騷擾，邦國無有安定者，士卒與民皆勞病。其爲殘酷痛疾於民，如蟊賊之害禾稼然，爲之無常，亦無止息時。施刑罪以羅罔天下，而不收斂，爲之亦無常，無止息時。此目王所下大惡〔一〕。

人有土田，女反有之。人有民人，女覆奪之。[一] 此宜無罪，女反收之。彼宜有罪，女覆說之。[二] 哲夫成城，哲婦傾城。[三]

[一]《箋》云：此言王削黜諸侯及卿大夫無罪者。覆，猶反也。

〔一〕 此目王所下大惡 “目”，底本誤作“自”，阮刻本同，據足利本、五山本、相臺本、殿本及阮元《校勘記》改。

［二］收，拘收也。説，赦也。

［三］哲，知也。

《箋》云：哲，謂多謀慮也。城，猶國也。丈夫，陽也。陽動，故多謀慮則成國。婦人，陰也。陰静，故多謀慮乃亂國。

懿厥哲婦，爲梟爲鴟。[一] 婦有長舌，維厲之階。亂匪降自天，生自婦人。匪教匪誨，時維婦寺。[二]

［一］《箋》云：懿，有所痛傷之聲也。厥，其也，其幽王也。梟、鴟，惡聲之鳥，喻褒姒之言無善。

［二］寺，近也。

《箋》云：長舌，喻多言語。是王降大厲之階。階，所由上下也。今王之有此亂政，非從天而下，但從婦人出耳。又非有人教王爲亂，語王爲惡者，是維近愛婦人，用其言故也。

鞫人忮忒，譖始竟背。豈曰不極，伊胡爲慝？[一] 如賈三倍，君子是識。婦無公事，休其蠶織。[二]

［一］忮，害。忒，變也。

《箋》云：鞫，窮也。譖，不信也。竟，猶終也。胡，何。慝，惡也。婦人之長舌者，多謀慮，好窮屈人之語。忮害轉化，其言無常，始於不信，終於背違。人豈謂其是不得中乎，反云維我言何用爲惡不信也？

［二］休，息也。婦人無與外政，雖王后，猶以蠶織爲事〔一〕。古

〔一〕 猶以蠶織爲事　"織"，底本誤奪，據諸本補。

者，天子爲籍千畝，冕而朱紘，躬秉耒〔一〕；諸侯爲籍百畝，冕而青紘，躬秉耒：以事天地、山川、社稷、先古，敬之至也。天子、諸侯必有公桑蠶室，近川而爲之，築宮，仞有三尺〔二〕，棘牆而外閉之。及大昕之朝，君皮弁、素積，卜三官之夫人、世婦之吉者〔三〕，使入蠶于蠶室，奉種浴于川，桑于公桑，風戾以食之。歲既單矣，世婦卒蠶，奉繭以示于君，遂獻繭于夫人。夫人曰："此所以爲君服與？"遂副褘而受之，少牢以禮之。及良日，后、夫人繅三盆手，遂布于三宮夫人、世婦之吉者，使繅，遂朱綠之，玄黃之，以爲黼黻文章。服既成矣，君服之，以祀先王、先公，敬之至也。

《箋》云：識，知也。買物而有三倍之利者，小人所宜知也。君子反知之，非其宜也。今婦人休其蠶桑織絍之職，而與朝廷之事，其爲非宜，亦猶是也。孔子曰："君子喻於義，小人喻於利。"

天何以刺？何神不富？舍爾介狄，維予胥忌。〔一〕不弔不祥，威儀不類。人之云亡，邦國殄瘁。〔二〕

［一］刺，責。富，福。狄，遠。忌，怨也。

《箋》云：介，甲也。王之爲政，既無過惡，天何以責王見變異乎？神何以不福王而有災害也？王不念此而改修德，乃舍女被甲夷狄來侵犯中國者，反與我相怨。謂其疾怨群臣叛違也。

［二］類，善。殄，盡。瘁，病也。

《箋》云：弔，至也。王之爲政，德不至於天矣，不能致徵祥於神

〔一〕 躬秉耒 "耒"，底本誤作"表"，據諸本改。下"躬秉耒"同。
〔二〕 仞有三尺 "仞"，底本誤作"刃"，據諸本改。
〔三〕 卜三官之夫人世婦之吉者 "卜"，底本誤作"十"，據諸本改。

矣，威儀又不善於朝廷矣。賢人皆言奔亡，則天下邦國將盡困病。

天之降罔，維其優矣。人之云亡，心之憂矣。^[一]天之降罔，維其幾矣。人之云亡，心之悲矣。^[二]

[一] 優，渥也。

《箋》云：優，寬也。天下羅罔，以取有罪，亦甚寬。謂但以災異譴告之，不指加罰於其身，疾王爲惡之甚。賢者奔亡，則人心無不憂。

[二] 幾，危也。

《箋》云：幾，近也。言災異譴告，離人身近，愚者不能覺。

觱沸檻泉，維其深矣。心之憂矣，寧自今矣。不自我先，不自我後。^[一]藐藐昊天，無不克鞏。^[二]無忝皇祖，式救爾後。^[三]

[一]《箋》云：檻泉，正出，涌出也。觱沸，其貌。涌泉之源，所由者深，喻己憂所從來久也。惡政不先己，不後己，怪何故正當之。

[二] 藐藐，大貌。鞏，固也。

《箋》云：藐藐，美也。王者有美德藐藐然，無不能自堅固於其位者。微箴之也。

[三]《箋》云：式，用也。後，謂子孫也。

《瞻卬》七章，三章章十句，四章章八句。

召　旻

《召旻》，凡伯刺幽王大壞也。旻，閔也，閔天下無如召公之臣也。[一]

[一] 閔，病也。

旻天疾威，天篤降喪。瘨我饑饉，民卒流亡。[一] 我居圉卒荒。[二]

[一]《箋》云：天，斥王也。疾，猶急也。瘨，病也。病乎幽王之爲政也，急行暴虐之法，厚下喪亂之教，謂重賦稅也。病國中以飢饉，令民盡流移。

[二] 圉，垂也。

《箋》云：荒，虛也。國中至邊境，以此故盡空虛。

天降罪罟，蟊賊內訌。[一] 昏椓靡共，潰潰回遹，實靖夷我邦。[二]

[一] 訌，潰也。

《箋》云：訌，爭訟相陷入之言也。王施刑罪以羅罔天下，衆爲殘酷之人，雖外以害人，又自內爭相譖惡。

[二] 椓，天椓也。潰潰，亂也。靖，謀。夷，平也。

《箋》云：昏、椓，皆奄人也。昏，其官名也。椓，椓毀陰者也。王遠賢者，而近任刑奄之人，無肯共其職事者，皆潰潰然維邪是行，皆謀夷滅王之國。

皋皋訿訿，曾不知其玷。[一]兢兢業業，孔填不寧，我位孔貶。[二]

[一] 皋皋，頑不知道也。訿訿，窳不供事也。

《箋》云：玷，缺也。王政已大壞，小人在位，曾不知大道之缺。

[二] 貶，隊也。

《箋》云：兢兢，戒也。業業，危也。天下之人戒懼危怖，甚久矣其不安也，我王之位又甚隊矣。言見侵侮，政教不行，後犬戎伐之〔一〕，而周與諸侯無異也。

如彼歲旱，草不潰茂〔二〕，如彼棲苴。[一]我相此邦，無不潰止。[二]

[一] 潰，遂也。苴，水中浮草也。

《箋》云："潰茂"之"潰"，當作"彙"；彙，茂皃。王無恩惠於天下，天下之人如旱歲之草，皆枯槁無潤澤，如樹上之棲苴。

[二]《箋》云：潰，亂也。無不亂者，言皆亂也。《春秋傳》曰："國亂曰潰，邑亂曰叛。"

維昔之富，不如時。[一]維今之疚，不如茲。[二]彼疏斯粺，

〔一〕 後犬戎伐之 "犬"，底本誤作 "大"，據諸本改。
〔二〕 草不潰茂 "草"，底本誤作 "莫"，據諸本改。

胡不自替？職兄斯引。[三]

[一] 往者富仁賢，今也富讒佞。

《箋》云：富，福也。時，今時也。

[二] 今則病賢也。

《箋》云：茲，此也；此者，此古昔明王。

[三] 彼宜食疏[一]，今反食精粺。替，廢。況，茲也。引，長也。

《箋》云：疏，麤也，謂糲米也。職，主也。彼賢者祿薄食麤，而此昏椓之黨，反食精粺。女小人耳，何不自廢退，使賢者得進，乃茲復主長此爲亂之事乎？責之也。米之率，糲十，粺九，鑿八，侍御七。

池之竭矣，不云自頻？[一] 泉之竭矣，不云自中？[二] 溥斯害矣，職兄斯弘，不烖我躬？[三]

[一] 頻，厓也。

《箋》云：頻，當作"濱"。厓，猶外也。自，由也。池水之益，由外灌焉。今池竭，人不言由外無益者與？言由之也。喻王猶池也，政之亂，由外無賢臣益之。

[二] 泉，水從中以益者也。

《箋》云：泉者，中水生則益深，水不生則竭。喻王猶泉也，政之亂，又由內無賢妃益之。

[三] 《箋》云：溥，猶徧也。今時徧有此內外之害矣，乃茲復主大此爲亂之事，是不烖王之身乎？責王也。烖，謂見誅伐。

〔一〕 彼宜食疏 "宜"，底本誤作"且"，據諸本改。

昔先王受命，有如召公，日辟國百里。今也日蹙國百里。[一]於乎哀哉！維今之人，不尚有舊。[二]

[一] 辟，開。蹙，促也。

《箋》云：先王受命，謂文王、武王時也。召公，召康公也。言"有如"者，時賢臣多，非獨召公也。今，今幽王臣。

[二]《箋》云：哀哉，哀其不高尚賢者，尊任有舊德之臣，將以喪亡其國。

《召旻》七章，四章章五句，三章章七句。

《蕩之什》十一篇，九十二章，七百六十九句。

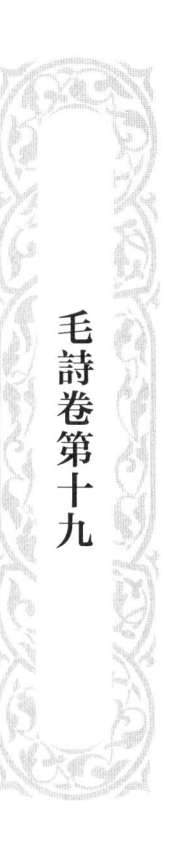

毛詩卷第十九

毛詩卷第十九

清廟之什詁訓傳第二十六

毛詩周頌　　　　　鄭氏箋

清　廟

《清廟》，祀文王也。周公既成洛邑，朝諸侯，率以祀文王焉。〔一〕

[一] 清廟者，祭有清明之德者之宮也〔一〕，謂祭文王也。天德清明，文王象焉，故祭之而歌此詩也。廟之言貌也。死者精神不可得而見，但以生時之居〔二〕，立宮室象貌爲之耳。成洛邑，居攝五年時。

於穆清廟，肅雝顯相。〔一〕濟濟多士，秉文之德，對越在天。〔二〕駿奔走在廟，不顯不承，無射於人斯。〔三〕

[一] 於，歎辭也。穆，美。肅，敬。雝，和。相，助也。
《箋》云：顯，光也，見也。於乎美哉，周公之祭清廟也，其禮儀

〔一〕 祭有清明之德者之宮也　次"之"，底本誤奪，據諸本補。
〔二〕 但以生時之居　"但"，底本誤作"佀"，據諸本改。

敬且和，又諸侯有光明著見之德者來助祭。

［二］執文德之人也。

《箋》云：對，配。越，於也。濟濟之衆士，皆執行文王之德。文王精神已在天矣，猶配順其素，如生存。

［三］駿，長也。顯於天矣，見承於人矣，不見厭於人矣。

《箋》云：駿，大也。諸侯與衆士，於周公祭文王，俱奔走而來在廟中助祭。是不光明文王之德與？言其光明之也。是不承順文王志意與？言其承順之也。此文王之德，人無厭之。

《清廟》一章，八句。

維天之命

《維天之命》,太平告文王也。[一]

[一] 告太平者,居攝五年之末也〔一〕。文王受命不卒而崩,今天下太平,故承其意而告之,明六年制禮作樂。

維天之命,於穆不已。[一] 於乎不顯,文王之德之純。假以溢我,我其收之,駿惠我文王。[二] 曾孫篤之。[三]

[一] 孟仲子曰:大哉,天命之無極,而美周之禮也。
《箋》云:命,猶道也。天之道於乎美哉,動而不止,行而不已。
[二] 純,大。假,嘉。溢,慎。收,聚也。
《箋》云:純,亦不已也。溢,盈溢之言也。於乎不光明與?文王之施德教之無倦已,美其與天同功也。以嘉美之道饒衍與我,我其聚斂之,以制法度,以大順我文王之意。謂爲《周禮》六官之職也。《書》曰:"考朕昭子刑,乃單文祖德。"
[三] 成王能厚行之也。
《箋》云:曾,猶重也。自孫之子而下,事先祖,皆稱曾孫。是言"曾孫",欲使後王皆厚行之,非維今也。

《維天之命》一章,八句。

〔一〕 居攝五年之末也 "末",底本誤作"未",據諸本改。

維　　清

《維清》，奏象舞也。[一]

[一] 象舞，象用兵時刺伐之舞，武王制焉。

維清緝熙，文王之典。[一]肇禋。[二]迄用有成，維周之禎。[三]

[一] 典，法也。

《箋》云：緝熙，光明也。天下之所以無敗亂之政而清明者，乃文王有征伐之法故也。文王受命，七年五伐也。

[二] 肇，始。禋，祀也。

《箋》云：文王受命，始祭天而征伐也。《周禮》："以禋祀祀昊天上帝。"

[三] 迄，至。禎，祥也。

《箋》云：文王造此征伐之法，至今用之，而有成功。謂伐紂克勝也[一]。征伐之法，乃周家得天下之吉祥[二]。

《維清》一章，五句。

〔一〕 謂伐紂克勝也　"伐"，底本誤作"代"，據諸本改。
〔二〕 乃周家得天下之吉祥　"吉"，底本誤奪，據諸本補。

烈　文

《烈文》，成王即政，諸侯助祭也。[一]

[一] 新王即政，必以朝享之禮祭於祖考，告嗣位也。

烈文辟公，錫茲祉福。惠我無疆，子孫保之。[一] 無封靡于爾邦，維王其崇之。念茲戎功，繼序其皇之。[二] 無競維人，四方其訓之。不顯維德，百辟其刑之。於乎前王不忘！[三]

[一] 烈，光也。文王錫之。
《箋》云：惠，愛也。光文百辟卿士及天下諸侯者[一]，天錫之以此祉福也，又長愛之無有期竟，子孫得傳世，安而居之。謂文王、武王以純德受命，定天位。
[二] 封，大也。靡，累也。崇，立也。戎，大。皇，美也。
《箋》云：崇，厚也。皇，君也。無大累於女國，謂侯治國，無罪惡也。王其厚之，增其爵土也[二]。念此大功，勤事不廢，謂卿大夫能守其職，得繼世在位。以其次序其君之者，謂有大功，王則出而封之。
[三] 競，彊。訓，道也。前王，武王也。

〔一〕 光文百辟卿士及天下諸侯者　"者"，底本誤作"百"，據諸本改。
〔二〕 增其爵土也　"土"，底本誤作"士"，五山本同，據足利本、相臺本、殿本、阮刻本改。

《箋》云：無疆乎維得賢人也，得賢人，則國家疆矣。故天下諸侯順其所爲也。不勤明其德乎[一]？勤明之也。故卿大夫法其所爲也。於乎先王文王、武王[二]，其於此道，人稱頌之不忘。

《烈文》一章，十三句。

[一] 不勤明其德乎 "乎"，底本誤作"守"，據諸本改。
[二] 於乎先王文王武王 上"王"字，底本誤作"生"，據諸本改。

天 作

《天作》,祀先王、先公也。[一]

[一]先王,謂大王已下。先公,諸盩至不窋。

天作高山,大王荒之。[一]彼作矣,文王康之。彼徂矣,岐有夷之行。[二]子孫保之。

[一]作,生。荒,大也。天生萬物於高山,大王行道,能安天之所作也。

《箋》云:高山,謂岐山也。《書》曰:"道岍及岐,至于荆山。"天生此高山,使興雲雨,以利萬物。大王自豳遷焉,則能尊大之,廣其德澤,居之一年成邑,二年成都,三年五倍其初。

[二]夷,易也。

《箋》云:彼,彼萬民也。徂,往。行,道也。彼萬民居岐邦者,皆築作宮室,以爲常居,文王則能安之。後之往者,又以岐邦之君有佼易之道故也。《易》曰:"乾以易知,坤以簡能。易則易知,簡則易從。易知則有親,易從則有功。有親則可久,有功則可大。可久則賢人之德,可大則賢人之業。"以此訂大王、文王之道,卓爾與天地合其德。

《天作》一章,七句。

昊天有成命

《昊天有成命》，郊祀天地也。

昊天有成命，二后受之。成王不敢康，夙夜基命宥密。^[一]於緝熙，單厥心，肆其靖之。^[二]

[一]二后，文、武也。基，始。命，信。宥，寬。密，寧也。

《箋》云：昊天，天大號也。"有成命"者，言周自后稷之生，而已有王命也。文王、武王受其業，施行道德，成此王功，不敢自安逸，早夜始順天命，不敢解倦，行寬仁安靜之政，以定天下。寬仁所以止苛刻也，安靜所以息暴亂也。

[二]緝，明。熙，廣。單，厚。肆，固。靖，和也。

《箋》云：廣，當爲"光"；固，當爲"故"：字之誤也。於美乎，此成王之德也，既光明矣，又能厚其心矣。爲之不解倦，故於其功，終能安和之。謂夙夜自勤，至於天下太平。

《昊天有成命》一章，七句。

我　　將

《我將》，祀文王於明堂也。

我將我享，維羊維牛，維天其右之。^[一]儀式刑文王之典，日靖四方。伊嘏文王，既右饗之。^[二]我其夙夜，畏天之威，于時保之。^[三]

[一] 將，大。享，獻也。

《箋》云：將，猶奉也。我奉養我享祭之羊牛〔一〕，皆充盛肥腯，有天氣之力助。言神饗其德，而右助之。

[二] 儀，善。刑，法。典，常。靖，謀也。

《箋》云：靖，治也。受福曰嘏。我儀則式象法行文王之常道，以日施政于天下，維受福於文王，文王既右而饗之。言受而福之。

[三]《箋》云：于，於。時，是也。早夜敬天，於是得安文王之道。

《我將》一章，十句。

〔一〕 我奉養我享祭之羊牛　"羊牛"，底本誤倒，據諸本乙正。

時　邁

《時邁》，巡守告祭柴望也。[一]

[一] "巡守告祭"者，天子巡行邦國，至于方嶽之下，而封禪也。《書》曰："歲二月，東巡守，至于岱宗，柴望秩于山川，徧于群神。"

時邁其邦，昊天其子之，實右序有周。薄言震之，莫不震疊。懷柔百神，及河喬嶽。允王維后。[一]明昭有周，式序在位。[二]載戢干戈，載櫜弓矢。[三]我求懿德，肆于時夏。[四]允王保之。[五]

[一] 邁，行。震，動。疊，懼。懷，來。柔，安。喬，高也。高嶽，岱宗也。

《箋》云：薄，猶甫也；甫，始也。允，信也。武王既定天下，時出行其邦國，謂巡守也。天其子愛之，右助次序其事。謂多生賢知，使爲之臣也。其兵所征伐，甫動之以威，則莫不動懼而服者。言其威武，又見畏也。王行巡守，其至方岳之下，來安群神，望于山川，皆以尊卑祭之。信哉，武王之宜爲君。美之也。

[二] 明矣知未然也。昭然不疑也。

《箋》云：昭，見也。王巡守而明見天之子有周家也[一]。以其有俊

〔一〕 王巡守而明見天之子有周家也　"王"，底本誤作"至"，據諸本改。

乂，用次第處位。言此者，著天其子愛之，右序之效也。

［三］戩，聚。糵，韜也。

《箋》云：載之言則也。王巡守而天下咸服，兵不復用。此又著震疊之效也。

［四］夏，大也。

《箋》云：懿，美。肆，陳也。我武王求有美德之士，而任用之，故陳其功，於是夏而歌之。樂歌大者稱夏。

［五］《箋》云：允，信也。信哉，武王之德，能長保此時夏之美。

《時邁》一章，十五句。

執　競

《執競》，祀武王也。

執競武王，無競維烈。不顯成康，上帝是皇。[一]自彼成康，奄有四方，斤斤其明。[二]鍾鼓喤喤，磬筦將將〔一〕，降福穰穰。降福簡簡，威儀反反。既醉既飽，福祿來反。[三]

[一] 無競，競也。烈，業也。不顯乎，其成大功而安之也。顯，光也。皇，美也。

《箋》云：競，彊也。能持彊道者，維有武王耳。不彊乎，其克商之功業。言其彊也。不顯乎，其成安祖考之道。言其又顯也。天以是故美之，予之福祿。

[二] 自彼成康，用彼成安之道也。奄，同也。斤斤，明察也。

《箋》云：四方，謂天下也。武王用成安祖考之道，故受命伐紂，定天下，爲周明察之君，斤斤如也。

[三] 喤喤，和也。將將，集也。穰穰，衆也。簡簡，大也。反反，難也。反，復也。

《箋》云：反反，順習之貌。武王既定天下，祭祖考之廟，奏樂而八音克諧。神與之福又衆大，謂如嘏辭也。君臣醉飽，禮無違者，以重得福祿也。

《執競》一章，十四句。

〔一〕 磬筦將將　"筦"，底本誤作"管"，據諸本改。

思　文

《思文》,后稷配天也。

思文后稷,克配彼天。立我烝民,莫匪爾極。[一]貽我來牟,帝命率育。無此疆爾界,陳常于時夏。[二]

[一] 極,中也。

《箋》云:克,能也。立,當作"粒"。烝,衆也。周公思先祖有文德者,后稷之功能配天〔一〕。昔堯遭洪水,黎民阻飢,后稷播殖百穀,烝民乃粒,萬邦作乂〔二〕。天下之人,無不於女時得其中者。言反其性。

[二] 牟,麥。率,用也。

《箋》云:貽,遺。率,循。育,養也。武王渡孟津,白魚躍入王舟,出涘以燎。後五日,火流爲烏,五至,以穀俱來。此謂"遺我來牟"。天命以是循存后稷養天下之功,而廣大其子孫之國,無此封竟於女今之經界,乃大有天下也。用是故陳其久常之功,於是夏而歌之。夏之屬有九。《書説》烏以穀俱來,云穀紀后稷之德。

《思文》一章,八句。

《清廟之什》十篇,十章,九十五句。

〔一〕 后稷之功能配天 "天",底本誤作"矢",據諸本改。
〔二〕 萬邦作乂 "邦",底本誤作"國",五山本同,據足利本、相臺本、殿本、阮刻本改。

臣工之什詁訓傳第二十七

毛詩周頌　　　　　　　　鄭氏　箋

臣　工

《臣工》，諸侯助祭，遣於廟也。

嗟嗟臣工，敬爾在公。王釐爾成，來咨來茹。[一] 嗟嗟保介，維莫之春。亦又何求？如何新畬？[二] 於皇來牟，將受厥明。明昭上帝，迄用康年。[三] 命我衆人，庤乃錢鎛，奄觀銍艾。[四]

[一] 嗟嗟，勑之也。工，官也。公，君也。

《箋》云：臣，謂諸侯也。釐，理。咨，謀。茹，度也。諸侯來朝天子，有不純臣之義，於其將歸，故於廟中正君臣之禮，勑其諸官卿大夫云：敬女在君之事，王乃平理女之成功，女有事，當來謀之、來度之，於王之朝，無自專。

[二] 田二歲曰新，三歲曰畬。

《箋》云：保介，車右也。《月令》："孟春，天子親載耒耜，措之于參保介之御間。"莫，晚也。周之季春，於夏爲孟春。諸侯朝周之春，故晚春遣之。勑其車右以時事，女歸，當何求於民？將如新田、畬田何？急其教農趨時也。介，甲也。車右，勇力之士，被甲執兵也。

[三] 康，樂也。

《箋》云：將，大。迄，至也。於美乎，赤烏以年麥俱來，故我周家大受其光明，謂爲珍瑞，天下所休慶也。此瑞乃明見於天，至今用之，有樂歲，五穀豐熟。

[四] 庤，具。錢，銚。鎛，鎒。銍，穫也。

《箋》云：奄，久。觀，多也。教我庶民，具女田器，終久必多銍艾。勸之也。

《臣工》一章，十五句。

噫嘻

《噫嘻》，春夏祈穀于上帝也。[一]

[一] 祈，猶禱也、求也。《月令》，孟春"祈穀于上帝"，夏則"龍見而雩"，是與？

噫嘻成王，既昭假爾。率時農夫，播厥百穀。[一]駿發爾私，終三十里。亦服爾耕，十千維耦。[二]

[一] 噫，歎也。嘻，勑也。成王，成是王事也。

《箋》云：噫嘻，有所多大之聲也。假，至也。播，猶種也。噫嘻乎，能成周王之功，其德已著至矣。謂"光被四表，格于上下"也[一]。又能率是主田之吏農夫[二]，使民耕田，而種百穀也。

[二] 私[三]，民田也。言上欲富其民而讓於下[四]，欲民之大發其私田爾。終三十里，言各極其望也。

《箋》云：駿，疾也。發，伐也。亦，大。服，事也。使民疾耕發其私田，竟三十里者，一部一吏主之，於是民大事耕其私田，萬耦同時舉也。《周禮》曰："凡治野田，夫間有遂，遂上有徑。十夫有溝，溝上有畛。百夫有洫，洫上有塗。千

〔一〕 謂光被四表格于上下也 "于"，底本誤作"干"，據諸本改。
〔二〕 又能率是主田之吏農夫 "之吏"，底本誤作"求之"，據諸本改。
〔三〕 私 "私"，底本誤作"秘"，據諸本改。
〔四〕 言上欲富其民而讓於下 "於"，底本誤作"其"，據諸本改。

夫有澮，澮上有道。萬夫有川，川上有路。"計此萬夫之地，方三十三里少半里也。耜，廣五寸。二耜爲耦。一川之間萬夫，故有萬耦耕。言"三十里"者，舉其成數。

《噫嘻》一章，八句。

振　　鷺

《振鷺》，二王之後來助祭也。[一]

[一]二王，夏、殷也。其後，杞也、宋也。

振鷺于飛，于彼西雝。我客戾止，亦有斯容。[一]在彼無惡，在此無斁[一]。庶幾夙夜，以永終譽。[二]

[一]興也。振振，群飛貌。鷺，白鳥也。雝，澤也。客，二王之後[二]。

《箋》云：白鳥集于西雝之澤，言所集得其處也。興者，喻杞、宋之君有絜白之德，來助祭於周之廟，得禮之宜也。其至止亦有此容，言威儀之善如鷺然。

[二]《箋》云：在彼，謂居其國，無怨惡之者。在此，謂其來朝，人皆愛敬之，無厭之者。永，長也。譽，聲美也。

《振鷺》一章，八句。

〔一〕 在此無斁　"此"，底本誤作"北"，據諸本改。
〔二〕 二王之後　"二"，底本誤作"三"，據諸本改。

豐　　年

《豐年》，秋冬報也。[一]

[一]報者，謂嘗也、烝也。

豐年多黍多稌，亦有高廩，萬億及秭。[一]爲酒爲醴，烝畀祖妣，以洽百禮。降福孔皆！[二]

> [一]豐，大。稌，稻也。廩，所以藏齍盛之穗也。數萬至萬曰億，數億至億曰秭。
> 《箋》云：豐年，大有年也。亦，大也。萬億及秭，以言穀數多。
> [二]皆，徧也。
> 《箋》云：烝，進。畀，予也。

《豐年》一章，七句。

有 瞽

《有瞽》，始作樂而合乎祖也。[一]

[一] 王者治定制禮，功成作樂。合者，大合諸樂而奏之。

有瞽有瞽，在周之庭。設業設虡，崇牙樹羽。應田縣鼓，鞉磬柷圉。[一] 既備乃奏，簫管備舉。喤喤厥聲，肅雝和鳴，先祖是聽。[二] 我客戾止，永觀厥成。[三]

[一] 瞽，樂官也。業，大板也，所以飾栒爲縣也。捷業如鋸齒，以白畫之[一]。植者爲虡，衡者爲栒。崇牙，上飾，卷然可以縣也。樹羽，置羽也。應，小鞞也。田，大鼓也。縣鼓，周鼓也。鞉，鞉鼓也。柷，木椌也。圉，楬也。

《箋》云：瞽，矇也。以爲樂官者，目無所見，於音聲審也。《周禮》：「上瞽四十人，中瞽百人，下瞽百六十人。」有視瞭者相之。又設縣鼓。田，當作「朄」。朄，小鼓，在大鼓傍，應鞞之屬也。聲轉字誤，變而作「田」。

[二]《箋》云：既備者，縣也，朄也，皆畢已也。乃奏，謂樂作也。簫，編小竹管[二]，如今賣餳者所吹也。管如篴，併而吹之。

[三]《箋》云：我客，二王之後也。長多其成功[三]，謂深感於和樂，

〔一〕 以白畫之 "以白"，底本誤作"或曰"，諸本同，據阮元《校勘記》改。
〔二〕 編小竹管 "小"，底本誤奪，據諸本補。
〔三〕 長多其成功 "其"，底本誤作"而"，據諸本改。

遂入善道，終無愆過。

《有瞽》一章，十三句。

潛

《潛》,季冬薦魚,春獻鮪也。[一]

[一] 冬,魚之性定。春,鮪新來。薦、獻之者,謂於宗廟也。

猗與漆沮!潛有多魚:有鱣有鮪,鰷鱨鰋鯉。[一]以享以祀,以介景福。[二]

[一] 漆、沮,岐周之二水也。潛,糝也。
《箋》云:猗與,歎美之言也。鱣,大鯉也。鮪,鮥也。鰷,白鰷也。鰋,鮎也。
[二]《箋》云:介,助。景,大也。

《潛》一章,六句。

雝

《雝》，禘大祖也。[一]

[一] 禘，大祭也。大於四時，而小於祫。大祖，謂文王。

有來雝雝，至止肅肅。相維辟公，天子穆穆。於薦廣牡，相予肆祀。[一]假哉皇考，綏予孝子。宣哲維人，文武維后。[二]燕及皇天，克昌厥後。綏我眉壽，介以繁祉。[三]既右烈考，亦右文母。[四]

[一] 相，助。廣，大也。

《箋》云：雝雝，和也。肅肅，敬也。有是來時雝雝然，既至止而肅肅然者，乃助王禘祭百辟與諸侯也。天子是時則穆穆然，於進大牡之牲，百辟與諸侯又助我陳祭祀之饌。言得天下之歡心。

[二] 假，嘉也。

《箋》云：宣，徧也。嘉哉君考，斥文王也。文王之德，乃安我孝子，謂受命定其基業也[一]。又徧使天下之人有才知，以文德武功爲之君故。

[三] 燕，安也。

《箋》云：繁，多也。文王之德，安及皇天，謂降瑞應，無變異也。又能昌大其子孫，安助之以壽考與多福祿。

〔一〕 謂受命定其基業也 "其"，底本誤奪，據諸本補。

［四］烈考，武王也。文母，大姒也。

《箋》云：烈，光也。子孫所以得壽考與多福者〔一〕，乃以見右助於光明之考，與文德之母。歸美焉。

《雝》一章，十六句。

〔一〕 子孫所以得壽考與多福者　"壽考"，底本誤倒，諸本同，據阮元《校勘記》乙正。

載　　見

《載見》，諸侯始見乎武王廟也。

載見辟王，曰求厥章。龍旂陽陽，和鈴央央。鞗革有鶬，休有烈光。[一]率見昭考，以孝以享，以介眉壽。永言保之，思皇多祜。[二]烈文辟公，綏以多福，俾緝熙于純嘏。[三]

[一] 載，始也。龍旂陽陽，言有文章也。和在軾前，鈴在旂上。鞗革有鶬，言有法度也。

《箋》云：諸侯始見君王，謂見成王也。曰求其章者〔一〕，求車服禮儀之文章制度也。交龍爲旂。鞗革，轡首也〔二〕。鶬，金飾貌。休者，休然盛壯。

[二] 昭考，武王也。享，獻也。

《箋》云：言，我。皇，君也。諸侯既以朝禮見於成王，至祭時，伯又率之見於武王廟，使助祭也，以致孝子之事，以獻祭祀之禮，以助考壽之福。長我安行此道，思使成王之多福。

[三]《箋》云：俾，使。純，大也。祭有十倫之義，成王乃光文百辟與諸侯，安之以多福，使光明於大嘏之意。天子受福曰大嘏，辭有福祚之言。

《載見》一章，十四句。

〔一〕 曰求其章者　"其"，底本誤作 "厥"，據諸本改。
〔二〕 轡首也　"也"，底本誤作 "者"，據諸本改。

有 客

《有客》，微子來見祖廟也。[一]

[一] 成王既黜殷命，殺武庚，命微子代殷後。既受命，來朝而見也。

有客有客，亦白其馬。有萋有且，敦琢其旅。[一]有客宿宿，有客信信。言授之縶，以縶其馬。[二]薄言追之，左右綏之。[三]既有淫威，降福孔夷。[四]

[一] 殷尚白也。亦，亦周也。萋且，敬慎貌。

《箋》云：有客有客，重言之者，異之也。亦，亦武庚也。武庚爲二王後，乘殷之馬，乃叛而誅，不肖之甚也。今微子代之，亦乘殷之馬，獨賢而見尊異，故言"亦"，駮而美之。其來，威儀萋萋且且，盡心力於其事，又選擇衆臣卿大夫之賢者，與之朝王。言"敦琢"者〔一〕，以賢美之，故玉言之〔二〕。

[二] 一宿曰宿，再宿曰信。欲縶其馬而留之。

《箋》云：縶，絆也。周之君臣皆愛微子，其所館宿，可以去矣。而言絆其馬，意各殷勤。

[三]《箋》云：追，送也。於微子去，王始言餞送之。左右之臣又欲從而安樂之，厚之無已。

〔一〕 言敦琢者 "敦"，底本誤作"追"，據諸本改。
〔二〕 故玉言之 "玉"，底本誤作"王"，相臺本同，五山本誤作"以金玉"，據足利本、殿本、阮刻本改。

[四]淫，大。威，則。夷，易也。

《箋》云：既有大則，謂用殷正朔，行其禮樂，如天子也。神與之福，又甚易也。言動作而有度。

《有客》一章，十二句。

武

《武》，奏《大武》也。[一]

[一]《大武》，周公作樂所爲舞也。

於皇武王，無競維烈。允文文王，克開厥後。[一]嗣武受之，勝殷遏劉，耆定爾功。[二]

[一] 烈，業也。
《箋》云：皇，君也。於乎君哉，武王也，無疆乎其克商之功業。言其疆也。信有文德哉，文王也，能開其子孫之基緒。

[二] 武，迹。劉，殺。耆，致也。
《箋》云：遏，止。耆，老也。嗣子武王，受文王之業，舉兵伐殷而勝之，以止天下之暴虐而殺人者，年老乃定女之此功。言不汲汲於誅紂，須暇五年。

《武》一章，七句。

《臣工之什》十篇，十章，一百六句。

閔予小子之什詁訓傳第二十八

毛詩周頌　　　　　　鄭氏箋

閔予小子

《閔予小子》，嗣王朝於廟也。[一]

[一]嗣王者，謂成王也。除武王之喪，將始即政，朝於廟也。

閔予小子，遭家不造，嬛嬛在疚。[一]於乎皇考，永世克孝。念茲皇祖，陟降庭止。[二]維予小子，夙夜敬止。於乎皇王，繼序思不忘。[三]

[一]閔，病。造，爲。疚，病也。

《箋》云：閔，悼傷之言也。造，猶成也。可悼傷乎，我小子耳，遭武王崩，家道未成，嬛嬛然孤特在憂病之中。

[二]庭，直也。

《箋》云：茲，此也。陟降，上下也。於乎，我君考武王，長世能孝，謂能以孝行爲子孫法度，使長見行也。念此君祖文王，上以直道事天〔一〕，下以直道治民，言無私枉。

[三]序，緒也。

《箋》云：夙，早。敬，慎也。我小子早夜慎行祖考之道，言不敢

〔一〕 上以直道事天 "天"，底本誤作"大"，據諸本改。

解倦也。於乎君王，歎文王、武王也。我繼其緒，思其所行不忘也。

《閔予小子》一章，十一句。

訪　落

《訪落》，嗣王謀於廟也。[一]

[一]謀者，謀政事也。

訪予落止，率時昭考。於乎悠哉，朕未有艾。將予就之，繼猶判渙。[一]維予小子，未堪家多難。[二]紹庭上下，陟降厥家。休矣皇考，以保明其身。[三]

[一]訪，謀。落，始。時，是。率，循。悠，遠。猶，道。判，分。渙，散也。

《箋》云：昭，明。艾，數。猶，圖也。成王始即政，自以承聖父之業，懼不能遵其道德，故於廟中與群臣謀我始即政之事。群臣曰：當循是明德之考所施行。故答之以謙，曰：於乎遠哉！我於是未有數。言遠不可及也。女扶將我，就其典法而行之，繼續其業，圖我所失分散者收斂之。

[二]《箋》云：多，眾也。我小子耳，未任統理國家眾難成之事，心有任賢待年長大之志。難成之事，謂諸政有業未平者。

[三]《箋》云：紹，繼也。厥家，謂群臣也。繼文王陟降庭止之道，上下群臣之職以次序者。美矣，我君考武王，能以此道尊安其身，謂定天下，居天子之位。

《訪落》一章，十二句。

敬 之

《敬之》，群臣進戒嗣王也。

敬之敬之，天維顯思，命不易哉。無曰高高在上，陟降厥士，日監在茲。[一] 維予小子，不聰敬止。日就月將，學有緝熙于光明。佛時仔肩，示我顯德行。[二]

[一] 顯，見。士，事也。
《箋》云：顯，光。監，視也。群臣見王謀即政之事，故因時戒之曰：敬之哉，敬之哉！天乃光明，去惡與善，其命吉凶，不變易也。無謂天高又高在上，遠人而不畏也。天上下其事，謂轉運日月，施其所行。日日瞻視，近在此也。

[二] 小子，嗣王也。將，行也。光，廣也。佛，大也。仔肩，克也。
《箋》云：緝熙，光明也。佛，輔也。時，是也。仔肩，任也。群臣戒成王以"敬之敬之"〔一〕，故承之以謙云：我小子耳，不聰達於"敬之"之意。日就月行，言當習之以積漸也。且欲學於有光明之光者，謂賢中之賢也。輔佛是任，示道我以顯明之德行。是時自知未能成文、武之功，周公始有居攝之志。

《敬之》一章，十二句。

〔一〕 群臣戒成王以敬之敬之 "成"，底本誤作"戒"，據諸本改。

小 毖

《小毖》，嗣王求助也。[一]

[一] 毖，慎也。天下之事，當慎其小。小時而不慎，後爲禍大，故成王求忠臣早輔助己爲政，以救患難[一]。

予其懲而，毖後患。莫予荓蜂，自求辛螫。[一]肇允彼桃蟲，拚飛維鳥。[二]未堪家多難，予又集于蓼。[三]

[一] 毖，慎也。荓蜂，曳也。
《箋》云：懲，艾也。始者，管叔及其群弟流言於國，成王信之，而疑周公。至後三監叛而作亂，周公以王命舉兵誅之，歷年乃已，故今周公歸政，成王受之，而求賢臣以自輔助也。曰：我其創艾於往時矣，畏慎後復有禍難。群臣小人無敢我曳，謂爲譎詐訑欺，不可信也。女如是，徒自求辛苦毒螫之害耳。謂將有刑誅。

[二] 桃蟲，鷦也，鳥之始小終大者。
《箋》云：肇，始。允，信也。始者，信以彼管、蔡之屬，雖有流言之罪，如鷦鳥之小，不登誅之。後反叛而作亂[二]，猶鷦之翻飛爲大鳥也。鷦之所爲鳥，題肩也，或曰鴞，皆惡聲之鳥。

〔一〕 毖慎也……救患難　此三十六字底本誤奪，相臺本誤奪"而"，五山本"難"下誤衍"也"，據足利本、殿本、阮刻本補。
〔二〕 後反叛而作亂　"叛"，底本誤作"扳"，據諸本改。

［三］堪，任。予，我也。我又集于蓼，言辛苦也。

《箋》云：集，會也。未任統理我國家衆難成之事，謂使周公居攝時也。我又會於辛苦，遇三監及淮夷之難也。

《小毖》一章，八句。

載芟

《載芟》，春籍田而祈社稷也。[一]

[一] 籍田，甸師氏所掌，王載耒耜所耕之田。天子千畝，諸侯百畝。籍之言借也。借民力治之，故謂之籍田。

載芟載柞，其耕澤澤。千耦其耘，徂隰徂畛。侯主侯伯，侯亞侯旅，侯彊侯以〔一〕。[一]有嗿其饁，思媚其婦，有依其士。[二]有略其耜，俶載南畝。播厥百穀，實函斯活。[三]驛驛其達，有厭其傑。厭厭其苗，綿綿其麃。[四]載穫濟濟，有實其積，萬億及秭。[五]為酒為醴，烝畀祖妣，以洽百禮。[六]有飶其香，邦家之光。[七]有椒其馨，胡考之寧。[八]匪且有且，匪今斯今，振古如茲。[九]

[一] 除草曰芟，除木曰柞。畛，場也。主，家長也。伯，長子也。亞，仲叔也。旅，子弟也〔二〕。彊，彊力也。以，用也。《箋》云：載，始也。隰，謂新發田也〔三〕。畛，謂舊田有徑路者。彊，有餘力者。《周禮》曰："以彊予任民。"以，謂閒民，今時傭賃也。《春秋》之義，能東西之曰以。成王之時，萬民樂治田業，將耕，先始芟柞其草木，土氣烝達而和，耕之則澤澤然解散，於是耘除其根株。輩作者千耦，言趨時

〔一〕 侯彊侯以 "彊"，底本誤作"疆"，據諸本改。
〔二〕 子弟也 "也"，底本誤作"子"，據諸本改。
〔三〕 謂新發田也 "新"，底本誤作"所"，據諸本改。

也〔一〕。或往之熰，或往之畛。父子餘夫俱行，彊有餘力者相助，又取傭賃，務疾畢已當種也。

[二] 噴，眾貌。士，子弟也。

《箋》云：饁，饋饟也。依之言愛也。婦子來饋饟，其農人於田野，乃逆而媚愛之。言勸其事勞不自苦。

[三] 略，利也。

《箋》云：俶載，當作"熾菑"。播，猶種也。實，種子也。函，含也〔二〕。活，生也。農夫既耕除草木根株，乃更以利耜熾菑之而後種，其種皆成好含生氣。

[四] 達，射也。有厭其傑，言傑苗厭然特美也。麃，耘也。

《箋》云：達，出地也。傑，先長者。厭厭其苗，眾齊等也〔三〕。

[五] 濟濟，難也。

《箋》云：難者，穗眾難進也。有實，實成也。其積之乃萬億及秭，言得多也。

[六]《箋》云：烝，進。畀，予。洽，合也。進予祖妣，謂祭先祖先妣也〔四〕。以洽百禮，謂饗燕之屬。

[七] 苾，芬香也。

《箋》云：芬香之酒醴享燕賓客，則多得其歡心，於國家有榮譽。

[八] 椒，猶苾也。胡，壽也。考，成也。

《箋》云：寧，安也。以芬香之酒醴祭於祖妣，則多得其福右。

[九] 且，此也。振，自也。

《箋》云：匪，非也。振，亦古也。饗燕祭祀，心非云且而有

〔一〕 言趣時也 "趣"，底本誤作"赴"，據諸本改。
〔二〕 含也 "含"，底本誤作"舍"，據諸本改。
〔三〕 眾齊等也 "齊"，底本誤作"京"，據諸本改。
〔四〕 謂祭先祖先妣也 "祭"，底本誤奪，據諸本補。

閔予小子之什詁訓傳第二十八　載芟

且，謂將有嘉慶禎祥先來見也。心非云今而有此今，謂嘉慶之事，不聞而至也。言脩德行礼，莫不獲報，乃古古而如此〔一〕，所由來者久，非適今時。

《載芟》一章，三十一句。

―――――――――
〔一〕　乃古古而如此　"古古"，底本誤奪一"古"字，據諸本補。

良　耜

《良耜》，秋報社稷也。

畟畟良耜，俶載南畝。播厥百穀，實函斯活。[一]或來瞻女，載筐及筥，其饟伊黍。其笠伊糾，其鎛斯趙，以薅荼蓼。[二]荼蓼朽止，黍稷茂止。穫之挃挃，積之栗栗。其崇如墉，其比如櫛，以開百室。[三]百室盈止，婦子寧止。殺時犉牡，有捄其角。以似以續，續古之人。[四]

[一] 畟畟，猶測測也。

《箋》云：良，善也。農人測測以利善之耜，熾菑是南畝也。種此百穀，其種皆成，好含生氣。言得其時。

[二] 笠，所以禦暑雨也。趙，刺也。蓼，水草也。

《箋》云：瞻，視也。有來視女，謂婦子來饁者也。筐、筥，所以盛黍也。豐年之時，雖賤者猶食黍。饁者見戴糾然之笠，以田器刺地，薅去荼蓼之事。言閔其勤苦[一]。

[三] 挃挃，穫聲也。栗栗，眾多也。墉，城也。

《箋》云：百室，一族也。草穢既除而禾稼茂，禾稼茂而穀成孰，穀成孰而積聚多[二]。如城也[三]，如櫛也[四]，以言積之高大，且相比迫也。其已治之，則百家開戶納之。千耦其耘，輩作尚

〔一〕 言閔其勤苦　"苦"，底本誤作"若"，據諸本改。
〔二〕 穀成孰而積聚多　"而"下，底本誤衍"民"字，據諸本刪。
〔三〕 如城也　"城"，五山本、相臺本同，足利本、殿本、阮刻本作"墉"。
〔四〕 如櫛也　"櫛"，底本誤作"相"，據諸本改。

眾也。一族同時納穀，親親也。百室者，出必共洫間而耕，入必共族中而居，又有祭酺合醵之歡。

［四］黃牛黑脣曰犉。社稷之牛角尺。以似以續，嗣前歲，續往事也。

《箋》云：捄，角貌。五穀畢入，婦子則安，無行饁之事，於是殺牲，報祭社稷。嗣前歲者，復求有豐年也。續往事者，復以養人也。續古之人，求有良司穡也。

《良耜》一章，二十三句。

絲　衣

《絲衣》，繹、賓尸也。高子曰：＂靈星之尸也。＂[一]

[一] 繹，又祭也。天子、諸侯曰繹，以祭之明日；卿、大夫曰賓尸，與祭同日。周曰繹，商謂之肜。

絲衣其紑，載弁俅俅。自堂徂基，自羊徂牛，鼐鼎及鼒。[一]兕觥其觩，旨酒思柔。不吳不敖，胡考之休。[二]

[一] 絲衣，祭服也。紑，絜鮮貌。俅俅，恭順貌。基，門塾之基。自羊徂牛，言先小後大也。大鼎謂之鼐，小鼎謂之鼒。

《箋》云：載，猶戴也。弁，爵弁也。爵弁而祭於王，士服也。繹禮輕，使士升門堂，視壺濯及籩豆之屬，降往於基[一]，告濯具。又視牲，從羊之牛，反，告充。已，乃舉鼎羃告絜，礼之次也。鼎圜弁上謂之鼒。

[二] 吳，譁也。考，成也。

《箋》云：柔，安也。繹之旅士用兕觥，變於祭也。飲美酒者，皆思自安，不譁譁，不敖慢也。此得壽考之休徵。

《絲衣》一章，九句。

〔一〕降往於基　＂往＂，底本誤作＂在＂，據諸本改。

酌

《酌》,告成《大武》也。言能酌先祖之道,以養天下也。[一]

[一] 周公居攝六年,制禮作樂,歸政成王,乃後祭於廟而奏之。其始成,告之而已。

於鑠王師,遵養時晦。時純熙矣,是用大介。[一]我龍受之,蹻蹻王之造,載用有嗣。[二]實維爾公,允師。[三]

[一] 鑠,美。遵,率。養,取。晦,昧也。
《箋》云:純,大。熙,興。介,助也。於美乎,文王之用師,率殷之叛國以事紂。養是闇昧之君,以老其惡,是周道大興,而天下歸往矣,故有致死之士助之。
[二] 龍,和也。蹻蹻,武貌。造,爲也。
《箋》云:龍,寵也。來助我者,我寵而受用之。蹻蹻之士皆爭來造王,王則用之。有嗣,傳相致。
[三] 公,事也。
《箋》云:允,信也。王之事,所以舉兵克勝者,實維女之事,信得用師之道。

《酌》一章,九句。

桓

《桓》，講武類、禡也。桓，武志也。[一]

[一] 類也、禡也，皆師祭也。

綏萬邦，婁豐年。[一] 天命匪解，桓桓武王，保有厥士。于以四方，克定厥家。[二] 於昭于天，皇以間之。[三]

[一]《箋》云：綏，安也。婁，亟也。誅無道，安天下，則亟有豐熟之年，陰陽和也。

[二] 士，事也。

《箋》云：天命爲善不解倦者，以爲天子。我桓桓有威武之武王，則能安有天下之事。此言其當天意也。於是用武事於四方，能定其家先王之業，遂有天下。

[三] 間，代也。

《箋》云：于，曰也。皇，君也。於明乎，曰天也，紂爲天下之君，但由爲惡〔一〕，天以武王代之〔二〕。

《桓》一章，九句。

〔一〕但由爲惡 "但"，底本誤作"佃"，五山本同，據足利本、相臺本、殿本、阮刻本改。

〔二〕天以武王代之 "代"，底本誤作"伐"，五山本同，據足利本、相臺本、殿本、阮刻本改。

賚

《賚》,大封於廟也。賚,予也,言所以錫予善人也。[一]

[一]大封,武王伐紂時,封諸臣有功者。

文王既勤止,我應受之。敷時繹思,我徂維求定。[一]時周之命。於繹思![二]

[一]勤,勞。應,當。繹,陳也。

《箋》云:敷,猶徧也。文王既勞心於政事,以有天下之業,我當而受之。敷是文王之勞心,能陳繹而行之。今我往以此求定,謂安天下也。

[二]《箋》云:勞心者,是周之所以受天命,而王之所由也。於女諸臣受封者,陳繹而思行之,以文王之功業勑勸之。

《賚》一章,六句。

般

《般》，巡守而祀四嶽河海也。[一]

[一]般，樂也。

於皇時周，陟其高山。墮山喬嶽，允猶翕河。[一]敷天之下，裒時之對。時周之命。[二]

[一]高山，四嶽也。墮山，山之嶞嶞小者也。翕，合也。
《箋》云：皇，君。喬，高。猶，圖也。於乎美哉，君是周邦而巡守。其所至，則登其高山而祭之，望秩於山川。小山及高嶽，皆信按山川之圖而次序祭之。河言合者，河自大陸之北，敷爲九，祭者合爲一。

[二]裒，聚也。
《箋》云：裒，衆。對，配也。徧天之下，衆山川之神，皆如是配而祭之，是周之所以受天命而王也。

《般》一章，七句。

《閔予小子之什》十一篇，十一章，百三十七句。

毛詩卷第二十

毛詩卷第二十

駉詁訓傳第二十九

毛詩魯頌　　　　　鄭氏箋

駉

《駉》，頌僖公也。僖公能遵伯禽之法，儉以足用，寬以愛民，務農重穀，牧于坰野，魯人尊之。於是季孫行父請命于周，而史克作是頌。[一]

[一] 季孫行父，季文子也。史克，魯史也。

駉駉牡馬，在坰之野。[一] 薄言駉者，有驈有皇，有驪有黃，以車彭彭。[二] 思無疆，思馬斯臧。[三]

[一] 駉駉，良馬腹幹肥張也[一]。坰，遠野也。邑外曰郊，郊外曰野，野外曰林，林外曰坰。

《箋》云：必牧於坰野者，辟民居與良田也。《周礼》曰："以官田、牛田、賞田、牧田，任遠郊之地。"

[二] 牧之坰野，則駉駉然。驪馬白跨曰驈，黃白曰皇，純黑曰

〔一〕 良馬腹幹肥張也　"幹"，底本誤作"榦"，據諸本改。

驪,黄騜曰黄。諸侯六閑,馬四種,有良馬,有戎馬,有田馬,有駑馬。彭彭,有力有容也。

《箋》云:坰之牧地,水草既美,牧人又良。飲食得其時,則自肥健耳[一]。

[三]《箋》云:臧,善也。僖公之思遵伯禽之法,反覆思之,無有竟已,乃至於思馬斯善,多其所及廣博[二]。

駉駉牡馬,在坰之野。薄言駉者,有騅有駓,有騂有騏,以車伾伾。[一]思無期,思馬斯才。[二]

[一]蒼白雜毛曰騅[三],黄白雜毛曰駓,赤黄曰騂,蒼祺曰騏[四]。伾伾,有力也。

[二]才,多材也。

駉駉牡馬,在坰之野。薄言駉者,有驒有駱,有駵有雒,以車繹繹。[一]思無斁,思馬斯作。[二]

[一]青驪驎曰驒,白馬黑鬣曰駱,赤身黑鬣曰駵,黑身白鬣曰雒。繹繹,善走也。

[二]作,始也。

《箋》云:斁,厭也。思遵伯禽之法,無厭倦也。作,謂牧之,使

〔一〕則自肥健耳 "自",底本誤作"目",據諸本改。

〔二〕多其所及廣博 "博",底本誤作"傳",據諸本改。

〔三〕蒼白雜毛曰騅 "蒼",底本誤作"倉",五山本同,據足利本、相臺本、殿本、阮刻本改。

〔四〕蒼祺曰騏 "蒼",底本誤作"倉",據諸本改。

駉詁訓傳第二十九　駉

可乘駕也。

駉駉牡馬，在坰之野。薄言駉者，有駰有騢，有驔有魚，以車祛祛。[一]思無邪，思馬斯徂。[二]

[一]陰白雜毛曰駰，彤白雜毛曰騢，豪骭曰驔，二目白曰魚。祛祛，彊健也。

[二]《箋》云：徂，猶行也。思遵伯禽之法，專心無復邪意也。牧馬使可走行。

《駉》四章，章八句。

有 駜

《有駜》，頌僖公君臣之有道也。[一]

[一] 有道者，以礼義相與之謂也。

有駜有駜，駜彼乘黃。[一] 夙夜在公，在公明明。[二] 振振鷺，鷺于下。鼓咽咽，醉言舞。于胥樂兮！[三]

[一] 駜，馬肥彊貌。馬肥彊則能升高進遠，臣彊力則能安國。

《箋》云：此喻僖公之用臣，必先致其祿食。祿食足，而臣莫不盡其忠。

[二]《箋》云：夙，早也。言時臣憂念君事，早起夜寐，在於公之所。在於公之所，但明義明德也。《礼記》曰："大學之道，在明明德。"

[三] 振振，群飛貌。鷺，白鳥也，以興絜白之士。咽咽，鼓節也。

《箋》云：于，於。胥，皆也。僖公之時，君臣無事，則相與明義明德而已。絜白之士，群集於君之朝，君以礼樂與之飲酒，以鼓節之咽咽然，至於无筭爵，則又舞，燕樂以盡其歡。君臣於是則皆喜樂也。

有駜有駜，駜彼乘牡。夙夜在公，在公飲酒。[一] 振振鷺，鷺于飛。鼓咽咽，醉言歸。于胥樂兮！[二]

［一］言臣有餘敬，而君有餘惠。

［二］《箋》云：飛，喻群臣飲酒醉[一]，欲退也。

有駜有駜，駜彼乘駽。[一]夙夜在公，在公載燕。[二]自今以始，歲其有。君子有穀，詒孫子。于胥樂兮！[三]

［一］青驪曰駽。

［二］《箋》云：載之言則也。

［三］歲其有，豐年也。

《箋》云：穀，善。詒，遺也。君臣安樂，則陰陽和而有豐年。其善道則可以遺子孫也。

《有駜》三章，章九句。

────────
〔一〕 喻群臣飲酒醉　"飲酒"，底本誤奪，據諸本補。

泮　水

《泮水》，頌僖公能修泮宮也。

思樂泮水，薄采其芹。[一]魯侯戾止，言觀其旂。其旂茷茷，鸞聲噦噦。無小無大，從公于邁。[二]

[一] 泮水，泮宮之水也。天子辟廱，諸侯泮宮。言水則采取其芹，宮則采取其化〔一〕。

《箋》云：芹，水菜也。言己思樂僖公之修泮宮之水，復伯禽之法，而往觀之，采其芹也。辟廱者，築土廱水之外，圓如璧，四方來觀者均也〔二〕。泮之言半也。半水者，蓋東西門，以南通水，北无也。天子、諸侯宮異制，因形然。

[二] 戾，來。止，至也。言觀其旂，言法則其文章也。茷茷，言有法度也。噦噦，言有聲也。

《箋》云：于，往。邁，行也。我采泮水之芹，見僖公來至于泮宮，我則觀其旂茷茷然，鸞和之聲噦噦然。臣无尊卑，皆從君行而來，稱言此者，僖公賢君，人樂見之。

思樂泮水，薄采其藻。魯侯戾止，其馬蹻蹻。其馬蹻蹻，其音昭昭。[一]載色載笑，匪怒伊教。[二]

〔一〕 宮則采取其化　"化"，底本誤作"花"，據諸本改。
〔二〕 四方來觀者均也　"也"，底本誤作"之"，據諸本改。

［一］其馬蹻蹻，言強盛也。

《箋》云：其音昭昭，僖公之德音。

［二］色，溫潤也。

《箋》云：僖公之至泮宮，和顏色而笑語，非有所怒，於是有所教化也。

思樂泮水，薄采其茆。[一] 魯侯戾止，在泮飲酒。既飲旨酒，永錫難老。[二] 順彼長道，屈此群醜。[三]

［一］茆，鳧葵也。

［二］《箋》云："在泮飲酒"者，徵先生君子，与之行飲酒之礼，而因以謀事也。已飲美酒，而長賜其難使老。難使老者，最壽考也。長賜之者，如《王制》所云"八十月告存，九十日有秩"者与？

［三］屈，收。醜，眾也。

《箋》云：順，從。長，遠。屈，治。醜，惡也。是時淮夷叛逆，既謀之於泮宮，則從彼遠道往伐之，治此群爲惡之人。

穆穆魯侯，敬明其德。敬慎威儀，維民之則。允文允武，昭假烈祖。[一] 靡有不孝，自求伊祜。[二]

［一］假，至也。

《箋》云：則，法也。僖公之行，民之所法倣也。僖公信文矣，爲修泮宮也；信武矣，爲伐淮夷也。其聰明乃至於美祖之德，謂遵伯禽之法。

［二］《箋》云：祜，福也。國人无不法倣之者，皆庶幾力行，自

求福祿。

明明魯侯，克明其德。既作泮宮，淮夷攸服。[一]矯矯虎臣，在泮獻馘。淑問如皋陶，在泮獻囚。[二]

[一]《箋》云：克，能。攸，所也。言僖公能明其德，修泮宮而德化行，於是伐淮夷，所以能服也。

[二] 囚，拘也。

《箋》云：矯矯，武貌。馘，所格者之左耳。淑，善也。囚，所虜獲者。僖公既伐淮夷，而反在泮宮，使武臣獻馘，又使善聽獄之吏如皋陶者獻囚。言伐有功，所任得其人。

濟濟多士，克廣德心。桓桓于征，狄彼東南。[一]烝烝皇皇，不吳不揚。不告于訩，在泮獻功。[二]

[一] 桓桓，威武貌。

《箋》云：多士，謂虎臣及如皋陶之屬[一]。征，征伐也。狄，當作"剔"；剔，治也。東南，斥淮夷。

[二] 烝烝，厚也。皇皇，美也。揚，傷也。

《箋》云：烝烝，猶進進也。皇皇，當作"睢睢"；睢睢，猶往往也。吳，譁也。訩，訟也。言多士之於伐淮夷，皆勸之有進進往往之心，不謹譁，不大聲。僖公還在泮宮，又無以爭訟之事，告於治訟之官者，皆自獻其功。

〔一〕 謂虎臣及如皋陶之屬 "臣"，底本誤作"匡"，據諸本改。

角弓其觩，束矢其搜。戎車孔博，徒御無斁。既克淮夷，孔淑不逆。[一]式固爾猶，淮夷卒獲。[二]

[一] 觩，弛貌。五十矢爲束。搜，衆意也。
《箋》云：角弓觩然，言持弦急也。束矢搜然，言勁疾也。博，當作"傅"。甚傅致者，言安利也。徒行者、御車者，皆敬其事，又無厭倦也。僖公以此兵衆伐淮夷而勝之，其士卒甚順軍法而善，無有爲逆者。謂堙井、刊木之類。

[二]《箋》云：式，用。猶，謀也。用堅固女軍謀之故，故淮夷盡可獲服也。謀，謂度己之德，慮彼之罪，以出兵也。

翩彼飛鴞，集于泮林。食我桑黮，懷我好音。[一]憬彼淮夷，來獻其琛。元龜象齒，大賂南金。[二]

[一] 翩，飛貌。鴞，惡聲之鳥也。黮，桑實也。
《箋》云：懷，歸也。言鴞恒惡鳴，今來止於泮水之木上，食其桑黮，爲此之故，故改其鳴，歸就我以善音。喻人感於恩則化也。

[二] 憬，遠行貌。琛，寶也。元龜，尺二寸。賂，遺也。南，謂荆、揚也。
《箋》云：大，猶廣也。廣賂者，賂君及卿大夫也。荆、揚之州，貢金三品。

《泮水》八章，章八句。

閟　宮

《閟宮》，頌僖公能復周公之宇也。[一]

[一] 宇，居也。

閟宮有侐，實實枚枚。[一]赫赫姜嫄，其德不回，上帝是依。無災無害，彌月不遲。[二]是生后稷，降之百福。黍稷重穋，稙稚菽麥。奄有下國，俾民稼穡。[三]有稷有黍，有稻有秬。奄有下土，纘禹之緒。[四]

[一] 閟，閉也。先妣姜嫄之廟在周，常閉而無事。孟仲子曰："是禖宮也。"侐，清淨也。實實，廣大也。枚枚，礱密也。

《箋》云：閟，神也。姜嫄，神所依，故廟曰神宮。

[二] 上帝是依，依其子孫也。

《箋》云：依，依其身也。彌，終也。赫赫乎顯著姜嫄也，其德貞正不回邪，天用是馮依而降精氣。其任之又無災害，不坼不副，終人道十月而生子，不遲晚。

[三] 先種曰稙，後種曰稚。

《箋》云：奄，猶覆也。姜嫄用是而生子后稷，天神多予之福[一]，以五穀終覆蓋天下，使民知稼穡之道。言其不空生也[二]。后稷生而名棄，長大，堯登用之，使居稷官。民賴其功，後雖

〔一〕 天神多予之福　"予"，底本誤作"與"，諸本同，據阮元《校勘記》改。
〔二〕 言其不空生也　"其"，底本誤奪，據諸本補。

作司馬，天下猶以后稷稱焉。

[四] 緒，業也。

《箋》云：秬，黑黍也。緒，事也。堯時，洪水爲災，民不粒食。天神多予后稷以五穀〔一〕，禹平水土，乃教民播種之，於是天下大有，故云纘禹之事也。美之，故申說以明之。

后稷之孫，實維大王。居岐之陽，實始翦商。[一] 至于文武，纘大王之緒。致天之屆，于牧之野。無貳無虞，上帝臨女。[二] 敦商之旅，克咸厥功。[三]

[一] 翦，齊也。

《箋》云：翦，斷也。大王自豳徙居岐陽，四方之民咸歸往之。於時而有王迹，故云是始斷商。

[二] 虞，誤也。

《箋》云：屆，極。虞，度也。文王、武王繼大王之事，至受命致大平，天所以罰，極紂於商郊牧野。其時之民皆樂武王之如是，故戒之云：無有二心也，無復計度也〔二〕。天視護女，至則克勝。

[三]《箋》云：敦，治。旅，衆。咸，同也。武王克殷而治商之臣民，使得其所，能同其功於先祖也。后稷、大王、文王，亦周公之祖考也。伐紂，周公又與焉，故述之以美大魯。

王曰叔父，建爾元子，俾侯于魯。大啓爾宇，爲周室

〔一〕 天神多予后稷以五穀 "予"，底本誤作"與"，據諸本改。下鄭《箋》"多予之福"同。
〔二〕 無復計度也 "計"，底本誤作"討"，據諸本改。

輔。[一]乃命魯公，俾侯于東。錫之山川，土田附庸。[二]周公之孫，莊公之子。龍旂承祀，六轡耳耳。春秋匪解，享祀不忒。[三]皇皇后帝，皇祖后稷。享以騂犧，是饗是宜，降福既多。[四]周公皇祖，亦其福女。秋而載嘗，夏而楅衡。白牡騂剛，犧尊將將。毛炰胾羹，籩豆大房。萬舞洋洋，孝孫有慶。[五]俾爾熾而昌，俾爾壽而臧。保彼東方，魯邦是常。不虧不崩，不震不騰。三壽作朋，如岡如陵。[六]

[一] 王，成王也。元，首。宇，居也。

《箋》云：叔父，謂周公也。成王告周公曰：叔父，我立女首子，使爲君於魯。謂欲封伯禽也。封魯公，以爲周公後，故云大開女居，以爲我周家之輔。謂封以方七百里，欲其疆於衆國。

[二]《箋》云：東，東藩，魯國也。既告周公以封伯禽之意，乃策命伯禽，使爲君於東，加賜之以山川、土田及附庸，令專統之。《王制》曰：名山、大川不以封諸侯，附庸則不得專臣也。

[三] 周公之孫，莊公之子，謂僖公也。耳耳然，至盛也。

《箋》云：交龍爲旂。承祀，謂視祭事也。四馬，故六轡。春秋，猶言四時也。忒，變也。

[四] 騂，赤。犧，純也。

《箋》云：皇皇后帝，謂天也。成王以周公功大[一]，命魯郊祭天，亦配之以君祖后稷。其牲用赤牛純色，與天子同也。天亦饗之宜之，多予之福。

〔一〕 成王以周公功大 "功"，底本誤奪，據諸本補。

［五］諸侯夏禘則不礿，秋祫則不嘗，唯天子兼之。楅衡，設牛角以楅之也。白牡，周公牲也。騂剛，魯公牲也。犧尊，有沙飾也。毛炰，豚也。胾，肉也。羹，大羹、鉶羹也。大房，半體之俎也。洋洋，衆多也。

《箋》云：此皇祖，謂伯禽也。載，始也。秋將嘗祭，於夏則養牲。楅衡其牛角，爲其觸䟽人也。秋嘗而言始者，秋物新成，尚之也。大房，玉飾俎也。其制：足間有橫，下有柎〔一〕，似乎堂後有房然。萬舞，干舞也。

［六］震，動也。騰，乘也。壽，考也。

《箋》云：此皆慶孝孫之辭也。俾，使。臧，善。保，安。常，守也。虧、崩，皆謂毀壞也。震、騰，皆謂僭踰相侵犯也。三壽，三卿也。岡、陵，取堅固也。

公車千乘，朱英綠縢，二矛重弓。［一］公徒三萬，貝胄朱綅，烝徒增增。［二］戎狄是膺，荊舒是懲，則莫我敢承。［三］俾爾昌而熾，俾爾壽而富。黃髮台背，壽胥與試。［四］俾爾昌而大，俾爾耆而艾。萬有千歲，眉壽無有害。［五］

［一］大國之賦千乘。朱英，矛飾也。縢，繩也。重弓，重於弢中也。

《箋》云：二矛重弓，備折壞也。兵車之法，左人持弓，右人持矛，中人御。

［二］貝胄，貝飾也。朱綅，以朱綅綴之。增增，衆也。

《箋》云：萬二千五百人爲軍。大國三軍，合三萬七千五百人。言

〔一〕下有柎　"有"，底本誤作"五"，據諸本改。

"三萬"者，舉成數也。烝，進也。徒進行增增然。

[三] 膺，當。承，止也。

《箋》云：懲，艾也。僖公與齊桓舉義兵，北當戎與狄，南艾荆及羣舒，天下無敢禦也。

[四]《箋》云：此慶僖公勇於用兵，討有罪也。黃髮、台背，皆壽徵也。胥，相也。壽而相與試，謂講氣力，不衰倦。

[五]《箋》云：此又慶僖公勇於用兵[一]，討有罪也。中時魯微弱，爲鄰邦所侵削，今乃復其故，故喜而重慶之。俾爾，猶使女也。眉壽，秀眉，亦壽徵。

泰山巖巖，魯邦所詹。奄有龜蒙，遂荒大東。至于海邦，淮夷來同。莫不率從，魯侯之功。[一]

[一] 詹，至也。龜，山也。蒙，山也。荒，有也。

《箋》云：奄，覆。荒，奄也。大東，極東。海邦，近海之國也。來同，爲同盟也。率從，相率從於中國也。魯侯，謂僖公。

保有鳧繹，遂荒徐宅。至于海邦，淮夷蠻貊。及彼南夷，莫不率從。莫敢不諾，魯侯是若。[一]

[一] 鳧，山也。繹，山也。宅，居也。淮夷，蠻貊而夷行也。南夷，荆楚也。若，順也。

《箋》云：諾，應辭也。是若者，是僖公所謂順也。

───────────────
〔一〕 此又慶僖公勇於用兵 "又"，底本誤作"文"，據諸本改。

天錫公純嘏，眉壽保魯。居常與許，復周公之宇。[一] 魯侯燕喜，令妻壽母。宜大夫庶士，邦國是有。既多受祉，黃髮兒齒。[二]

[一] 常、許，魯南鄙、西鄙。

《箋》云：純，大也。受福曰嘏。許，許田也[一]，魯朝宿之邑也。常，或作"嘗"，在薛之旁。《春秋·魯莊公三十一年》："築臺于薛。"是與？周公有嘗邑，所由未聞也。六國時，齊有孟嘗君，食邑於薛。

[二] 《箋》云：燕，燕飲也。令，善也。僖公宴飲於內寢，則善其妻，壽其母，謂爲之祝慶也。與群臣燕，則欲與之相宜，亦祝慶也。是有，猶常有也。兒齒，亦壽徵。

徂來之松，新甫之柏。是斷是度，是尋是尺。[一] 松桷有舄，路寢孔碩。新廟奕奕，奚斯所作。[二] 孔曼且碩，萬民是若。[三]

[一] 徂來，山也。新甫，山也。八尺曰尋。

[二] 桷，榱也。舄，大貌。路寢，正寢也。新廟，閔公廟也。有大夫公子奚斯者，作是廟也。

《箋》云：孔，甚。碩，大也。奕奕，佼美也。修舊曰新。新者[二]，姜嫄廟也。僖公承衰亂之政[三]，修周公、伯禽之教，

〔一〕 許田也　"田"，底本誤作"由"，據諸本改。
〔二〕 新者　"新"上，底本有"所"字，五山本、相臺本同，據足利本、殿本、阮刻本及阮元《校勘記》改。
〔三〕 僖公承衰亂之政　"亂"，底本誤作"廢"，五山本、相臺本同，據足利本、殿本、阮刻本改。

故治正寢，上新姜嫄之廟。姜嫄之廟，廟之先也。奚斯作者，教護屬功課章程也。至文公之時，大室屋壞。

［三］曼，長也。

《箋》云：曼，修也，廣也。且，然也。國人謂之順也。

《閟宮》八章，二章章十七句，一章十二句，一章三十八句，二章章八句，二章章十句。

《駉》四篇，二十三章，二百四十三句。

那詁訓傳第三十

毛詩商頌　　　　　　　鄭氏箋

那

《那》，祀成湯也。微子至于戴公，其間禮樂廢壞，有正考甫者，得《商頌》十二篇於周之大師，以《那》爲首。[一]

> [一]"禮樂廢壞"者，君怠慢於爲政，不修祭祀、朝聘、養賢、待賓之事。有司忘其禮之儀制，樂師失其聲之曲折，由是散亡也。自正考甫至孔子之時〔一〕，又無七篇矣。正考甫，孔子之先也。其祖弗甫何，以有宋而授厲公。

猗與那與，置我鞉鼓。[一]奏鼓簡簡，衎我烈祖。湯孫奏假，綏我思成。[二]鞉鼓淵淵，嘒嘒管聲。既和且平，依我磬聲。[三]於赫湯孫，穆穆厥聲。庸鼓有斁，萬舞有奕。[四]我有嘉客，亦不夷懌。自古在昔，先民有作。溫恭朝夕，執事有恪。[五]顧予烝嘗，湯孫之將。[六]

> [一]猗，歎辭。那，多也。鞉鼓，樂之所成也。夏后氏足鼓，殷人置鼓，周人縣鼓。
> 《箋》云：置，讀曰植。植鞉鼓者，爲楹貫而樹之。美湯受命伐

〔一〕自正考甫至孔子之時　"甫"，底本誤作"父"，據諸本改。

桀，定天下，而作《濩樂》，故歎之，多其改夏之制，乃始植我殷家之樂靴與鼓也。靴雖不植，貫而搖之，亦植之類。

〔二〕衎，樂也。烈祖，湯有功烈之祖也。假，大也。

《箋》云：奏鼓，奏堂下之樂也。烈祖，湯也。湯孫，大甲也。假，升。綏，安也。以金奏堂下諸縣，其聲和大簡簡然，以樂我功烈之祖成湯。湯孫大甲又奏升堂之樂，弦歌之，乃安我心所思而成之，謂神明來格也。《禮記》曰：「齊之日，思其居處，思其笑語，思其志意，思其所樂，思其所嗜〔一〕。齊三日，乃見其所爲齊者。祭之日，入室，僾然必有見乎其位；周旋出戶，肅然必有聞乎其容聲；出戶而聽，愾然必有聞乎其歎息之聲。」此之謂思成。

〔三〕嘒嘒然，和也。平，正平也。依，倚也。磬，聲之清者也。以象萬物之成。周尚臭，殷尚聲。

《箋》云：磬，玉磬也。堂下諸縣與諸管聲皆和平，不相奪倫，又與玉磬之聲相依，亦謂和平也〔二〕。玉磬尊，故異言之。

〔四〕於赫湯孫，盛矣湯爲人子孫也。大鍾曰庸。斁斁然盛也。奕奕然閑也。

《箋》云：穆穆，美也。於盛矣湯孫，呼大甲也。此樂之美其聲，鍾鼓則斁斁然有次序，其干舞又閑習。

〔五〕夷，說也。先王稱之曰在古，古曰在昔，昔曰先民。有作，有所作也。恪，敬也。

《箋》云：嘉客，謂二王後，及諸侯來助祭者。我客之來助祭者，亦不說懌乎？言說懌也。乃大古而有此助祭之禮，非專於今

〔一〕思其所嗜 "嗜"，底本誤作"耆"，相臺本同，據足利本、五山本、殿本、阮刻本改。

〔二〕亦謂和平也 "謂"，底本誤作"渭"，據諸本改。

也。其禮儀溫溫然恭敬，執事薦饌，則又敬也。

[六]《箋》云：顧，猶念也。將，猶扶助也。嘉客念我殷家有時祭之事而來者，乃大甲之扶助也。序助者來之意也。

《那》一章，二十二句。

烈　　祖

《烈祖》，祀中宗也。[一]

[一] 中宗，殷王大戊，湯之玄孫也。有桑穀之異〔一〕，懼而修德，殷道復興，故表顯之，號爲中宗。

嗟嗟烈祖，有秩斯祜。申錫無疆，及爾斯所。既載清酤，賚我思成。[一]亦有和羹，既戒既平。鬷假無言，時靡有爭。綏我眉壽，黃耇無疆。[二]約軝錯衡，八鸞鶬鶬。以假以享，我受命溥將。自天降康，豐年穰穰。[三]來假來饗〔二〕，降福無疆。[四]顧予烝嘗，湯孫之將。[五]

[一] 秩，常。申，重。酤，酒。賚，賜也。

《箋》云：祜，福也。賚，讀如"往來"之"來"。嗟嗟乎，我功烈之祖成湯，既有此王天下之常福，天又重賜之以無竟界之期，其福乃及女之此所。女，女中宗也。言承湯之業，能興之也。既載清酒於尊，酌以祼獻，而神靈來至我致齊之所，思則用成。重言嗟嗟，美歎之深。

[二] 戒，至。鬷，總。假，大也。總大无言，無爭也。

《箋》云：和羹者，五味調，腥熟得節〔三〕，食之於人性安和，喻諸

〔一〕 有桑穀之異　"穀"，底本誤作"殺"，據諸本改。
〔二〕 來假來饗　"饗"，底本誤作"享"，殿本同，據足利本、五山本、相臺本、阮刻本及阮元《校勘記》改。下鄭《箋》"饗謂獻酒"同。
〔三〕 腥熟得節　"熟"，底本誤作"孰"，據諸本改。

侯有和順之德也。我既祼獻，神靈來至，亦復由有和順之諸侯來助祭也。其在廟中，既恭肅敬戒矣，既齊立乎列矣〔一〕，至于設薦進俎，又總升堂而齊一，皆服其職，勤其事，寂然无言語者，无爭訟者。此由其心平性和，神靈用之，故安我以壽考之福。歸美焉。

[三] 八鸞鶬鶬，言文德之有聲也。假，大也。

《箋》云：約軝，轂飾也。鸞在鑣，四馬則八鸞。假，升也。享，獻也。將，猶助也。諸侯來助祭者，乘篆轂金飾錯衡之車，駕四馬，其鸞鶬鶬然聲和。言車服之得其正也。以此來朝，升堂，獻其國之所有，於我受政教。至祭祀，又溥助我。言得萬國之歡心也。天於是下平安之福，使年豐。

[四]《箋》云：饗，謂獻酒，使神饗之也。諸侯助祭者，來升堂，來獻酒，神靈又下与我久長之福〔二〕。

[五]《箋》云：此祭<u>中宗</u>，諸侯來助之所言。"<u>湯</u>孫之將"者，<u>中宗</u>之饗此祭，由<u>湯</u>之功，故本言之。

《烈祖》一章，二十二句。

〔一〕 既齊立乎列矣　"立"，底本誤作"丘"，據諸本改。"乎"，諸本同，<u>阮元</u>《校勘記》以爲當作"平"。

〔二〕 神靈又下与我久長之福　"福"下，諸本有"也"字。

玄　鳥

《玄鳥》，祀高宗也。[一]

[一] 祀，當爲"祫"[一]；祫，合也。高宗，殷王武丁，中宗玄孫之孫也。有雊雉之異，又懼而修德，殷道復興，故亦表顯之，號爲高宗云。崩而始合祭於契之廟，歌是詩焉。古者，君喪三年，既畢，禘於其廟，而後祫祭於大祖。明年春，禘於群廟。自此之後[二]，五年而再殷祭。一禘一祫，《春秋》謂之"大事"。

天命玄鳥，降而生商，宅殷土芒芒。[一]古帝命武湯，正域彼四方。方命厥后，奄有九有。[二]商之先后，受命不殆，在武丁孫子。[三]武丁孫子，武王靡不勝。龍旂十乘[三]，大糦是承。[四]邦畿千里，維民所止，肇域彼四海。[五]四海來假，來假祁祁。景員維河？殷受命咸宜，百祿是何。[六]

[一] 玄鳥，鳦也。春分，玄鳥降。湯之先祖有娀氏女簡狄[四]，配高辛氏帝。帝率與之祈于郊禖，而生契，故本其爲天所命，以玄鳥至而生焉。芒芒，大貌。

《箋》云：降，下也。天使鳦下而生商者，謂鳦遺卵，娀氏之女簡

〔一〕 祀當爲祫　"爲"，底本誤作"作"，據諸本改。
〔二〕 自此之後　"此"，底本誤作"北"，據諸本改。
〔三〕 龍旂十乘　"旂"，底本誤作"茄"，據諸本改。下鄭《箋》"交龍爲旂""建龍旂"同。
〔四〕 湯之先祖有娀氏女簡狄　"氏"，底本誤作"事"，據諸本改。

狄吞之而生契。爲堯司徒，有功，封商。堯知其後將興，又錫其姓焉。自契至湯，八遷，始居亳之殷地而受命。國日以廣大芒芒然。湯之受命，由契之功，故本其天意。

［二］正，長。域，有也。九有，九州也。

《箋》云：古帝，天也。天帝命有威武之德者成湯，使之長有邦域，爲政於天下。方命其君，謂徧告諸侯也。湯有是德，故覆有九州，爲之王也。

［三］武丁，高宗也。

《箋》云：后，君也。商之先君，受天命而行之不解殆者，在高宗之孫子。言高宗興湯之功，法度明也。

［四］勝，任也。

《箋》云：交龍爲旂。糦，黍稷也。高宗之孫子有武功，有王德於天下者，無所不勝服。乃有諸侯建龍旂者十乘，奉承黍稷而進之者，亦言得諸侯之歡心。十乘者，二王後八州之大國。

［五］畿，疆也。

《箋》云：止，猶居也。肇，當作"兆"。王畿千里之內，其民居安，乃後兆域正天下之經界。言其爲政，自內及外。

［六］景，大。員，均。何，任也。

《箋》云：假，至也。祁祁，衆多也。員，古文作"云"。河之言何也。天下既蒙王之政令，皆得其所，而來朝覲貢獻，其至也，祁祁然衆多。其所貢於殷大至，所云維言何乎？言殷王之受命，皆其宜也。百祿是何，謂當擔負天之多福。

《玄鳥》一章，二十二句。

長　發

《長發》，大禘也。[一]

[一] 大禘[一]，郊祭天也。《禮記》曰："王者禘其祖之所自出，以其祖配之。"是謂也。

濬哲維商，長發其祥。洪水芒芒，禹敷下土方。外大國是疆，幅隕既長。[一] 有娀方將，帝立子生商。[二]

[一] 濬，深。洪，大也。諸夏爲外。幅，廣也。隕，均也。
《箋》云：長，猶久也。隕，當作"圓"；圓，謂周也。深知乎維商家之德也[二]，久發見其禎祥矣。乃用洪水，禹敷下土，正四方，定諸夏，廣大其竟界之時，始有王天下之萌兆。歷虞、夏之世，故爲久也。

[二] 有娀，契母也。將，大也。契生商也。
《箋》云：帝，黑帝也。禹敷下土之時，有娀氏之國亦始廣大，有女簡狄，吞鳦卵而生契。堯封之於商，後湯王，因以爲天下號，故云"帝立子生商"。

玄王桓撥，受小國是達，受大國是達。率履不越，遂視既發。[一] 相土烈烈，海外有截。[二]

〔一〕 大禘　"大"上，底本誤衍"箋云"二字，據諸本刪。
〔二〕 深知乎維商家之德也　"家"，底本誤奪，據諸本補。

那詁訓傳第三十　長發

［一］玄王，契也。桓，大。撥，治。履，禮也。

《箋》云：承黑帝而立子，故謂契爲玄王。遂，猶徧也。發，行也。玄王廣大其政治，始堯封之商，爲小國，舜之末年，乃益其土地爲大國，皆能達其教令。使其民循禮，不得踰越，乃徧省視之，教令則盡行也〔一〕。

［二］相土，契孫也。烈烈，威也。

《箋》云：截，整齊也。相土居夏后之世，承契之業，入爲王官之伯，出長諸侯。其威武之盛烈烈然，四海之外率服，截爾整齊。

帝命不違，至于湯齊。〔一〕湯降不遲〔二〕，聖敬日躋。昭假遲遲，上帝是祇，帝命式于九圍。〔二〕

［一］至湯，與天心齊。

《箋》云：“帝命不違”者，天之所以命契之事，世世行之，其德浸大，至於湯而當天心。

［二］不遲〔三〕，言疾也。躋，升也。九圍〔四〕，九州也。

《箋》云：降，下。假，暇。祇，敬。式，用也。湯之下士尊賢甚疾，其聖敬之德日進。然而以其德聰明，寬暇天下之人遲遲然。言急於己而緩於人〔五〕，天用是故愛敬之也〔六〕。天於是又

〔一〕　教令則盡行也　“令”，底本誤奪，據諸本補。
〔二〕　湯降不遲　“遲”，底本作“遟”，逕改。下經“昭假遲遲”及鄭《箋》“不遲”同。
〔三〕　不遲　“不”上，底本誤衍“蘇云至湯而王業成與天命會也降猶生也”十七字，據諸本删。
〔四〕　九圍　“九”上，底本誤衍“遲遲久也祇敬也式法也”十字，據諸本删。
〔五〕　言急於己而緩於人　上“於”，底本誤作“于”，據諸本改。
〔六〕　天用是故愛敬之也　“用”，底本誤作“命”，足利本、殿本、阮刻本同，據五山本、相臺本及阮元《校勘記》改。

命之,使用事於天下。言王之也〔一〕。

受小球大球,爲下國綴旒,何天之休。[一] 不競不絿,不剛不柔。敷政優優,百祿是遒。[二]

> [一] 球,玉〔二〕。綴,表。旒,章也。
> 《箋》云:綴,猶結也。旒,旌旗之垂者也〔三〕。休,美也。湯既爲天所命,則受小玉,謂尺二寸圭也;受大玉,謂珽也,長三尺。執圭、搢珽,以與諸侯會同,結定其心,如旌旗之旒縿著焉。擔負天之美譽〔四〕,爲衆所歸鄉。
> [二] 絿,急也。優優,和也。遒,聚也。
> 《箋》云:競,逐也。不逐,不與人爭前後。

受小共大共,爲下國駿厖,何天之龍。[一] 敷奏其勇,不震不動,不戁不竦,百祿是總。[二]

> [一] 共,法。駿,大。厖,厚。龍,和也。
> 《箋》云:共,執也。小共、大共,猶所執搢小球、大球也。駿之言俊也。龍,當作"寵";寵,榮名之謂。
> [二] 戁,恐。竦,懼也。

〔一〕 言王之也 "也"下,底本誤衍"商之先祖既有明德天命未嘗去之以至於湯湯之生也應期而降適當其時其聖敬又日躋升以至昭假于天久而不息惟上帝是敬故帝命之使爲法於九州也"六十三字,據諸本刪。
〔二〕 玉 "玉",底本誤作"王",據諸本改。
〔三〕 旌旗之垂者也 "旗",底本誤奪,據諸本補。
〔四〕 擔負天之美譽 "擔",底本誤作"檐",據諸本改。

《箋》云：不震不動，不可驚憚也。

武王載旆，有虔秉鉞。如火烈烈，則莫我敢曷。[一]苞有三蘖，莫遂莫達，九有有截。[二]韋顧既伐，昆吾夏桀。[三]

[一]武王，湯也。旆，旗也。虔，固。曷，害也。

《箋》云：有之言又也。上既美其剛柔得中，勇毅不懼，於是有武功，有王德。及建旆興師出伐，又固持其鉞，志在誅有罪也。其威勢如猛火之炎熾，誰敢禦害我？

[二]苞，本。蘖，餘也。

《箋》云：苞，豐也。天豐大先三正之後世，謂居以大國，行天子之禮樂，然而無有能以德自遂達於天者，故天下歸鄉湯，九州齊壹截然。

[三]有韋國者，有顧國者，有昆吾國者。

《箋》云：韋，豕韋，彭姓也。顧、昆吾，皆己姓也[一]。三國黨於桀惡，湯先伐韋、顧，克之。昆吾、夏桀，則同時誅也。

昔在中葉，有震且業。允也天子，降予卿士。[一]實維阿衡，實左右商王。[二]

[一]葉，世也。業，危也。

《箋》云：中世，謂相土也。震，猶威也。相土始有征伐之威，以爲子孫討惡之業。湯遵而興之，信也天命而子之，下予之卿士，謂生賢佐也。《春秋傳》曰："畏君之震，師

〔一〕皆己姓也 "皆"，底本誤奪，據諸本補。

徒橈敗〔一〕。"

［二］阿衡，伊尹也。左右，助也。

《箋》云：阿，倚。衡，平也。伊尹，湯所依倚而取平，故以爲官名。商王，湯也。

《長發》七章，一章八句，四章章七句，一章九句，一章六句。

〔一〕 師徒橈敗　"橈"，底本誤作"撓"，據諸本改。

殷　武

《殷武》,祀高宗也。

撻彼殷武,奮伐荊楚。罙入其阻,裒荊之旅。[一]有截其所,湯孫之緒。[二]

[一] 撻,疾意也。殷武,殷王武丁也。荊楚,荊州之楚國也。罙,深。裒,聚也。

《箋》云:有鍾鼓曰伐。罙,冒也。殷道衰而楚人叛,高宗撻然奮揚威武,出兵伐之,冒入其險阻,謂踰方城之隘,克其軍率,而俘虜其士衆。

[二]《箋》云:緒,業也。所,猶處也。高宗所伐之處,國邑皆服其罪。更自勑整,截然齊壹,是乃湯孫大甲之等功業。

維女荊楚,居國南鄉。昔有成湯,自彼氐羌。莫敢不來享,莫敢不來王,曰商是常。[一]

[一] 鄉,所也。

《箋》云:氐、羌,夷狄國,在西方者也。享,獻也。世見曰王。維女楚國,近在荊州之域,居中國之南方,而背叛乎?成湯之時,乃氐、羌遠夷之國,來獻來見,曰商王是吾常君也。此所用責楚之義,女乃遠夷之不如。

天命多辟,設都于禹之績。歲事來辟,勿予禍適,稼穡

匪解。[一]

[一] 辟,君。適,過也。
《箋》云:多,衆也。來辟,猶來王也。天命乃令天下衆君諸侯,立都於禹所治之功,以歲時來朝覲於我殷王者,勿罪過與之禍適,徒勑以勸民稼穡,非可解倦。時楚不修諸侯之職,此所用告曉楚之義也。禹平水土,弼成五服,而諸侯之國定,是以云然。

天命降監,下民有嚴。不僭不濫,不敢怠遑。命于下國,封建厥福。[一]

[一] 嚴,敬也。不僭不濫,賞不僭,刑不濫也。封,大也。
《箋》云:降,下。遑,暇也。天命乃下視,下民有嚴明之君,能明德慎罰,不敢怠惰自暇於政事者,則命之於小國,以爲天子。大立其福,謂命湯使由七十里王天下也。時楚僭號王位,此又所用告曉楚之義。

商邑翼翼,四方之極。赫赫厥聲,濯濯厥靈。壽考且寧,以保我後生。[一]

[一] 商邑,京師也。
《箋》云:極,中也。商邑之礼俗,翼翼然可則傚[一],乃四方之中正也[二]。赫赫乎其出政教也,濯濯乎其見尊敬也。王乃壽考

〔一〕翼翼然可則傚 "傚",底本誤作"效",據諸本改。
〔二〕乃四方之中正也 "方",底本誤作"万",據諸本改。

那詁訓傳第三十　殷武

且安，以此全守我子孫，此又用商德，重告曉楚之義。

陟彼景山，松柏丸丸。是斷是遷，方斲是虔。松桷有梴，旅楹有閑，寢成孔安。〔一〕

[一] 丸丸，易直也。遷，徙。虔，敬也。梴，長貌。旅〔一〕，陳〔二〕。寢，路寢也。

《箋》云：梴謂之虔。升景山，掄材木〔三〕，取松柏易直者，斷而遷之，正斲於梴上，以爲桷與衆楹〔四〕。路寢既成，王居之甚安，謂施政教，得其所也。高宗之前，王有廢政教，不修寢廟者，高宗復成湯之道，故新路寢焉。

《殷武》六章，三章章六句，二章章七句，一章五句。

《那》五篇〔五〕，十六章，百五十四句〔六〕。

〔一〕旅　"旅"，底本誤作"於"，據諸本改。
〔二〕陳　"陳"下，諸本有"也"字。
〔三〕掄材木　"掄"，底本誤作"桷"，據諸本改。
〔四〕以爲桷與衆楹　"桷"，底本誤作"桷"，據諸本改。
〔五〕那五篇　"那"，底本誤作"商頌"，據諸本改。
〔六〕百五十四句　"百"上，底本誤衍"一"字，據諸本刪。

圖書在版編目（CIP）數據

毛詩箋：全二册／（西漢）毛亨傳；（東漢）鄭玄箋；
陳才整理．—北京：商務印書館，2023（2025.4 重印）
（十三經漢魏古注叢書）
ISBN 978－7－100－20711－9

Ⅰ.①毛⋯ Ⅱ.①毛⋯ ②鄭⋯ ③陳⋯ Ⅲ.①古體
詩—詩集—中國—春秋時代 ②《詩經》—注釋
Ⅳ.① I222.2

中國版本圖書館 CIP 數據核字（2022）第 025873 號

權利保留，侵權必究。

封面題簽　陳建勝
特約審讀　李保民

毛詩箋（全二册）

〔西漢〕毛　亨　傳
〔東漢〕鄭　玄　箋
　　　　陳　才　整理

商　務　印　書　館　出　版
（北京王府井大街 36 號　郵政編碼 100710）
商　務　印　書　館　發　行
蘇州市越洋印刷有限公司印刷
ISBN　978－7－100－20711－9

2023 年 3 月第 1 版　　　開本 890×1240　1/32
2025 年 4 月第 2 次印刷　印張 25.75

定價：138.00 元（全二册）